講談社文庫

卒業

東野圭吾

講談社

卒業

――雪月花殺人ゲーム

第一章

1

「君が好きだ。結婚して欲しいと思っている」

加賀は少しのためらいも見せずに、はっきりと言った。そして彼らしく、こんな時でも相手から目を外らしたりしない。

沙都子もやはり彼の視線を真正面から受け止めていた。しかし何故か彼の言葉がすぐには心に響いてこない。ただ、ちょっと普通じゃない瞬間に直面しているのだという意識が、彼女の鼓動を早めていた。彼の言葉を反芻するのに数秒かかった。その間二人は見詰め合ったままだ。沙都子は口を開いた。

「また、驚かしたわ」

この返答は加賀の予想外だったようだ。「また？」と眉をあげた。

「そう。あなたはいつも人を驚かすの。何でもないような顔をして大変なことをしてみせるのよ。昔からそうだったわ」

「そうだったかな」

加賀はようやく表情を和らげた。それを見てストレートの長い前髪をかき上げながら、沙都子も白い歯を見せた。

ラグビー部員や陸上部員が駆け回る、グラウンドの片隅でのことだ。脇に鉄棒が三つ並んでいる。昼休みに学生食堂で、加賀から指定された場所だった。

加賀は剣道着に着替えていた。クラブが始まる迄にはまだ少し時間がある。もしかしたら重大な告白を前に、精神を引き締めるつもりで着替えてきたのかもしれないと沙都子は思った。

「それで……どうすればいいの？　イエスかノーか答えろと言うの？」

彼女が訊くと、加賀は突っ立った姿勢のまま、ゆっくりと首を振った。

「何もしなくていい。これはプロポーズじゃない、俺の意思だ。君が誰を好きになり、誰と結婚しようが、それは君の自由なのだけれど、俺はこういう気持ちでいる。それを知っておいてもらいたかった」

「意外だわ」

沙都子は率直な気持ちを述べた。「あなたは高校の時から……ううん、その前から剣道一筋で、女の子だとか恋だとかには無縁な人だと思っていたわ。たとえそういう気持ちを抱いたとしても、それを口に出さない人だと思ってた」

すると加賀は、ふっと苦笑をもらした。彫深い顔に赤味がさした。

「まるで葉隠れだな」

「ハガクレ？」

「武士道とは死ぬことと見つけたり……の葉隠れさ。そこにこうある。恋とは忍ぶことなりってね」

「あなたのイメージにぴったりだわ」

「つまらん思想さ。俺ははっきりしていることは口に出す主義でね。したがって君に対する気持ちも言っておく必要があった。卒業までにね」

そう言うと加賀は「それじゃ」と手を上げて歩き出した。沙都子の横を通り過ぎる時、剣道着にしみついた汗の臭いが彼女の鼻孔を刺激した。酸っぱいような臭いだった。

沙都子は加賀の背中に問いかけた。

「待って、どうして今日告白する気になったの？」

加賀は背中を向けたまま答えた。

「今日そうしたくなったからだ。一ヵ月後に選手権大会がある。その前にとは思っていたのだけどね」

「そう。でも困ったわ。これからはあなたをみる目が変わってしまう」

「やむをえないだろうな。それに君を見る俺の目は、もう何年も前から変わっている」

加賀は再び歩き出した。無意識だろうが、後ろから見ると実に悠然としており、彼の自信を表しているような歩き方だ。高校の時から少しも変わっていないなと沙都子は思った。


沙都子の通う国立T大は、県庁所在地であるT市とその隣のS市との境界にある。しかし厳密にはS市側に位置しているというのが、事実のようであった。最寄りの駅は『T大前』という名の私鉄の駅で、この私鉄はT市の中心から出ている。T大生の大半はこの駅を利用し、ここからT大正門までの約一キロに及ぶ通学路を、『T大通り』などと呼んでいた。

山を拓いて建てたというだけに、大学の周りに気の効いたものは何もなかった。しかし自然には恵まれており、今日此のごろでは木々が色づき始め、もう二、三週間すればすっかり山の衣替えが終わるはずであった。

まわりは緑に囲まれていたが、T大通りを挟んでは、喫茶店や食堂、雀荘などがびっしりと立ち並んでいた。彼等の生計はT大生により成り立っていると断言してよい。だがそれだけに生存競争が熾烈で、開店と店じまいのサイクルが異常に短かった。ただパチンコ屋は大学創立以来、一軒も立っていない。これは地元住民とT大OBの反対によるもので、業者としても手のだしようがなかったのだ。

沙都子の仲間の溜り場、『首を振るピエロ』は、T大正門から三百メートル程行ったところの脇道を、ちょっと左に入った所にあった。少々背が低い者でも首を竦めねばならないような低いドアがあるだけで、他には窓のひとつもない。ちょっと不気味なピエロの顔を描いた看板が、わざと傾けて壁に取りつけてある。

加賀と別れた沙都子は、いつも通りここの狭い入り口をくぐった。

店内は薄暗い。入って右側に十人位座れるL字型のカウンターがあり、白髪混じりのマスターがいつもグラスを磨いている。テーブル席は左側である。丸テーブルが四つあり、それぞれに椅子が四つずつある。そして壁に小さな椅子がいくつか並べてあり、何人でも同席できるようになっていた。

沙都子がカウンターの前を歩いて行くと、テーブル席の一番奥から、彼女を呼ぶ声が聞こえた。ハスキーで男のように低いが、どこか艶っぽさを感じさせる声だ。そちらの方に首を曲げると、思った通り、金井波香(なみか)が煙草を指に挟んだ手をだるそうに上げていた。

「相変わらず、一人が似合う女だね」

「ありがとう、波香もよ。ごきげんいかが、藤堂(とうどう)君」

波香の横にいた、がっちりした身体つきのわりに端正な顔立ちの男は軽く目で笑って返した。仲間の一人、藤堂正彦だ。沙都子は彼らと向かい合うようにして腰をおろした。

「祥子(しょうこ)の姿が見えないわね」

沙都子は藤堂の恋人の名を出した。冷やかしも挨拶の一つと心得ている。

藤堂の方は真顔で、

「波香の話だと、二講目が終わった後帰っちゃったらしい。身体の調子が悪いとかいう話だけど……」

と心配そうに、そして幾分つまらなそうに言った。

「顔色は悪かったね。でもどこが悪いかは聞かなかったわ。あれじゃないの」

乳白色の煙を天井に向かって吐きながら、波香はにこりともせずに言った。彼女は文学部英米文学科で、藤堂の恋人・牧村祥子と同じ研究室だった。

「どうってことないのならいいけどね……こういう時、見舞いに行ったりできないのがつらいよ」

藤堂は太い眉の間に皺を寄せた。

「仕方ないわね、あのアパートじゃ」

沙都子は波香の方を見て笑った。波香と祥子は同じアパートの住人でもあった。

波香はうんざりしたような顔で頷いた。

「藤堂君が祥子の部屋に入ったら、警察に通報しかねないよ、あの管理人。あのアパートを国宝にでもする気らしい」

「あと五ヵ月の辛抱じゃない」

「その五ヵ月を後で返してくれるんならいいけどね」

三人は申し合わせたように、薄暗い壁にかかっているカレンダーに目を向けた。今日は十月二十二日、火曜日だった。

「就職も決まったことだし、飲みにでも行こうか」

黒く長い髪をかきあげながら波香が言った。

「いいわね、賛成。いつにする？」

「今日」

「今日？　随分急ね」

「善は急げよ」

「今日はまずいな。予定があるんだ」

藤堂が二人の会話に割って入った。「祥子もいないし……さ」

「加賀君も来れないわ。クラブの練習が夜まであるはずだから」

加賀の名を口にしながら沙都子は、ちょっと胸の奥が熱くなるのを感じた。

「何年たっても変わらないね、あの男」

と波香は吐きすてた。「じゃ、沙都子ひとりで我慢するか」

2

『首を振るピエロ』を出て藤堂と別れた後、沙都子と波香は駅に向かって歩いて行った。『ピエロ』でも酒は飲めるが、彼女と二人だけの時は決まっている店があった。駅裏にある『バーボン』という古びた感じのパブだった。その名の通り、バーボンしか置いていない。この酒は好き嫌いが激しい。独特の香りを受け付けない人間が案外多いからだ。その辺が、この店の流行っていない理由なのだが、チョビ髭のマスターは頑固に方針を変えなかった。酒の味のわからないようなミーハーには来てもらいたくないというのが彼の言い分らしいが、

「密談には最高。永遠に流行って欲しくないね」

というのが常連の本音だった。勿論沙都子たちも同感である。

指定席になっているカウンターの一番奥に並んで腰掛けると、マスターが無愛想な顔のまま、ふたりの前に形の違うグラスを置いた。沙都子は水割り、波香はロック。まずは乾杯と、グラスを合わせた。

波香が酒に誘うのは、いつも唐突だった。何の前触れもなく突然、「行くよ」とくる。大学に入るまであまり飲む機会がなかった沙都子は、最初は随分戸惑ったものだが、この頃では慣れっこになっている。都合が良ければ誘いにのるし悪ければ断る。それでいいと思っている。そのかわり、彼女が突然誘った理由も訊いたりしない。しゃべりたければ自分からしゃべるだろうし、訳もなく飲みたくなることだってあるからだ。今夜の波香はどうなのか沙都子にもわからなかった。相変わらず、「どこか遠くへ旅行したい」と口癖のように繰り返すばかりであった。こういう時の沙都子の返答は決まっている。「行けばいいじゃない」である。こう言うと波香も、酔った目で微かに笑うのだった。こんな調子でこの夜も、キープしたボトルを半分程空けていた。

「いよいよ、ただのおばさん……か」

カウンターの上でちらちら燃えているランプに濃い液体をかざしながら、波香は自嘲したように口元を曲げた。「人生ここからが長いんだよね」

「人生、ときたか」

左手で頬づえをつき、右手でレーズン・バターをつつきながら、沙都子は苦笑した。

「いいじゃない。やるべきことは全部やったでしょ」

「さあね……何をやったかな」

「おとこ」

クッと波香は含み笑いをした。バーボンをごくんと一飲みする。

「それほどじゃないよ。それにあれは自慢できることじゃない」

「じゃあ、チャンバラごっこ」

今度は波香は真顔になった。ふうっとため息をつくと、爪楊枝をレーズン・バターにぐさりと突き刺した。「よくやったよ。あんなことを十年も」

「もうしないの？」沙都子は心配そうに訊いた。

「キャリア・ウーマンが痣だらけじゃ冴えないからね」波香はグラスの底の液体を飲みほしながら答えた。「今度はゴルフでもするかな」

沙都子は波香の横顔を眺めながら、やめられるはずがないと思った。中学の時から竹刀を握り、女剣士の頂点を夢見てきた彼女だ。カッコ良さに憧れ、高校から始めた自分とは取り組む姿勢が違っていた。たしかに彼女は男性関係も活発で、いつも違う男を連れて歩いていたけれども、デートなどで時間を潰すような交際をしたことは沙都子の知る限りではない。『恋人』というものは集中力をなくさせ、時間を浪費させるというのが彼女の理論だったからだ。そんな彼女が竹刀を捨てられるわけがなかった。

——特に今年はあんな負け方をしたのだから。

沙都子はグラスを傾けながら、一ヵ月前の日のことを思い出した。

九月二十三日、県立中央体育館。

学生剣道個人選手権大会県予選・女子の部は、いよいよ決勝を残すのみとなっていた。

決勝に進出したのはT大の金井波香とS大の三島亮子。共に四年生で、優勝候補の双璧だった。決勝進出は三島亮子は初めて、波香は昨年に続いて二度目だが、前の時は延長の末惜敗していた。

「一発勝負でくるはずだ」

控え室で出番を待っている波香に、加賀は冷静な口調で言った。「力、技では波香の方が一枚上だ。リーチもある。しかも敵はこの前の二試合が時間切れ一本勝ちで、制限時間をフルに戦っているからスタミナも相当消耗している。もつれこんで持久戦になったら勝ち目がないことは三島も承知しているだろう。試合開始と同時に、持ち前のスピードを生かした速攻をかけてくるに違いない」

「ちょこまかと鼠のように動くのよね。上から思い切りぶったたいてやるわ」

波香は吐き捨てるように言った。

「威勢がいいのも結構だが、相手の挑発に乗らないことだ。波香が仕掛けたところで胴をねらってくるつもりだ。まず相手の動きをよく見て、前半は攻撃をかわすんだ。いずれ三島の足も止まる、その時がチャンスだ」

「相手の欠点は？」

沙都子が訊いた。準々決勝で敗れた彼女は、すでにブラウスに着替えていた。

「目立った欠点はない。防御もすごく巧い。ただ強いてあげれば、足さばきが右まわりにくらべて左まわりの方が雑になる。スピードも攻撃も右まわりが主だ。したがって動く方向が右から左に変わる時に、一瞬隙を見せるかもしれない」

「それはあたしも気づいていたわ」

波香が言った。「ただ、速いのよね。それについていかないと墓穴を掘ることになる」

「そのとおり」加賀は頷いた。

沙都子は腕時計を見た。試合まであと五分あった。

「スポーツ・ドリンク、飲む？」

汗を拭いたタオルが、ぐっしょりと濡れているのを見て彼女は訊いた。

「大丈夫、さっき飲んだから」

そう言って波香は頬を緩めて見せたが、その表情にはやはり緊張の色が浮かんでいた。

防具と竹刀の点検をもう一度手早く済ませた頃、紺のスカートに白のブラウス姿の係員が、「金井さん、時間です」と知らせに来た。波香は黒胴をパンと叩いて立ち上がった。

沙都子と加賀は二階の応援席で観戦した。藤堂正彦をはじめ、テニス部の若生勇と伊沢華江、そして沙都子と波香と同じ文学部の牧村祥子といった、いつもの仲間も駆り付けていた。全員、同じ高校の出身で、つきあいは四年以上ということになる。

「勝算はどうなんだ？」

藤堂が加賀に訊いたが、加賀は試合場を見たまま「わからん」と言った。大学に入ってからはやっていないが藤堂も高校時代は剣道部で、しかも主将をしていた。

「もし勝ったらすごいな。男女制覇じゃないか」

若生勇が目を輝かせながら言った。前日の男子の部では、加賀恭一郎が二年連続優勝を遂げていたのだった。

試合が始まった。

時間は五分、三本勝負。先に二本取った方が勝ちとなる。審判は主審を含め三人、それぞれが赤と白の旗を持っている。波香は赤、そして三島亮子が白だった。

三島亮子は加賀が予想した通り、動き回る戦法に出てきた。ちょっと竹刀を合わせては、右へ左へと素早く回り込む。

「予想通りね」

沙都子は加賀の横顔に話しかけた。彼はそれには答えず、じっと両者の動きを目で追っている。

二分が経過した。沙都子の隣で加賀は、「おかしい」と呟いた。

「どうしたの？」

「三島の攻撃が遠すぎる。あれじゃ波香の竹刀を防げても、一本取るのは不可能だ。前半は逃げ回る手か……。だが後半になっても、三島の勝機が生まれるとは限らない」

その時、焦れたように波香が攻撃を開始した。コテからメン、ドウへの連続技。得意の攻撃だ。しかし三島亮子は見事にかわしていく。足に疲労も感じられなかった。

「さすがに敵は動きがいいな」

感心したように藤堂が言ったが、加賀は厳しい顔のまま何も答えなかった。

四分経過。まだどちらも一本も取っていない。後一分以内に勝負がつかなければ、時間延長がなされる。鍔迫り合いの後、波香は引きメンを放ったが三島亮子は余裕を持ってそれをかわした。

「切れがないわ」

沙都子は思わず呟いていた。加賀もそれを認めるように小さく「うん」と言った。

そしてラスト三十秒。三島亮子の動きは一変した。今までの防御一辺倒から、突如攻撃に転じてきたのだ。マラソン・ランナーがラスト・スパートをかけるように今までより更にスピードを増して波香の回りを動き、隙を見て懐に飛び込むと鋭く剣先を向けていく。床を踏み鳴らす音が連続して体育館内に響いた。

敵の突然の速攻に波香が戸惑っているのは沙都子の目にも明らかだった。辛うじて竹刀で防いでいるが、動きにいつもの落ち着きが感じられない。

「押されているわ」

沙都子が言った時、波香は苦況を打破するように思いきったメンを打ちにいった。瞬間加賀は、「まずいっ」と叫んだ。

波香と三島亮子の身体が交錯するのと、三人の審判が白旗を素早く上げるのがほぼ同時だった。加賀が注意していた抜きドウを、ものの見事にきめられたのだ。

破裂したように三島側応援席の掌が鳴った。沙都子たちは唇を嚙む。

「焦ったな、波香のやつ」

加賀が呻いたような声を出した。

十秒を残して再開。「はじめ」の合図とともに波香は捨て身のコテ打ちに出た。だが三島亮子は難なくそれをかわす。あとは逃げ回るつもりなのだから、波香が捕まえるのは殆ど不可能だった。

「それまで」という声を聞いた時、波香の肩ががっくりと落ちるのがわかった。面の下の顔は、さぞくやしさでゆがめられていることだろう。汗の滲んだ白い剣道着が、一層色褪せて見えた。

控え室に戻ってきてからも波香は口をきかず、じっと空中の一点を見つめていた。後片付けを手伝う沙都子に、「ありがとう」と小声で礼を言った程度だった。

彼女の様子が少し変わりだしたのは、この頃からだった。この試合以後竹刀を持とうとしなかったし、ぼんやりと考え込むことが多くなった。どうしたのと訊きたいところだったが、沙都子は我慢した。そのうちに話してくれるだろうと信じていた。

げたのである。彼女の家はここから電車を乗り継いで四十分程かかる。

　泊まっていきなよという波香の誘いを断って、沙都子は駅に向かって歩き出した。波香のアパートはこのすぐ近くである。いつもなら泊めてもらうところだが、今夜は酔ったはずみに加賀の告白のことをしゃべってしまいそうだったから、遠慮したのだった。波香はまだもう少し飲んでから帰ると言って、『バーボン』に残った。一人で何時間でも飲めるのが彼女の特技でもあった。

　沙都子が家に着いた時、腕時計の針は十一時近くになっていた。玄関から入り自分の部屋に向かう途中、階段で佳江と顔を合わせた。ドアを開閉する音で佳江は降りて来たらしかった。

「お帰りなさい。遅かったのね」

「ごめんなさい。お父さんは？」

「まだよ。それより食事は？」

「いいです。食べてきましたから」

　沙都子は足早に、佳江の脇を通り抜けた。

　佳江は沙都子の二度目の母親だった。彼女が中学二年の時、父・広次の後妻として相原家に来たのである。沙都子や二歳年下の達也の反発を広次はかなり気にしていたようだが、そんな気遣いは不要だった。彼等は素直に新しい母親を受け入れたのである。実の母が達也を産んで間もなく亡くなったため、母の記憶が二人にはなかったからかもしれない。

　ただ二人の佳江に対する態度は、実の母親に対するそれとはかなり質の異なったものであった。彼等が二人で決めた約束事は、「決して新しいお母さんに迷惑をかけない」ということで、甘えたり、愛情を求めたりということは二人とも期待していなかった。

階段を上がると、沙都子は達也の部屋をノックした。返事があって彼女は中に入った。

達也はジャズを聴きながら、床の上に寝そべってバーベルを持ち上げていた。彼はK大のボート部である。

「うへっ、臭え」

沙都子が近づくと、達也は途端に顔をしかめた。

「嫁入り前の女が酒の臭いをぷんぷんさせて帰ってくるなんてのは、見られたザマじゃないね」

「ナマいうんじゃないの。あんたこそ、その余分な体力をもっと有効なことに使ったらどうなのよ」

沙都子は達也のベッドにごろりと横になった。

「親父、帰ってたかい？」

バーベルの下から達也が訊いた。

「まだよ、どうして？」

「いや、そろそろ和解したかと思ってね」

「ふん」

仰向けのまま、沙都子は鼻を鳴らした。就職のことだった。沙都子はある出版社で働くことに決まっている。そしてその会社は東京にあるのだ。T市からだと東京に出るだけでも最低二時間はかかるから、当然家を出なければならない。だが彼女が東京で一人暮らしをすることを、父・広次は反対していた。

「姉貴のやり方が拙かったと思うよ。勝手に面接を受けてきたりしてさ」

「自分のことは自分でやる、そういうふうに決めたでしょ。あんたもそうしなきゃだめよ」

「分かってるけどさ……親父はやっぱり寂しいんだと思うよ」

「何度も言うようだけどね……」

「うん？」

「ナマ言うんじゃないの、半人前のくせして」

達也は寝転がったままお手上げだというポーズをした。そしてそれから何も言わなくなった。

やがて沙都子はゆっくりと眠りに入った。

朝起きると自分のベッドに寝ていた。昨夜遅く、達也に抱き抱えられてきたことをかすかに覚えている。顔を合わせたら、「余分な体力を有効利用できたわね」と言ってやろうと思いながら沙都子はベッドから降りた。

着替えて下に降りると、テーブルではすでに広次が食事を始めていた。新聞を片手に、食パンを頬張る。食パンを置いた手でグレーの髪をかき上げる。髪を触った手で物を食べるのは不潔よと、沙都子が何度言っても、彼のこの癖は治らないのだった。

「お早う」

沙都子が声を掛けると、広次はちらっと彼女を見て、お早うと答えた。佳江もキッチンから出てきて、彼女の朝食の準備をした。

「達也は？」

「もう行ったわ。クラブの朝練があるんですって」

「そう……」

沙都子は広次の方を見た。相変わらず新聞に目を向けたままだ。電子機器メーカーの重役である彼が常に仕事のことを考えているということを、沙都子は知っている。だが今こうしている間は、おそらく自分の進路について熟考してくれているはずだと彼女は思った。

重苦しい程静かな朝食だった。食器の当たる音が驚く程響いて聞こえる。

広次の方が先に席を立った。背広に腕を通す。沙都子が「行ってらっしゃい」と小さく言うと、彼のほうもうむと頷いた。

彼女もその後すぐに家を出た。いつもより三十分程早い。講義の前に牧村祥子のアパートへ行こうと思ったからだった。

波香や祥子が住んでいるのは『白鷺荘』という学生アパートだった。彼女達は自宅から二時間近くかかるので、ここに下宿しているのだ。入学当時は両親の反対もあったらしいが、管理の厳しいアパートなので許してもらえたという話だった。

沙都子は牧村祥子とは高校の茶道部で一緒だった。すでに剣道部に籍を置いていた沙都子が茶道部に入ったのは、「集中力を養うために」と同じく剣道部だった波香に誘われたからだ。

この祥子にテニス部の華江を加えた四人が、いわゆる悪友グループだった。

祥子は四人の中では一番おとなしく、いつも沙都子や波香たちに引っ張られているようなところがあった。成績は一番良かったから、もう一ランク上の大学でも入れただろうが、他の三人の強力な誘いで、T大に決めたのだった。

そんなふうだったから、沙都子たちから見て歯痒いようなところもあったが、男子生徒には愛らしく映るらしく、人気も四人の中で一番だった。大学入学と同時に、藤堂が気持ちを告白して二人の交際が始まったが、妥当な展開だと沙都子は思った。

祥子の就職先は旅行社だった。引っ込み思案だった彼女も旅行に関しては積極的で、仲間で行く旅の計画や手配は、全て彼女が整えてくれた。そういう趣味が、今度は本当の仕事になるのだった。

『白鷺荘』はその名の通りコンクリートの壁に白いペンキを塗った、二階建ての建物だった。入居者は全員T大の女子学生である。アパートとはいえ、規律はかなり厳しい。たとえば、アパートの入り口には管理人室があって、中年の管理人夫婦がいつも目を光らせている。男性の立ち入りなどは勿論許さない。女性の場合、昼間はいいが、夜は呼び止められたりすることもある。沙都子が波香の部屋に泊めてもらったりする時も、管理人室のノートに名前を記入しなければならなかった。門限は特にないようだったが、十二時を過ぎると鍵をかけられる。それ以後は、入り口横のインタホンで管理人を呼ばねばならなかった。

沙都子が入って行くと、管理人室でテレビを見ていた中年の女性が、ジロリと彼女の方を見れているようだった。沙都子が軽く会釈すると無愛想な表情のまま視線をテレビに戻した。沙都子の顔は覚えてくた。

波香と祥子の部屋は二階にあり、廊下をはさんで向かいあっている。ドアのノブに毛糸のカバーが付けてあって、「ただいま就寝中」とイラスト入りの札がかかっているのが祥子の部屋、ドアに何の装飾もなく、左上の方にマジックで「忌中」となぐり書きしてあるのが波香の部屋だった。沙都子はちょっと迷った末、「忌中」の方のドアをノックした。

よく眠っているのか、軽くノックしただけでは反応がなかった。それで声を出して呼んでみると、ようやく欠伸(あくび)をかみ殺したような生返事が返ってきた。ガチャリと鍵を外す音の後ドアが外側に開いて、ネグリジェ姿の波香が現れた。

「おはよー」

「沙都子ォ、何よこんな早くから」

波香は長い髪がもつれんばかりに頭を掻きむしりながら眠そうに言った。煙草と化粧品の臭いの混ざった空気が室内から流れてきた。

「この世の全てが恨めしいって顔ね」

「恨めしいわよ。朝の安眠は値千金だってのに。一体何の用よ」

「怒らないの。祥子の様子を見に来たのよ。昨日、身体の調子が悪いからって、途中で帰ったって話だったでしょ」

「ああ、そうか……」

波香は目をこすりながら頷いた。「昨夜、あたしもドアを叩いてみたんだけどさ、鍵がかかってるし眠ってるみたいだったから逢わなかったんだ。今、起きてるかな？」

「さあ……」

沙都子は振り返って、祥子の部屋のドアをノックしてみた。返事はなかった。

「眠ってるみたい」

「寝坊だからね、あの子も。まあいいや、もう少し待ってやろう。お茶でも飲んでなよ。その間にあたしも着替えるからさ」

それで沙都子は波香の部屋で、今日二杯目のモーニング・コーヒーを飲むことになったのだった。

波香の部屋は、ちょっと見ただけでは若い女性の部屋とは思えない程殺風景だった。花や縫いぐるみといった、華やいだものが何一つない。脱ぎ捨ててある服も黒っぽいものばかり。しかも絨毯（じゅうたん）はグレーでカーテンはモス・グリーンだった。部屋の隅に置いてある鏡台が、わずかに女の部屋であることを主張しているが、それでもその横に立てかけてある竹刀のほうが存在感が強烈だ。

「昨夜帰ってからまた飲んだの？」

卓袱台（ちゃぶだい）の上に置いてあるウイスキーボトルとグラスを見ながら沙都子は訊いた。

「少しね。習慣なんだ」

着替え終わった波香は化粧にとりかかる。これが長い。最低でも三十分はかかる。沙都子はコ

ーヒーを飲み干すと、

「祥子、起こしてくるわ」

と言って立ち上がった。

沙都子は少し強めに祥子の部屋のドアを叩いた。もう、それほど早い時間ではない。隣室にも気を遣う必要はなかった。

「祥子、朝よ。起きたらどうなの？」

呼びかけてみた。しかし室内で人の動く気配はない。沙都子はノブに手をかけて回そうとした。しかし鍵がかかっていて、ノブは回らなかった。

居ないのかな——そんな考えがちらっと頭に浮かんだ。しかし次の瞬間その考えは消え失せていた。

ドアのすき間から灯りが漏れているのだ。しかもそれは太陽の光ではなく、青白い光、つまり蛍光灯の光のようだった。

祥子は居る、しかも蛍光灯をつけて——。

不吉な思いが沙都子の心を覆った。何故かは彼女にも分からない。とにかく胃が締めつけられるような感じがして、沙都子は廊下を駆け出していた。階段を降り、管理人室に飛び込む。例の中年女がいた。

「祥子の部屋の合鍵を……彼女の様子がおかしいんです」

いつもならすぐには貸してくれなかったかもしれない。しかし彼女の興奮した口調に圧倒されたように、管理人は鍵を渡してくれた。どの部屋でもあけられる、マスター・キーのようだった。

キーを持って沙都子は再び走った。波香がちょうど部屋から出てきたところだった。

「どうしたのよ急に」

それには答えず沙都子は鍵穴にキーを差し込んだ。カチリと外れる音がする。

勢いよくドアを開けると沙都子は部屋に駆け込んだ。同時に蛍光灯の白い光が目に入った。カーテンは閉めきってある。

「祥子っ」

祥子は部屋の向こうの、小さな台所で倒れていた。焦茶色(こげちゃいろ)のセーターの背中が見える。

沙都子は駆け寄った。祥子の顔が見えた。いつもの丸く愛らしい顔立ちとは比べものにならぬほど、やせて青白かった。顔だけではない。手も足も、まるで陶器のように白かった。そして素焼きのように艶(つや)がない。

「祥子ォ」

沙都子は彼女の体を抱きかかえようとした。その時、後ろから波香に腕をつかまれた。

「触(さわ)っちゃだめ」

沙都子はその場に座り込んだ。鼻がつまり、頭が痛くなった。目の前がかすんでくる。

祥子が……死んじゃった――。

死体は左腕を洗面器の中に入れていた。沙都子は朦朧(もうろう)としながら、その中の液体の異常に赤い色を見つめていた。

3

　左手首創傷による出血多量――これが祥子の死因だった。顔剃り用カミソリで手首を切り、水を入れた洗面器の中に浸してあったのだ。カミソリは死体の脇に落ちていた。

　沙都子は管理人室で二人の刑事から質問を受けた。二人とも三十代後半に見えた。目つきが悪く、刑事ドラマに出てくる犯人のような顔だと彼女は思った。

　質問内容は三点だった。祥子との間柄、今日ここへ来た理由、そして死体発見の状況である。沙都子は簡単に答えた。特に死体発見については殆ど話す事がなかった。ドアを開けたら祥子が死んでいた――ただそれだけである。その状態のまま警察を呼んだのだ。

　沙都子の次には波香が呼ばれた。彼女の方は少し時間がかかったが、それでも十五分程で出てきた。

　二人はとりあえず波香の部屋に戻ることにした。大学に行く気にはなれなかった。それにアパートの前は野次馬の群れで、それを突破する気力もなかった。

　殺風景な部屋の真ん中で、しばらく二人は口もきかず座っていた。向かいの部屋で、何人かがせわしく歩き回り、大声で話すのが聞こえてくる。

　やがて波香が重い口を開いた。

「コーヒー、おかわりする？」

沙都子は首を振った。飲むならウイスキーがいいと言いそうになったが、止めて、かわりに、

「波香、あなた刑事に何を訊かれてたの？」

と尋ねた。「ちょっと時間が長かったみたいだけど」

「大したことじゃないわ」

波香は長い髪をかきあげた。「いつから部屋に鍵がかかっていたか知らないかって訊かれたのよ。あたしは昨夜十一時頃帰ってきて祥子の部屋をノックしたのだけど、その時にはもう鍵はかかってた。そのことを話したら納得した顔をしていたわ。そのほかは特に変わったことは訊かれなかった。でもそのうちにもう少し立ち入ったことを質問してくると思う。自殺の理由について何か心当たりはないかってね」

この『自殺』という言葉で、沙都子は何だか覚醒したような気分になった。そうだ、あの状況はまさしく自殺だったのだ。

「そんなこと訊かれても……」

沙都子はかぶりをふった。「あたしには何も答えられないわ」

すると波香も「あたしだってそうさ」と言った。苛立(いらだ)ちを押さえたような、低い声だった。

また沈黙が流れた。ぽつりと沙都子は呟いた。

「祥子……死んじゃったのね」

波香は宙を見つめたままゆっくりと頷いた。

「そう、死んじゃったんだ……」

波香の予想通り、刑事から二度目の質問を受けたのは波香の目覚まし時計が十時を指した頃だった。捜査員達の動きもようやく落ち着き、アパートの回りも静かになって、そろそろでかけようかと言っていた時にノックの音がしたのだ。

ドアを開けるとさっきの刑事とは違う男が立っていた。年齢は三十過ぎぐらい、がっしりした体格の、浅黒い顔の男だった。耳のあたりまで伸びた髪には緩いウェーブがかかっていて、最初刑事には見えなかった。

男は県警の佐山と名乗った。祥子のことで訊きたい、と切り出してきた。

「いいですわ、どうぞ」

波香は彼を部屋に招いた。それで佐山はちょっと戸惑ったようだ。

「えっ、入っていいんですか？」

「どうぞ」

佐山は少しためらいを見せた後、「じゃ、遠慮なく」と言いながら入ってきて、沙都子の向こう側に腰を下ろした。波香はドアを閉めると沙都子の横に来た。

「御二人は牧村さんの御友人だったそうですね」

佐山はやけに丁寧な言い方で訊いてきた。二人は顔を見合わせ、波香の方が「ええ」と答えた。

佐山は小さく頭を下げた。

「この度は大変なことで……気持ちの整理もついておられないだろうと思います。こんな時に不粋な質問をする無礼をお許しください」

女性の部屋に入ったからか、見かけに似ず固い態度を彼は示した。それが誠実さを表しているようで、沙都子はほんの少し心の構えを解いた。

「それで訊きたいことって？」

波香が先を促すと、佐山は頷きながらグレーの背広の内ポケットから手帳を出してきて、メモを取る準備をした。

「では早速ですが……牧村さんの死亡について何か心当たりはありませんか？」

「死亡？」

思わず沙都子は問い返していた。その言葉が妙に不自然に聞こえたからだ。「それはつまり……自殺の理由について、ということですか？」

すると佐山は少し考えるような顔つきで、沙都子の方を見た後、「あまりはっきりとした言い方をするわけにはいかんのですが」

と前置きして、

「今日の夕刊には自殺と報じられるだろうと思います。遺体はこれから解剖に回されるのですが、我々も状況から見て自殺のセンが強いかなという気がしていますが……」

と言った。歯切れの悪さが少し気になった。

沙都子は再び波香と顔を合わせた。自殺の理由について訊かれた場合の答えは決まっていた。先刻二人で話したばかりである。沙都子はその答えをここでも繰り返し、波香もそれに倣った。佐山はそれを聞いて頷いた。

「それが普通でしょうね。自殺の場合、自分一人で悩んでいるケースが非常に多いのです。牧村さんもおそらくそのケースだったのでしょう。自殺とすればの話ですが」

でも、と沙都子はおもった。どんな悩みでも自分達には話してくれたはずだ。親に言えなくとも友達には言う、高校時代からそういうふうにしてきたのだ。もし彼女が自分達にも悩みを打ち明けられなくなっていたのだとしたら、つまりそれが大人になったということなのだろうか——。

「では、最近変わった様子はなかったですか？　元気がないとか……」

「元気はなかったわ」

波香が言った。「昨日は気分が悪いと言って先に帰ったぐらいですから」

「ほう、先にね……そういうことはよくあったのですか？」

「いえ」

波香は首を振った。「昨日が始めてです」

「昨日、大学で何かあったんでしょうかね？　つまり、気分が悪くなるようなことが」

「さあ」

と波香は首をひねった。刑事の視線が沙都子に向けられたが、彼女も首を振るしかなかった。

だいたい沙都子は昨日、祥子と顔を合わせていないのだ。

その後佐山は、祥子の性格や最近の行動についてかなりしつこく訊いた。沙都子と波香はそれらの質問のたびに顔を見合わせ、目線で相談しながら慎重に答えたが、祥子の自殺の理由を暗示するような内容は出てこなかった。

やがて祥子の人間関係に話が及んだ。当然の如く藤堂の名が出て、ここでようやく佐山は身を乗り出した。

「なるほど、それで牧村さんとその男性とは、最近うまくいっていたのでしょうか？」

随分立ち入ったことまで訊くんだなと沙都子は思った。

「うまくいっていたと思いますわ。そういう類の相談なら、おそらく真っ先にあたし達にしてくれたでしょうから」

波香が答えたが沙都子も異存はなかった。彼等二人のことを最も気にしていたのは自分達だという自負がある。

それから佐山は二、三質問をした後、礼を述べて立ち上がった。参考になりました、と言ったが、殆ど収穫らしいものはなかっただろうと沙都子は想像した。

「たぶんこれから藤堂君に会いにいくんだろうね」

刑事が去った後、ドアを閉めて戻って来ながら波香は言った。

「彼なら心当たり、あるかしら？」

「さあ……もしあったとしたらどうする？」

しばらくして戻ってくると、波香に電話がかかってきたのはその直後だった。管理人に呼ばれて部屋を出て行った彼女は、

「何だか寂しいけど、仕方ないわね」とため息をついた。

沙都子は小首を傾げてちょっと考えた後、

「あったとしたら……」

「華江からよ」

と、ぶっきらぼうな口調で言った。

「噂が広がってるらしいね。どうして早く知らせてくれないんだって怒ってた」

「それで？」

「みんな集まってるってさ。これから祥子の家に行こうかなんて言うから叱ってやったよ。邪魔になるだけだってね。とりあえず、全員集合」

「ふうん……」

沙都子は立ち上がった。疲れているわけでもないのに、ひどく身体がだるい。

「全員集合して、どうするの？」

波香は首を傾げた。

「さあ、黙禱でもしようか」

それから彼女はちょっと沈んだ顔つきになって、呟くように言った。

「華江のヤツ、泣いてたな」

この言葉は沙都子にはショックだった。自分だって祥子の親友なのに何故か涙が出てこない。充分に悲しいはずなのに、何も胸に迫ってこないのだ。

一層暗い気分になりながら、沙都子は波香とアパートをでた。

『首を振るピエロ』へ行くと、伊沢華江の他に若生勇と加賀恭一郎が待っていた。波香の言っていたように、華江はついさっきまで泣いていたらしく目のまわりを赤く腫らしていた。沙都子は、彼女とは高校の一、二年の時同じクラスだった。華江は小柄で愛くるしく、いつも年より若く見られる。その華江を支えるように、彼女の隣に若生が座っている。よく陽焼けした好男子なのだが、今日はさすがに顔色が冴えない。加賀も沈痛な面持ちで黙ったままだった。

「大変だったようね」

充血した目を沙都子達に向けながら華江は声を掛けてきた。二人が椅子に座るのを見届けると、加賀が、

「コーヒー二つ追加」

とカウンターのマスターに言った。マスターは事情を知っているのか、神妙な顔で頷いただけだった。

「藤堂君は？」

沙都子が訊いた。佐山刑事の顔が、ふっと浮かんだ。

「彼女の家に行ったよ。行くって言ってきかないものだから」

若生の返答に波香は、「まあ、彼に任せるか」と誰にともなく言った。

「それより状況を説明してくれないか。一体どういうことになっていたんだい？」

若生は苛立ったような声を出しながら、沙都子と波香の顔を交互に見た。二人は憂鬱な表情でお互いを見た。またここでもさっき刑事に話した内容を話さねばならないのだ。しかし、それが面倒で憂鬱なのではない。何度もあの場面を思い出すことが辛いのだ。

仕方なく沙都子が、発見の状況を説明した。刑事を相手にした時よりは、理路整然と話すことができた。話の途中、華江はまたハンカチで目頭を押さえ出した。

話し終わった後は、しばらく誰も口を開かなかった。仲間の一人が間違いなく死んだのだという実感が彼等を包んでいるようだった。

「自殺は間違いないわけか」

加賀が低くはっきりした口調で言った。沙都子が思わず彼の顔を見上げる程、落ち着き、そして冷めた声に聞こえた。

「そのようだな。問題は何故祥子が自殺したか……だけど」

若生は心当たりはないのかと尋ねるように、沙都子と波香の顔を交互に見た。しかし二人はちょっと顔を見合わせた後、力なく首を振るだけだった。

「そういうものだ」

加賀はブラック・コーヒーを飲み干しながら呟くように言った。その言い方が気になって沙都子は口を動かしかけたが止めた。

「藤堂君の様子、どうだった？」

波香が若生に訊きかえした。若生はちらっと加賀や華江の方に目を向けた後、眉間に皺をよせて答えた。

「見ていられない……ってところかな」

「そう……」

「夢遊病者みたいに視線がさだまらなくてさ。話しかけても上の空だった。信じられない気分なんだろうな、きっと」

息苦しいような沈黙が五人を包み込んだ。信じられない気分——それは自分だって同じだと沙都子は胸の中で呟いた。

沈黙を破ったのは加賀だった。空のコーヒー・カップを弄びながら彼は言った。

「それで、これからどうするつもりなんだ？　こうして雁首並べていても、何の解決にもならないと思うぜ」

「加賀君はどうするの？」

涙の跡が消えない華江が訊いた。

「講義を受けるさ。ジイさん教授のもったいぶった講釈を聞きながら、祥子が死んだ理由を考えてみる。俺なりにね」

「そうするしかなさそうだな」

若生も腰を上げた。「僕たちにできるのは、その程度だ」

華江も若生に倣う素振りを見せたので、沙都子は波香の方を見た。

「波香は？」

彼女はいつになくせわしない動作で煙草を吸っていたが、フィルター付近まで短くなった吸い殻を灰皿に描かれたピエロの赤い鼻のあたりに押しつけると、

「南沢（みなみさわ）先生の所にいってくる」

とぶっきらぼうな調子で答えた。

この波香の言葉に、他の四人は少し虚をつかれたように黙った。彼女に言われるまで、その婦人の名を誰一人として思い出さなかったからだ。

「そうだな、連絡はしておいたほうがいいな。新聞を見るまで知らなかったなんてことになったら、僕達が叱られちまう」

ポケットに手をつっこんだまま、若生は頷いた。

「あたしも一緒に行こうかな」

華江がいったが、加賀は「止めておいたほうがいい」と首を振った。

「涙もろい人だからな、先生は。華江が行ったら、引き金になるのがオチだ」

言われて華江はちょっと膨れて見せた。その表情を見て沙都子は白い歯を見せたが、頬を緩めるのが久しぶりなせいか、顔がすこしひきつったような感じがした。

『――ピエロ』の前で波香だけが別れて駅の方に向かい、他の四人はT大通りに出た。若生と華江が二人で前を歩くので、自然沙都子は加賀と並ぶ格好になる。それが気になって沙都子は何となく歩きにくいのだが、加賀のほうは平気な様子だ。「もっと楽しい気分と君と歩きたいがね」

などと話しかけてくる。沙都子はそれを無視するように、「さっきのことだけど」とわざと強い口調で言った。

「ああいう言い方はないいんじゃない。あたしも波香も祥子のことなら大抵知っているつもりなんだから」

「ああいう言い方？」

加賀は沙都子の言っている意味が咄嗟にはげせない様子だったが、すぐに「ああ」と首を縦にふってみせた。

「自殺の動機がわからないということに対して、俺が『そういうものだ』って言ったことを怒っているんだな」

「怒ってるわけじゃないわ」

「怒っている顔だ。だけど俺は本当のことを言ったまでだぜ。もし祥子に何か悩みがあって、それを君や波香が知っていたとしたら、彼女は自殺などしなかったと思う。悩みというのは、人に知ってもらうことによって低減するという性質をもっているからな」

「でもそれならあたし達に打ち明けてくれたはずだわ」

「そのあたりが難しいところだ。話せるということは心にどこか余裕がある証拠でね、真の悩みというものは人には話せないものさ。この場合は友情も無力だ」

「女の友情は特に……って言いたそうね」

「女も男も関係ない。悩みのある時は誰だって孤独だ。ただ……」

わかってたまるもんですか——沙都子は心の中で吐き捨てた。

「恋愛をしている時はどうなんだろう？　そのケースは俺にもわからないな」

「ただ？」

4

昼迄には少し時間があったので、沙都子と華江はひとまず研究室に顔を出すことにした。彼女たち国文科の四年生は、一日一度は研究室に寄るように指導されているのだ。

国文科の研究室は文学部の中でも最も広く、しかも古い。やや建て付けの悪いドアを開いて中に入ると、いかにも年季の入っていそうな木製の本棚と長机が置いてあって、ちょっと見は小さな図書館といったところだった。壁際には古文書のようなものが額にいれて飾ってあったりする。沙都子は初めてこの研究室を訪れた時、これらの全てがもったいをつけているように見えて、あまりいい印象を受けなかったのだった。

机では十人ほどの学生がレポートを書いたり、人のノートのコピーを整理したり、とにかく何かの作業をしていた。全員四年生である。この研究室は三年生と四年生が共用しているのだが、三年は今何か重要な講義があるらしい。

沙都子と華江が入っていくと、机に向かっていた学生のうち二、三人がちらっと顔を上げて、明らかにいつもとは違う表情をにじませた。好奇心と迷い。話を聞きたいか、聞きにくい——

そんな顔つきだ。文学部は女子が多い。祥子の自殺の噂は急速に広まっているらしい。まるで大量のビー玉を床にぶちまけたようだと沙都子は思った。

彼女等の視線を無視して沙都子と華江は自分達の作業の準備をした。調べ事にせよレポートにせよ、やらねばならないことは山ほどあるのだ。ただ今日ばかりは机の上に広げた文献もノートもポーズに終わる可能性が大であったが。

沙都子達が椅子に座って三十分ほどたった頃、例の建て付けの悪いドアをヒステリックに開けて、助手の川村登紀子が現れた。大股で本棚に向かって一直線に歩いていく。沙都子は嫌な予感がした。というのは登紀子は文献を探し出すまでは何も目に入らないが、自分の用が済むと手近な学生にちょっかいを出すという性質を持っていたからだった。

果たして彼女は文献を手に本棚の前を離れると、

「相原さん、発見者だそうね」

と沙都子たちにはとても理解できない無神経な訊きかたで話しかけてきた。

「びっくりしたでしょ？」

「それは……まあ」

「どうして自殺なんかしたのかしらね。男……じゃないでしょうね、まさか」

華江が机の下で、沙都子の足を軽くこづいた。相手にするな、という合図らしい。大丈夫、それほどバカじゃないと沙都子は目線で答えた。

「恋人がいたはずよね、たしか」

沙都子の向かいに座っていた、小野弘美という学生が言った。先程からこの話題を出したくてしかたがなかったのだが、登紀子に便乗してようやく言いだせたという感じだ。

「いるけど……よく知らないわ」

沙都子は適当にごまかした。

「相手は理工学部の学生だったわね。うまくいってたのかしら？」

「さあ」

沙都子はうんざりした。ついさっき親友と永遠の別れをしてきたばかりだというのに、何が悲しくてこんな低俗な会話をしなければならないのだ。しかも弘美の口調はますます熱を帯びてきて、口元から飛ぶ唾の量が増えてくる。

「あたし思うんだけど、牧村さんと彼氏の仲、まずくなりかけてたんじゃないかな」

「どうして？」

「うん、英文のコからちょっと聞いた話なんだけれどね。この夏の講座旅行で牧村さん達、結構アバンチュールを楽しんでたらしいのよね」

「アバンチュール？」

沙都子は問いなおした。講座旅行というのは親睦を目的に、研究室単位で夏に一回実施される旅行のことだ。「目的のない団体生活は苦手だよ」とか言って波香は行かなかったが、旅行好きの祥子は参加したらしい。

「何でも旅先で知り合った男のグループと、夜に飲みにでかけたりしたんだって。結構派手に遊んだって話よ。ふつう彼氏のいる子は、そういうのにはつき合ったりしないものだと思わない？」

「そうね、でもよくわからないわ」

何事かと思ったらそんなことかと、沙都子は馬鹿馬鹿しい気分だった。祥子の性格はよくわかっている。自分の意志にかかわらず、人に押しきられてしまうタイプだ。おそらくその時も友人に強く誘われて断りきれなかったのだろう。

沙都子の返答がそっけないものだったので、弘美は川村登紀子を相手にしゃべりだした。登紀子は大いに関心があるようで目を輝かせて聞いている。沙都子は近所の団地で主婦が二、三人集まって、延々と井戸端会議をしている姿を思い浮かべた。

昼が近くなったので、沙都子は華江を誘って研究室を出た。今日はもうここに戻ってくるつもりはない。午後の三講目を受けたら、『首を振るピエロ』に行くか、あるいは波香の部屋で彼女を待っているのもいいと思っていた。波香の部屋の合鍵は三年も前から預かったままだ。

昼食は学生食堂でとることにした。若鶏カツレツとサラダ、華江は天ぷら、学食のメニューは相変わらず揚げ物ばかりだと沙都子は思った。

二人とも半分程食べたところで箸を置いた。空腹だという自覚はあるのだが、胃や腸がまともに働いてくれそうにないのだ。

プラスチックの湯のみで、色も味も薄い茶を啜りながら華江がぽつりと言った。

「あたしたち、祥子の何だったのかしら」

沙都子は答えず、テーブルの上にこぼれている茶を見つめていた。どうしてこう学食のテーブルってのは、どれもこれも濡れているんだろう?

「祥子は何かを悩んでいたに違いないっていうのに、誰もそれをわかってあげられないなんて」

「うん……」

華江にはそんなつもりはないのだろうが、沙都子はまるで自分が責められているように感じられた。今食べたものが、まるで鉛のように胃に重く残る。

「でも祥子の悩みっていうのは、もしかしたらあたし達の仲間の中では、一番わかりにくいかもしれないわね。だって彼女、ちょっと神経質なところがあったでしょう?」

「そうだったかな……」

そうだったかもしれない、と沙都子は思った。でも、そうじゃなかったかもしれない。とにかく祥子に関して何一つ自信がない。

「神経質だったわ。この前も、ちょっと身体に吹出物ができたからって随分気にしてたもの。こんなの大したことないってあたしは言ったんだけど、彼女はアイドル的なところがあったから気になったのね、きっと。そんなぐらいだから、すごく些細なことが動機になったのかもしれない」

「かもしれないわね」

沙都子は曖昧に頷いた。

午後の三講目を受けながら、沙都子は一番最後に祥子に逢ったのはいつだったかを考えた。遠い昔のような気がするのだが、実際は一昨日の午後『首を振るピエロ』で顔を合わせているのだ。じゃあ、その時彼女がどんな様子だったか？　ところが、何故かそれを思い出そうとすればするほど、記憶はどんどん暗闇の中に融けていくのだった。どんな顔で、どんな話をしたのかも思い出せない。焦りだけが頭の中で空回りした。

講義が終わると、四講目を受けるという華江と別れて、沙都子は波香のアパートに向かった。とにかく真っすぐ家に帰る気分にはなれない。波香の話も聞きたかったし、あの後祥子の部屋でどんなことがあったのかも知りたかった。

沙都子が白鷺荘の前まで来ると、アパートのまわりはもういつもの活気のない、どんよりとした風景に戻っていた。中年女の管理人が彼女を見て何か言いかけたが、すぐに読んでいた週刊誌に目を戻した。

祥子の部屋は閉まっていた。「ただいま就寝中」の札が傾いている。「就寝し過ぎよ」と沙都子は呟いた。語尾が少し涙声になった。

ふと思いついてドアのノブに手をかけてみた。毛糸のカバーの肌ざわりがやさしい。手首に軽く力を入れてみる。鍵がかかっているものと思いこんでいた沙都子は、抵抗なくノブがすっと回ったので却って驚いた。しかしそれ以上に彼女をびっくりさせたのは、ドアを開けると部屋の真ん中に一人の男が居たことだった。グレーの背広を着て、向こうむきにあぐらをかいていた男は、沙都子が瞬間的に息を止めてその場で身体を硬くしたのとは対照的に、実にゆっくりした動作で彼女の方を振り返った。

「やあ、あなたでしたか」

「あっ、朝の……」

「佐山です」

今朝の刑事だった。彼は彼女の方に向き直ると、窮屈そうな格好で正座した。沙都子は少しあわてた。

「すみません、あの……誰もいないと思ったものですから」

「いいんですよ、別に何をしていたわけでもない。戻ってくる用があったので、ついでに一服していただけです。それに」

と佐山は小さく首を傾げた。「ここは僕の部屋でもない」

これ以上、ここでこの刑事と向きあっている理由が、沙都子には見当たらなかった。元々、何のために祥子の部屋をのぞく気になったのかもよく分からないのだ。彼女は軽く会釈をすると、部屋を出ようとした。だがその彼女の背中に佐山は、「ちょっと」と声をかけた。沙都子はふりかえった。

「何か思い出したことはありませんか？」

自殺の動機について――という言葉を刑事は避けた。これが彼等の優しさのつもりなのだろうか。

「ありません」

意識してはっきりとした口調で言った。痛い奥歯を押すような空しい快感が、微かに感じられた。

「そうですか、やはりね……」

佐山は背広の内ポケットに手を入れたが、思い直したようにその手を戻した。煙草を出そうとしたらしいが、人の部屋だということを思いだしたようだ。

「僕もいろいろな人にあたってみたのですがね、だめでした。あなた達のような親友にすら話せないような悩みを、親や大学の教授に相談するはずもありませんし……」

だろうな、と沙都子は思った。自分だってそうだ。

「しかし弱りましたよ。報告書にはとにかく何かを書かなきゃならない」

「どう書くつもりなんですか？」

「仕方がありません。今のままなら衝動的な自殺とでもしておきます」

「衝動的……」

祥子にはもっとも似合わない言葉だった。そんな理由を書くぐらいなら、適当に動機をでっちあげた方がまだ真実味があると沙都子は思った。

「ああ、そうだ」

佐山は声の調子を変えた。「日記帳が見つかりましてね」

「赤い表紙の……」

「そうです。御存知でしたか」

ここに泊めてもらった時など、祥子が書いているのを何度か見たことがあった。ブルーのインクを詰めた万年筆で、一ページにびっしりと書き込む。書ききれないくらい充実した一日にしたいというのが、彼女の口癖だった。

「それで何か？」

だが佐山は首を振った。

「御家族の方にもチェックしていただいたんですがね、動機となりそうなものは見当たりませんでした。まあこれは予想していなくもなかったのですよ。人に見せるつもりはないが人に見られた時のことを想定して書く、日記とはそういうものだと思いますからね」

かもしれない、と沙都子も思った。日記を書かない自分にはよくわからないが――。

「でも、自殺する前日まで、悩みとは全く無関係なことを書き続けることができるものでしょうか。あたしなら」

「僕だってできませんよ」

言葉をひったくって佐山は言った。「そして牧村さんにもできなかった。四日前から日記帳の日付はストップしていました」

「四日前、ですか？」

「そう。したがって牧村さんが自殺したきっかけは、四日前にあったと考えるのが妥当なようですね。あなた方も、その頃に絞ってもう一度考え直してみて下さい。真相は意外なところに横わっている可能性が強いですからね……おやっ、お友達がお帰りのようだ」

佐山の言う通り、誰かが廊下を歩く足音がしたかと思うとそれはこの部屋の前で止まり、向かいのドアの鍵を外す音が聞こえた。それを合図のように佐山は立ち上がり、沙都子も部屋を出た。

「また、お逢いしましょう」

佐山はこう言って廊下を歩いていった。

5

「四日前……ね」

インスタントのブラック・コーヒーを飲みながら、波香は沙都子の話を聞いた。随分疲れた顔をしているなと沙都子は感じた。

「覚え、ないね」

「やっぱり」

「英文の連中にも聞いてみるけどさ、あたしらの知らないことを知ってるとは思えないしね」

そうね、と沙都子も力なく頷いた。

「それでどうだった？　南沢先生の方は」

沙都子が訊くと、波香はちょっと言いにくそうに口元を曲げた。

「泣かれちゃったよ、予想どおりね」

「自殺……って言ったの？」

「それ以外に言いようがないでしょ。先生、『わからない、わからない』って繰り返してた」

白いハンカチで目頭を押さえる、南沢雅子（みなみさわまさこ）の枯れた姿が沙都子の目に浮かんだ。あの初老の婦人は、波香の報告をどんな気持ちで聞いたのだろう。そして波香はどのような表情でそれを話したのだろう。その場に居なくてよかったという気持ちと、波香の芯の強さに感心する気持ちが、交互に沙都子の心を支配した。

南沢雅子は県立R高校で茶道部の顧問をしていた。沙都子も波香も祥子も、そして加賀や藤堂も彼女から作法を教わったのだ。加賀や藤堂は正式な茶道部員ではなかったが、沙都子と同様、波香に刺激されて週に一回は参加していたのだった。また南沢雅子は古文の教師としても彼女等にとっては恩師だった。一方若生勇や伊沢華江などは茶道部ではなかったが、彼等にとっては雅子は三年の時のクラス担任であり、結局仲間全員が何らかの形で彼女の世話になっているのだった。そのため彼女が教師をやめた今でも、年に何度かは南沢家に集まり、近況を報告するのが高校卒業後の恒例のようになっている。

「ところで」

コーヒーを飲み干すと、波香は煙草に火をつけた。「大学のほうはどうだった？　祥子の話題でもちきりだったかい」

「さあ」

沙都子は小さくかぶりを振った。「少しは噂になってたみたいだけど……よくわからない」

国文科の研究室で低俗な噂話に花が咲いていたことを沙都子は言わなかった。不愉快になるのは自分ひとりでたくさんだ。

「結局、祥子のことをこの先ずっと覚えているのは、ほんの一握りの人間なんだろうね」

ため息をつくみたいにして波香は言った。沙都子は、そんなふうには言ってほしくなかったのだが、やはりそれは悲しいほどに真実らしかった。

「ああ、そうだ」

言いながら煙を吐き、その煙さに波香は自分で顔をしかめた。「今そこで管理人に話を聞いたんだけどさ、あの夜十時過ぎぐらいに祥子に電話がかかってきたんだってさ」

「祥子に？　誰から？」

「そんなの決まってるじゃない」

「藤堂君か……」

「いつもの男って言い方を管理人はしてたよ。で、祥子を呼んだらしいんだけど返事がなくてさ、部屋の前まで行ってもドアには鍵がかかってるし叩いても返事がなかったんだって。それでトイレまで探したけれど、どこにもいなかったらしいよ。まあ眠ってるんだろうって言って電話は切っちゃったらしいけど」

「ということは、その時にはすでに祥子は……」

その先が言えずに沙都子は口を閉ざした。

「死んでいたってことになるわね」

「藤堂君、祥子の最後の声を聞けなかったわけか」

「そんなこと、彼の前で喋（しゃべ）っちゃだめだよ」

さびしい目をして波香は睨（にら）んだ。


祥子の死体が発見された日の二日後、牧村家で葬儀がおこなわれた。沙都子たち六人は、大声でしゃべる親戚らしい一群から離れて、焼香の順番を待っていた。

「全員揃うなんて久しぶりね」

華江が皆の顔を見回して言った。たしかにそのとおりだった。

「揃ってないわよ、ひとり」

沙都子は呟くように言った。その意味を解して、一瞬皆の口が閉ざされた。

「動機はいまだに不明かい？」

学生服姿の若生が、女性軍の顔を見ながら訊いた。沙都子は思わず視線を下に向けた。

女性が誰も答えないので、横から加賀が口をはさんだ。

「昨日の新聞には、『進路上の悩みか』って書いてあったな。勿論クエスチョン・マーク付きで」

「そんなはずないわ。一番の希望だった旅行社に就職が決まっていたんだもの。ねえ沙都子」

華江はムキになったが沙都子には彼女のような元気はなかった。それで「まあね」などと曖昧な返答になった。

藤堂は他の五人から少し離れたところで、次々に焼香を済ませていく喪服姿の人々に、じっと目を向けていた。この二日間で病的に痩せたように沙都子には映った。無口になり、そして当然だが不機嫌になった。

昨日もそうだった――と沙都子は、祥子の死後はじめて藤堂と会った時のことを思い出した。朝、大学に行く途中、電車の中で彼と一緒になったのだった。

「訊かないでくれ」

沙都子が口を開く前に、彼は苦しげに呻いた。

「訊かれても答えられないんだ」

祥子の自殺の原因は、という意味のようだった。

「でも祥子は四、五日前から悩んでいた形跡があるのよ。それでも全然心当たりがないの？」

「ない。あれば話す」

ちぎって捨てるみたいにして、藤堂は言った。

沙都子は今こうして彼の後ろ姿を見ながら、なぜ彼の恋人は自分の悩みを誰にも打ち明けなかったのだろうと考えてみた。話さなかったのか、話せなかったのか――。

そんなふうに思いをめぐらせた時、ふいに一つの考えが彼女の脳裏に芽生えた。何の根拠も脈絡もない思いつきに過ぎなかったが、それはひどく説得力をもっているように沙都子には感じられた。きっと疲れているせいだ――彼女はそう考えることにした。

南沢雅子が現れたのは彼等六人が焼香を済ませた直後だった。背の低い彼女は、乱雑に立ち話をしている人々の間から影のように姿を見せた。銀髪と金縁の眼鏡と喪服があまりにも見事にマッチしているのが、沙都子にはなぜか悲しかった。

雅子は沙都子たちに気づいたようだったが、目線でちょっと挨拶したあと、すぐに牧村家の中に消えていった。

ぼんやりと老婦人の後ろ姿を見送っていた沙都子は、ふいに肩を叩かれて声をあげそうになった。険しい顔つきで振りかえると、学生服姿の加賀が赤い表紙の本を彼女の目の前にかざした。咄嗟に沙都子が思ったのは、男の子は学生服一着でことが足りるから便利だなという、全く関係のないことだった。今朝、着る服で一時間近く悩んだからかもしれない。

「噂の日記帳だ」

ぶっきらぼうに言いながら、加賀はそれを沙都子に手渡した。「それを読んで、祥子の心の襞を読みとることだ」

「これ、どうしたの？」

血のように深い赤色の表紙に目を落としながら沙都子は訊いた。薔薇の模様がレリーフしてあることに初めて気づいた。

「祥子の母上に頼んで拝借してきた」

「変な顔されなかった？」

「沙都子に頼まれたって言ったからな。よろしくお願いしますってさ」

「そう……」

佐山刑事から日記のことを聞いた話は、加賀たちにもしてあった。それで自分たちもその日記帳を見る必要があるなと、昨日も話していたのだった。

「ありがとう」

実に自然に感謝の言葉が口をついた。何だか久しぶりに素直な気分になっていた。

「おどかすなよ」

加賀は首をすくめて見せた。

南沢雅子が焼香を済ませて戻ってくると、なんとなく今まで散らばっていた六人が、ひきつけられるように集まってきた。藤堂の表情も少し和らいだようで、沙都子はほっとした。

「出かけようと思ったら数珠(じゅず)の糸が切れてね」

赤茶色の玉の連なりを見せながら、おだやかな口調で雅子は言った。「ひとつひとつ拾って繋いでたら遅くなったのよ。おまけにここへ来るまでに電車の中で数えてたら、どうしても玉がふたつ足りないの。ひとつぐらい足りなくなるっていうのはありそうだけど、ふたつとなると、もう年ってことね」

「先生……」

華江が耐えかねたように雅子の肩に顔をうずめた。先刻まで元気そうだったのだが、気性が激しいだけに、また何かがこみ上げてきたようだ。

華江のそんな様子を見ていると、沙都子まで胸の奥が熱くなってくるようだった。目の少し下が火照(ほて)ってくるのがわかる。彼女のその反応に気づいたのか、雅子は、

「こんな時私は、仲間に男性がいてよかったと思うの」

と加賀や若生たちの方を見た。「女性の身体を支えてあげられるからよ。さあ、もう牧村さん

にお別れを言いましょう。そうして心を静めて、ゆっくりとお茶でも頂くとしましょう」

お茶の準備はできているから、と老教師は言った。

6

南沢雅子の家に向かう電車の中で、沙都子は祥子の日記帳を開いた。一ページ目の日付けは今年の一月一日になっている。

『絶対に日記を途中でやめないこと。これが第一の目標。だってこの日記帳、高かったんだもの』

というのが書き出しだった。祥子の悪戯っぽい表情を沙都子は思い浮かべた。

「挫折したわけじゃないから、彼女の目標は達せられたということね」

隣からのぞきこみながら波香は言った。

「まあ、そうだけど……」

沙都子は歯切れ悪く返事してから、ぱらぱらとページをめくった。どのページにも最低一度は「藤堂クン」という文字が出てくる。たとえばこんな調子だ。

『五月五日、雨が降った。せっかくのドライブだってのに、バカヤロー。結局喫茶店のハシゴになっちまった。

喫茶「エル」でお話。藤堂クン、やっぱり大学院に行くつもりだって。スゴイ。でも何とかいうオニのような教授の下で前途多難だそう。ガンバレ。ワタシが旅行社に勤めたいって言ったら、「俺が卒業するまで、花嫁修業してればいいのに」だって――。うれしー。

でも祥子ちゃんはキャリア・ウーマン目指してがんばるのであった』

こんな文章を読んでいると、沙都子は余計胸がしめつけられてくるのだった。彼女はふっきるみたいにして、日記帳の後ろの方をひらいた。祥子が死ぬ直前の頃のページだ。見覚えのある丸い文字で、次のように書いてある。

『疲れる日が続く。レポートはたまってるし、波香のいびきはうるさいし、とても眠れそうにない。おまけに湿疹が出てかゆいわで面白くなーい』

「この時点では、祥子に深刻な悩みがあったとは考えられないわね」

と波香は『いびき』という言葉を指さしながら言った。

「刑事が言ってたとおりだわ。この翌日に祥子の身に何かが起こったのよ。問題はそれが何か……だけど」

「ちょっと見せて」

波香は日記を自分の方にひきよせた。

「何かわかりそうかい？」

向かいの席で、腕を組んで目を閉じていた加賀が、薄目をあけて訊いてきた。若生と華江と藤堂、そして南沢雅子は、少し離れた席に腰をおろして話している。

「よくわからないわ」

これをどういう意味にとったのか、加賀は小さく頷くと再び目を閉じた。

「変ね」

日記帳をぺらぺらとめくっていた波香が、妙に低い声で呟いた。「変だ」

「何が？」

今度は沙都子がのぞきこむ番だった。日記帳は八月八日のページが開かれている。

「元日に誓ったからかもしれないけれど、祥子は殆ど毎日日記をつけているわ。試験の時でもね。ところがこの八月八日の次は八月十五日になってるんだ。つまりあいだの六日間は空白になっているわけ。これはどうしてかな？　他はそんなこと全くないのに」

「何か理由は書いていないの？」

「ない」

波香は首を振った。

沙都子はもう一度紙面に目を落とした。たしかに変だった。日記を中断する時ってどんな時だろう。忙しいとかじゃないとすれば——。

ふと思い出したことがあった。沙都子は訊いた。

「ねえ、八月八日って、英文科の方で何か行事がなかった？」

「行事？　そんなもの夏休み中にあるわけが……」

ない、と言いかけて波香は声を切った。そしてせわしない手つきで、ハンドバッグの中からブルーの手帳を引っ張り出した。いったい何年使っていたのかと思うほど、その表紙はくたびれていた。

「そうか」

波香は手帳をのぞきこんだあと、深々と頷いた。「あの日は講座旅行があったんだ」

「やっぱり」

沙都子はため息をついた。予想通りだった。

「何か知っていそうね」

探るような目つきを波香はした。

「うん、実はね……」

沙都子は加賀に聞かれない程度の小声で、先日研究室で聞いた話を彼女にした。つまり祥子が旅行先で見知らぬ男のグループと遊んでいたという噂話だ。

話を聞いた波香は、苦々しげに眉をひそめた。

「あたしも聞いたよ、その手の話。ウチの研究室は結構遊び人がそろってるからね。だけどその中に祥子も入っていたとは知らなかったな」

「どういうことかしら」

「どういうことだろうね、ただ……」

と波香は日記帳を指ではじいた。「空しい予感がするな」

「ねえ波香、あたしお葬式の時から考えてたんだけど」

「あまり考え事をする雰囲気じゃなかったけどね」

「恋人にも話せない秘密っていうのは、つまるところ一つしかないと思う」

波香はわざとらしい咳ばらいをした。

「あの関係ってわけ？」

「そう、あの関係」

波香は今度は低い唸(うな)り声を出した。そして苛立(いらだ)ったように、長い髪をくしゃくしゃとかき回した。

「講座旅行で、その知らない男どもと何かあったって言いたいわけね」

「そんなふうには思いたくないけど」

「たとえばレイプ」

「かもしれない。とにかくその時にも日記を空白にしなきゃならないようなことがあったのよ」

「それが今度のことと関わっているってわけか……」

うーんと低く唸るような声を出して、波香は目を閉じた。

南沢雅子の家は旧家である。通りの激しい車道からそれて、石畳の坂道を五十メートルほど上ったところに木造のその家はある。道が緩(ゆる)やかにカーブしているので目の錯覚を誘うのか、家の正面は実際よりもかなり幅広く見える。玄関には格子戸(こうしど)が入れてあったりして、時代劇の舞台に使えそうな背景だが、真ん前に立てられたコンクリート製の電柱が全てをぶちこわしにしていた。

道から玄関までは一段低くなっていた。雅子の後に続いて沙都子たちは入っていった。加賀や若生といった長身組は腰をかがめねばならないほど、鴨居（かもい）は低かった。

入ったところは土間になっている。しん、と止まっていた空気が、自分達がやってきたことにより大きく乱れたように沙都子には感じられた。

彼女等が通されるのは、一番奥の十畳の間と決まっていた。縁側があって前栽（せんざい）が見える。ここへ来るとなぜか皆、足をきっちりそろえて座るのだった。

雅子が茶の用意をしに行ってる間、六人はぼんやりと庭を見ていた。

「前にここにきたのは春だな。あの樹には白い花が咲いていた」

縁側に立って加賀は、一本の低木を指さした。

「ドウダンツツジね」

波香が言った。「スズランのような花をつけたわよね。落葉樹だけど、まだ色づくには少し早いようだわ」

「よく知ってるな。先生に訊いたのかい？」

若生が訊くと、波香が無表情で答えた。

「ううん、祥子から聞いたのよ」

南沢雅子が茶の道具を持って現れると、六人は彼女と向かい合うように並んで座った。何度もやっているうちに、座る順番も自然に決まっていた。まず波香、そして次が沙都子だ。

沙都子は雅子の手の動きを目で追っていた。一寸の無駄もためらいもない、流れるような動きだ。そして機械のように正確に、しかも静かに茶筅は振られた。

ずっしりとした重みを感じながら茶碗を取る。深い草色の淀みがそこにある。ビーズよりももっと細かい泡と共に飲み干した後、何も言わずに茶碗を戻すのが裏千家だ。

「若生君や伊沢さんも」

茶をたてながら雅子が言う。「充分お茶には慣れたようね」

「ええ、まあ」

茶碗をもったまま、若生は華江と顔を見合わせた。

仲間ではこのふたりだけが、茶道の未経験者だった。それを無理矢理ここに連れてきて飲ませたのだった。華江はすぐになじんだが、若生は大変だった。絵の具を飲んでいるようで気持ちが悪いといやがったのだ。しかし最近では曲がりなりにも自分でたてたりするほどになっていた。

それぞれの近況報告を、雑談を交えながら一通り終えた頃、

「先生が祥子と最後に会ったのはいつですか？」

と沙都子は茶碗をおきながら訊いた。雅子はわずかに首を傾げた。

「そうねえ、正確な日は覚えていないんだけど……たしか夏休みの後半に、彼女がたずねてきたことがあるわ」

「夏休みに？」沙都子は波香と横目で見合わせた。「どんな用件でした？」

「用件？　さあ、覚えてないわねえ。特に用があってきたわけじゃなかったと思うけれど」

「お茶を飲んで帰っただけですか？」

加賀の問いに対しても、雅子は「そう」と答えただけだった。

「牧村さんの自殺の理由を知りたがっているのね」

雅子は波香に二服目をたてながら言った。沙都子は無言で頷いた。波香も頷いた。

「藤堂君も、やっぱり知りたい？」

突然声をかけられて、彼はびくっとしたように身体をかたくした。そして声を出さずに唇を少し動かした後、

「知りたいです、やはり」

と震えるように答えた。

「私はね、あまり知りたいとは思わないの」

雅子は茶碗を置いた。波香がそれを取りにいく。

「牧村さんが守り続けてきた秘密を暴きたくないからよ。死んでしまった彼女には、あなたたちの追及に対して、何の抵抗もできないんですから」

「でもあたしたちには割り切れないんです」

華江がまた涙声になりながら言った。「どんな秘密でも打ち明けられる仲だったはずなのに」

「打ち明けられないから秘密なのよ」

そう言って南沢雅子は、「もう一服いかが？」と教え子たちを見回した。

帰りの電車を、沙都子と波香の二人は途中の駅で降りた。そして四人を見送った後、反対側の

ホームに着いた電車にとび乗った。

シートに並んで腰かけると、再び例の赤いレリーフの施された日記帳を取り出す。ページをめくる手ももどかしく、沙都子は目的の箇所を開いた。

『八月二十日　南沢先生の家に行く。先生のお手前を味わいながらのおしゃべり。一方的にあたしだけがしゃべったみたい。先生は聞き上手だ――』

「どういう話をしたのかは書いてないわね」

沙都子は言った。そして、『人に見せるつもりはないが、見られた時のことを考えて書く、それが日記というものだ』という、佐山刑事の言葉を思い出した。

「でも例の講座旅行でのことを相談しに行ったのは間違いないと思うよ。祥子はウブだし、古風なところがあったからね。他の男と関係を持ったら、死刑にでもなると考えていたかもしれない」

そして波香は、もっと教育しておくべきだったというようなことを、大真面目な顔をして言った。

二人が再び訪問した時、南沢雅子は何か忘れ物でもしたのかと思ったようだ。だがちょっと内密の話があるのだと沙都子が言うと、彼女は厳しい顔に口元だけ笑みをたたえて、「どうぞ、今度はコーヒーがいいわね」

と応接間の方に案内してくれた。ここは沙都子もあまり入ったことがない。広さは十二畳くらいだろうか。片隅に、脚に彫り物のしてある古い机が置いてある。その上には大百科事典が並べてあった。机も本もかなりの年代物のようだったが、わずかの埃さえかぶっていなかった。

「死んだ主人のものなの」

沙都子がじっと見つめていたからか、コーヒー・カップを並べながら雅子が言った。「以前はここを書斎として使っていたのよ。本棚なんかもあったのだけど、殆ど処分してしまって……」

南沢雅子の夫は某国立大学の、数学教授だった。十年以上前に死別して、それ以来雅子はずっとひとりでこの家を守り通してきたのだった。

「先生、実は祥子のことでお伺いしたいんです」

沙都子はこういうきり出し方をした。そして夏の講座旅行でのことを話し、そのことで相談を受けたことがないかどうか尋ねた。雅子はその質問にはすぐに答えず、

「あなた方はどうしてそれを知ったの？」

と訊いてきた。大学の研究室で噂になっていたのだと説明すると、彼女はちょっとかなしげに眉を下げて、「そう……。死ぬと、過去を大掃除するみたいに、いい噂も悪い噂も広がってしまうものなのね」と言った。

「それであなた方は、そのことが今度のことと関係あるのじゃないかと思っているのね」

「もしかしたら……と思って」

沙都子が答えると、雅子は小さく頷き、すぼめた口にコーヒー・カップを持っていった。茶道の師は、こんな時でも上品に見えた。

「犯されたとか騙されたとかではなく、雰囲気に酔わされたのだと牧村さんは言いました。そう

いうふうになった自分が悪いのだとも。それで、全てを藤堂君に話してしまおうと思うけど、どうだろうって相談しに来たのです」

やはり、と沙都子と波香は顔を見合わせた。

「それで先生は何とおっしゃったのですか？」

沙都子はおそるおそる訊いた。すると雅子はわずかに頰をゆるめて、

「黙っておきなさい、と言いました。藤堂君は何も知らないのだから、わざわざ不愉快になるような事を教えてあげることもないでしょう。黙っていても気づかれるのではないかと牧村さんは心配していたようだけど、殿方というのはそれほど勘のいいものではありません。そんなことより、今後気をつければよろしい」

「よく言ってくださいました」

波香が感謝したが、沙都子も同じ気持ちだった。もっとも今ではこの感謝も、無意味なものになってしまったが。

「それで祥子は納得して帰ったわけですね？」

沙都子の質問に、雅子はええと頷いた。

「だから今回の自殺とは直接関係していないと私は考えているのです」

沙都子と波香は合わせたようにため息をついた。ほっとしたような拍子抜けしたような、妙なため息だった。

「やっぱり自殺の理由をつきとめるつもりなの？」

雅子は訊いた。少し責めたような口調に気後れを感じながらも、

「納得できないんです」

と沙都子はきっぱりと言った。

「そう、しかたないですね。あなた方にはその権利があるのだし……」

「納得できませんから」

沙都子はくり返して言った。南沢雅子は何度も頷いていた。


南沢家を後にした二人はしばらく無口だった。もうこれで乗るのは四度目になる電車にゆられながら、沙都子は車内の広告をぼんやりと眺めていた。目線は広告の見出しの上を舐めているのだが、さっぱり頭に入ってこない。祥子のこと、南沢雅子の言葉などが、不規則な形で脳裏をよぎっていく。

「可能性は一つだけあると思うんだ」

例の髪をかきあげる癖を披露しながら、波香は唐突に口を開いた。

「可能性……て、何の？」

沙都子は彼女の横顔を見た。

「だから、例の講座旅行でのことが原因で、祥子が自殺したっていう可能性よ。夏休みからはだいぶ時間が経っているけれど、ひとつだけ考えられることがある」

「何？」

「つまりね、今になってあのことを藤堂君が知ったんじゃないかってこと」

「藤堂君が……か」

考えられないことではない、と沙都子は思った。あの講座旅行での出来事について、秘密保持がそれほど徹底されているとは思えない。事実沙都子にしても、ほんの世間話といった感じであの噂を聞いたのだ。そんな調子で藤堂が知ってしまうことは、充分にありうる。

「それでどうなの？　それを気に病んで祥子は自殺したっていうの？」

「と言うより、藤堂君がそのことで責めたんじゃないかな。別れ話も当然出るだろうし、祥子の性格を考えると、かなりショックをうけるだろうと思うよ」

「波香なら何でもないことだろうけどね」

「祥子はあたしやあんたとは違うってことよ」

「で、どうするの？　それをたしかめるには藤堂君に訊くしかないわけだけど……」

すると波香はすっと前を向いて、「あたしにはできないよ」と言った。

「あたしだって嫌よ」

「日記……日記には何か書いてないかな」

波香は沙都子の手元にある日記帳を顎で差した。それで沙都子は再び赤い表紙に手をかけた。夏以降のページをめくってみる。心なしか、夏以前に比べて、「藤堂クン」という文字が少なくなっているようだ。

「これが一番最近に藤堂君のことを書いたページよ」

沙都子は、日付が十月十五日になっているページを波香の前で開いた。

『十月十五日火曜日。藤堂クンが夢を語ってくれた。研究・国際学会・大学教授。彼はあたしの分まで夢見てくれる。キャリア・ウーマンから教授夫人まで。「だから君でないとだめなのさ」と彼。「未来の教授夫人は淑女でなきゃいけない」「あたし、淑女かな」と訊いてみる。「勿論さ」と答えてくれた。「沙都子や波香だと、残念ながら失格だ」……て。』

「バカヤロウ」

波香はそう呟いて、軽く目を閉じた。

白鷺荘に着いたのは、夕方の五時頃だった。「夕飯食べて、それから一杯やろう」と波香に誘われて、沙都子もここまで来たのだ。それにしても例の選手権大会以後、波香と飲む機会が多くなったと沙都子は感じた。

アパートに足を踏み入れると、沙都子は管理人室のほうに小さく会釈した。今夜は波香の部屋に泊まる予定で、こういう日は管理人に愛想よくしておいたほうがいいからだ。だが相変わらず不機嫌そうに座っている中年女の向こうに知っている顔を見つけて、沙都子は立ち止まった。それはいつもの刑事――佐山刑事だった。

彼は祥子の隣室の古川智子と話していたが、沙都子たちに気づくと軽く頭を下げて、

「金井さんたちにも、後でちょっとお願いしたいのですが」

と言ってきた。前に会った時と比べて、彼の顔つきにどことなく切迫したものがあるようで沙都子は気になった。

「いつでもどうぞ」

波香が答えて、二人は階段を上がっていった。

「話、長そうだな。智子に何を訊いてるんだろ、あの刑事」

部屋に入ってから、波香はこう言って軽く下唇を噛んだ。

古川智子は三年生で、祥子の部屋の左隣に住んでいる。祥子の死体が見つかる前に旅行に出ていたため、警察の事情聴取は受けていなかったのだ。

「大したことではないんじゃない？　あの日いなかったから今日訊きに来ただけで」

「そんな感じじゃなかったよ。沙都子だって気づいただろ」

波香はハンドバッグをぽーんと投げた後、

「紅茶飲む？」と訊いた。

ティーカップの準備をした時、階段の下から管理人の呼ぶ声がした。波香は「ここでいいね」と訊きながら、サンダルをはいて出ていった。沙都子はすぐにはその意味が理解できなかったが、佐山の声が階段を上ってくるのを聞いて、場所のことを言っていたのだということに気づいた。

「すいませんね」

波香の後に続いて入ってきた彼は、頭をかきながら靴を脱いだ。沙都子は彼のグレーの背広を見て、この人はこの服しか持っていないのかなと思った。

「古川さんとの話は終わりました？　随分長い話だったみたいですけど」

探りを入れるように波香は訊いたが、佐山は「ええ、まあ……」と曖昧に答えただけだった。

「実は、牧村さんが自殺された夜のことを、もう一度お聞きしたいのです」

「夜？」

波香は沙都子の方を見て、それから佐山に視線を戻した。「どういうことですか？」

刑事はもったいぶった仕草で黒表紙の手帳を取り出すと、

「あの夜、あなたはアパートに帰って来られて、すぐに牧村さんの部屋をノックしたということでしたね？」

と前回の証言を確認した。波香は目を彼に向けたまま頷いた。

「時刻は、ええと……」

「十一時」

「そうでした。そこで質問ですが、その時ドアの鍵はたしかにかかっていましたか？」

「鍵ですか……」

波香は心持ち目を伏せて佐山の質問に対して考えていたが、その目を彼のほうに向けると、

「かかっていました、たしかに。ドアのノブをガチャガチャやっても開かなかったんですから」

と答えた。

「間違いありませんか？　錯覚ということもありますが」

「間違いありません」

心外だといわんばかりに、波香はきっぱりと言った。

「その後、牧村さんの部屋で何か物音はしなかったですか？　たとえば人が歩く気配だとか、出入りする音だとか……」

「いいえ、しなかったと思います。あの夜は結構遅くまで起きていて——お酒を飲んでいたんですけど、祥子の部屋の様子には気をつけていましたから、そういう音がしたら気づいたはずです」

「失礼ですが、何時頃まで起きておられましたか？」

「一時ぐらい……だったと思います」

波香の日常ならそんなものだと、沙都子は横で聞いていていて納得した。

「なるほど」

浮かない声を佐山は出した。そして黒い手帳に目をとおすと、ちょっと考えこんだように口を閉ざした。

「あの、何か？」

沙都子は横から口を出してみた。だが刑事は首を振ると慎重な口ぶりで、「いや、何でもありません。このことはあまり口外しないようお願いします」と言って手帳を閉じた。

どうもありがとうございました、失礼します、と言って腰を上げた佐山の右腕を波香はつかんだ。

「ちょっと待って下さい。どういうことなのか説明してもらえません？　古川さんから訊いたことと関係があるんでしょう」

だが佐山はやや沈痛な表情を浮かべると、

「今はまだ言えないんです。やがて言わざるをえない時がくるかもしれないが」と彼女の手をはずした。

「刑事さんが話して下さらないのなら、古川さんから直に訊くだけですけど」

靴を穿きかけていた刑事の背に沙都子は言った。彼は一瞬迷ったように眉間に皺を寄せたが、すぐにもとの人の良さそうな顔に戻って、「それは自由だ」と言った。そして彼女らに一礼すると、彼は振り返らずにドアの向こうに消えた。

彼の抑えたような靴音が階段を下りていったことを確認すると、沙都子と波香は無言のまま申し合わせたように廊下に出た。そして迷わず波香が古川智子のドアを叩く。眠そうな声が返ってきて、鍵の外れる音がした。

「あら、先輩」

智子はトレーナー姿だったが、うたた寝をしていたと見えて、髪の毛がバサバサに乱れていた。

「入るわよ」

智子の返事を待たずに波香は入っていた。沙都子も後に続く。こういうパターンはいつものことらしく、智子も気にした様子はなかった。

「東北？」

部屋の隅に散乱している土産品の包みを見て、波香は訊いた。『小岩井農場』と印刷されたスモーク・チーズの塊に、沙都子も合点した。

「うん、ほんとは北海道に渡るつもりだったんだ。それでうまい具合にN大の坊やがナンパしてくれてね、生意気にBMWなんか乗ってんの。その坊やたちが北海道に行くっていうからバッチリだったんだけど、ミヨコのヤツが追試があるなんて言い出して……」

「刑事に何を訊かれたの？」

智子のおしゃべりが調子づく前に波香が訊いた。智子はちょっと不満そうに下唇をつきだした後、

「祥子先輩、亡くなったでしょ。あの夜のこと。さっき帰ってきて聞いたんだけど、びっくりしたなあ。バアサンに、『刑事が連絡くれって言ってた』って言われてさ、連絡したらあの刑事が来たんだ。わりとまともだったね、あの坊やも」

と鼻歌まじりといった感じで喋った。バアサンというのは例の管理人のことらしい。そして年上の男でも『坊や』と呼びたがるこの時期を沙都子は懐かしく感じた。一年か二年前は、沙都子も波香もそうだった。

「東北の新聞には載らなかったのかな？」

「知らない。新聞なんか見るわけないじゃん」

それが自慢になるかのように、こう言って智子は笑った。

「で、あの夜何があったの？」

「どうってことないんだけどね」

波香が煙草を取り出したので、フルーツ缶詰の空き缶を差し出しながら智子は言った。

「あの夜、波香先輩は祥子先輩の部屋のドアを叩いてたでしょ？　実はあたしもあの少し前に祥子先輩を訪ねているの。それがさ、電気が消してあって暗いし、入り口のところから呼んでも返事がないのよね。今から考えると、もうあの時は自殺した後だったのね」

感情の起伏が激しいたちなのか、さっきまで白い歯さえ見せていた智子が、「あの時に気づいていたら、助かったかもしれないのに」と最後の方は涙声になっていた。

「ちょっと待って、電気が消してあったって？」

「そうよ。まだ時間は早いし変だなあとは思ったんだけど……」

「見間違いじゃない？　ドアの隙間から蛍光灯の灯りが漏れていたはずよ」

自分が死体を発見した時はたしかにそうだったと記憶を確認しながら沙都子が訊いた。

だが智子はこの次に、更におどろくようなことを口にした。

「ドアの隙間？　そんなの関係ないわ。だってあたしはドアを開けて、祥子先輩を呼んだんだもの。鍵？　そんなものかかってなかったわ」

第二章

1

　T大理工学部は敷地内の西南の端、正門から見てもっとも奥に位置している。文学部や社会学部、そして経済学部の学舎が一応何らかの形で新しく修復されているのに対して、ここの建物はすべて創設時のままだ。前身はT市立理工学専門学校といい、したがってこの学部自体はT大そのものよりも歴史が古いということになる。時代の流れにおかまいなしに木造とレンガ造りの学舎が立ち並んでいる様は、まるでその伝統を誇示し、他とは違うんだというところを強調したいかのごとく映った。

　理工学部は大きく分けて理学系と工学系に分類されるが、全体の八割は工学系と言ってよい。その中にはさらに、電子・電気工学科、機械工学科、金属工学科、化学工学科などがあり、それぞれに専用の研究室があった。

　牧村祥子が死んだ日の四日後の土曜日、ドジャーズのスタジアム・ジャンパーを羽織(はお)った加賀恭一郎は、金属工学科専用棟の中をまるで初めて海外旅行をした日本人のような足取りで歩いていた。彼自身は社会学部の学生である。こんなところに足を踏み入れるのは入学以来初めてだった。何が目的で廊下をこんなに薄暗くしてあるんだろうと、彼は口の中で独り言をこぼしながら進んだ。

金属材料研究室、というプレートが貼ってある部屋の前で彼の足は止まった。ここだ、間違いない――。

ドアに学生の行き先を表示した板がぶらさげてある。学生の名前が書いてあって、その横に『実験室』だとか『食堂』だとか書いた磁石をくっつけるようになっていた。藤堂の名は上から三番目にあった。『在室』になっている。

少しためらった後、二、三度ノックした。返事はない。返事がなくてもドアを開けてくれと藤堂からは言われていた。

ドアを開けると、いきなりロッカーとキャビネットが立ちふさがっていた。意味があるのかないのか、とにかく奥の様子はわからない。加賀は「藤堂君はいますか？」と、抑えた声で呼びかけながらロッカーの向こうに回った。

そこには机が二つずつ向かい合わせに――つまり机が四つ――置いてあったが、その机の持ち主たちは誰もいなかった。どうりで静かなはずだと加賀は思った。どこからか水の流れるような音が聞こえてくる。

「藤堂、いないのか？」

間の抜けた聞き方だと思いながら彼はちょっと大きな声を出してみた。やがて隣の部屋から、「はーい」という返事が聞こえた。藤堂のものではなかった。

隣の部屋とをつなぐドアが開いて、黒縁の眼鏡をかけた背の低い男が現れた。見覚えのない男だったが学生らしい。何年も洗濯していないのではないかと思うような白衣——一応白衣——を着ていた。

「藤堂は今実験の片付けをしているので……もうすぐ終わるから待っていてくれって」

「そう。ここに座っていいかな」

加賀は椅子のひとつを指した。「どうぞ」とその学生は言った。

机から椅子を引くと、足元にちいさな水槽があるのに気づいた。金魚を数匹飼うのがやっといった水槽だが、その中には金魚ではなく、二つの滑車（プーリー）が並んで入っていた。一方は直径八センチぐらいで、もう一方はその半分ぐらい。どちらもアルミのような色をしている。二つの滑車（プーリー）は軸の高さがほぼ同じになるようにセットしてあり、バネ状のベルトをかけてつないであった。さらに槽の中には、二つの車が約三分の一ぐらいつかるところまで水が入れてある。ベルトでつながれた二つの車が回っているために、水の音がしていたのだった。

だが加賀はこの水槽を見て、どうも不思議なことに気がついた。水車は軽快に回っているのだが、それを回す動力つまりモーターの類が見当たらないのだ。勿論ぜんまいやゴム仕掛けでもなさそうである。加賀は黒縁眼鏡の学生に訊いてみた。すると彼はさもうれしそうに口元を緩（ゆる）めると、うだった。

「水に秘密があるのさ」

と言った。そこで加賀が顔を近づけてよく見ると、水の表面からわずかに湯気が上っているよ

「お湯のようだね」

「それが原動力なんだ。この仕掛けは僕が作ったんだけどね」

黒縁眼鏡の学生は鼻をふくらませた。

その時ドアが開いて、藤堂が姿を見せた。

「待たせたな」と感情のこもらない声で言う。表情の変え方を忘れてしまったのかと思うほど、彼の顔は大雨の前のように曇ったきりだった。

黒縁眼鏡の学生が入れ替わりに隣の部屋に行ったので、加賀は藤堂に、「これ、面白いな」と水槽を指さした。藤堂は自分の机の上を整理しながら、

「くだらんおもちゃだ」

と視線を向けもせずに答えた。彼がシャープ・ペンシルを引き出しにしまう時、その中に高級そうなライターが入っているのが見えた。煙草を吸わないはずなのになと加賀は思った。

入り口の行き先明示板を『帰宅』にして、藤堂と加賀は並んで歩きだした。木造の廊下を踏む不規則な靴音が、水を打ったような棟内に響いた。

「呼び出したのは」

無言のまま金属工学科専用棟を出たところで、藤堂のほうが先に口を開いた。「沙都子かい？」

「そうだ」

加賀は答えた。「さっき学食で言われてな。祥子のことで、とだけ聞いている」

「だろうな」

藤堂は努めてそうしているのか、人ごとのように言った。

「祥子のことで相談したいの」

というのが沙都子が加賀に、挨拶代わりに掛けてきた言葉だった。加賀はカツ丼をかきこむ手を止めて、「動機がわかったのかい?」と訊いた。

「そうじゃないの」

沙都子は憂鬱そうな顔を振った。「でも重要なことよ。ここじゃ言えないけど」

「俺の告白ぐらいショッキングかい?」

加賀はわざと大真面目な顔で訊いた。すると沙都子も黒目をピクリとも動かさず、「もっとよ」と答えた。

全員集合させたいからというので、加賀は昼のうちに藤堂と若生に声をかけておいた。四時頃迎えに行くというのも、その時に連絡したのだった。

「沙都子はおまえのことを随分心配していた。少しは元気になったかってな」

「いい女だな」

「いい女さ。祥子もいい女だったけどな」

「沙都子は美人にもなったよ。さすがにおまえが選んだだけのことはある」

「片思いだ」

「そのほうがいいこともある」

本音を吐きやがったと加賀は思った。

ふたりはグラウンドの方を回っていった。その端には金網で囲まれたテニスコートが四面ある。ふたりが行くと、テニス部の練習が始まったところだった。

一番手前のコートの隅に四人掛けぐらいのベンチが置いてあり、若生はその上で長々と横になっていた。顔にタオルをかけている。加賀と藤堂はそばまでいくと金網越しに声を掛けた。

「どうした、T大のマッケンロー」

加賀の声に若生はむっくりと起き上がると、ふたりの顔を見て、「ああ、もうそんな時間か」と言った。どうやら眠っていたらしい。

「華江はどうした?」

同じくテニス部の華江を加賀は目でさがした。

「先に行ったよ。場所はピエロでよかったよな」

「いい。それより早く準備しろよ。待っていてやるからさ」

「いや、ちょっとやることが残っているんだ。遅れて行くよ」

「そうか……あまり待たせるなよ」

「悪いな」

「いいけどさ」

テニスコートから離れながら、いつもペアの若生と華江が別行動なんて珍しいなと加賀は思った。

門を出たところでクラクションの音がした。ふたりが立ち止まると、ギョロ目を剝いたような朱色のシトロエンが、右から現れて彼等の前に停止した。不恰好な車だと、加賀はその平たい車を見下ろした。

パワー・ウインドウがもったいぶった速度で下がり、サングラスの若い女が顔をのぞかせた。

「行くわよ、加賀くん」

『加賀くん』の『くん』をやけに強調したイントネーションで女は声をかけてきた。

「あんたか」

無愛想に加賀は答える。「乗りなさいよ」と女は右の助手席を顎でさした。

「悪いけど今日はだめだ。急用ができた」

「だめよ。約束なんだから」

「師範には俺からあやまっておく」

「だめ」

女は顔をひっこめると、パワー・ウインドウを閉めた。そして真正面を向いて、ハンドルを握った。加賀は大げさに肩をすくめ、ため息をついた。

「誰なんだ？」

藤堂は怪訝(けげん)そうに眉をひそめた。加賀は「わからんだろうな」と声をひそめて言った。

「三島亮子だよ」

さらに何か質問しようとする藤堂の口の前に、加賀は右の掌を出した。

「沙都子には都合が悪くなったと言っておいてくれ。それから、この女のことは内緒だ」

「どこへ行くんだ？」

「今度話す。機会があったらな」

そう言って加賀はシトロエンの右側にまわると、重いドアを開いて乗り込んだ。藤堂がしばらくその場にたたずんで、やがて歩きだすのがルームミラーの中で見えた。

三島亮子はシトロエンを柔らかく発進させた。

「お友達？」

中指でサングラスをちょっと押し上げながら彼女は訊いた。

「高校の剣道部で一緒だったやつだ。主将をしていた。藤堂というんだ」

「見覚え、あるわ」

彼女は頷きながらハンドルをきった。

警察の道場で練習させてもらえるから一緒に行かないかと三島亮子から誘われたのは、祥子の事件が起こる三日程前だった。様々な大会で顔を合わせることが多いため、加賀は亮子とは以前から付き合いがあったのだ。「メリットは何だ？」と彼が訊くと、彼女はニヤッと笑って、「練習相手にはこと欠かないわよ。大学内じゃあ大した相手がいないでしょ」と痛いところをついてきた。それでも加賀は乗り気ではなかったのだが、次に彼女が言った言葉、つまり「元全日本のチャンピオンに稽古をつけてもらえる」という話に彼の心は一気にぐらついた。というのは全国大会を間近に控えて、いまひとつ満足のいく練習ができていないからだった。

その元チャンピオンが稽古に出るのは一週間に一度ということだった。それで加賀もその日に限り付き合うことにしたわけだが、今日がその日にあたっていたのだ。

「金井さん、その後どう？」

信号待ちの時、無感情な声で亮子は言った。興味があるくせに平静を装ってやがる、と心の中で毒づきながら、

「休養中だ」

と加賀は言った。そしてさらに、「気になるのかい？」と訊くと、亮子はわざとらしい笑みを口の端に浮かべた。

「別に。社交辞令よ。敗者には興味ないわ」

「敗者か」

「勝ったのはあたしよ」

「まぐれだ」

何と言うかなと加賀は亮子の横顔を見たが、それ以上のってはこなかった。信号が青になると同時に思いきり急発進してタイヤに悲鳴をあげさせただけだった。

県警の交通課に所属しているという秋川義孝四段は、警察官のわりには顔つきが穏やかで、身体もそう大きいほうではない。身長百八十センチの加賀は初めて胸を借りた時、リーチでは勝っ

ていると思った。事実五センチ近く長い。だがいざ対戦してみると、短いはずの敵の腕がやたら長くみえた。届かない、と完全に見切ったつもりなのに、竹刀に最後の一伸びがあって完璧にとらえられてしまう。逆に加賀のくりだす技は、とらえたつもりでも、寸前でしかも楽々とかわされた。相手は手数も動きも少ない。彼のほうはその三倍は攻撃をしかけたのに、その殆どが空回りした。加賀は秋川を追いながら、自分の振りの鈍さを呪った。

「いや、攻撃は鋭い」

道場の端で正座して、面を取りながら秋川は言った。「攻撃だけなら日本でもトップレベルに入ると思う」

「問題は防御ですか？」

荒い息を抑えながら加賀は訊いた。

「そうじゃない。君に欠けているのは脱力、ということなんだ。力を投入し精神を集中させるのは一瞬でいいのだということを知ることだ。ただがむしゃらに全力投球しているだけでは、相手にさほど恐怖を与えられない。逆に言えば、余裕を与える」

「脱力……ですか」

「人間はいくらがんばってみても、精神集中を何分間も続けられるものじゃあない。集中しているつもりでも、実は短いサイクルで集中と散漫をくり返しているんだ。集中が続いた後には必ず散漫が来る。その時に攻撃をしかけようとしたり、逆に攻撃されたりしたらどうしても甘さが出る。そこで必要なのは、常に精神集中をしようとするのではなく、いつでも集中できる準備状態に自分をコントロールするということだ。すなわちそれが脱力ということだ」

「むずかしいですね」

「君ほどの実力を持った者に、小手先のアドバイスをしたところではじまらない。剣道を続けるうえでの永遠の課題にしてくれればいい。もちろん僕もそうしている」

「努力します」

面を外した頭を、加賀は秋川に下げた。

場内では三島亮子が県警の女剣士と掛かり稽古をしているところだった。相手をしているのは、二年前に県で優勝した婦人警官だと秋川が教えてくれた。

「三島君とはお知り合いだったのですか？」

加賀が訊くと、秋川は首を振った。

「彼女のお父上はいわゆる三島グループの一族なわけだが、権力の他に様々な人脈も持っていてね。県警のお偉方にも顔がきくらしい。その筋で僕が呼ばれることになったというわけだ」

自動車から家電、ＯＡ機器にいたるまで、メカというメカにはすべて手をだしている三島グループの名を秋川は出した。加賀も亮子の父親が三島商事という商社の重役だということは、誰かから聞いて知っていた。もっともそんなことは、彼にとって何の興味もなかったが。

「彼女の剣道にはちょっと前から注目はしているが……」

相変わらず足を使った攻撃を主体にした亮子の竹刀さばきを見ながら、秋川は声を低くして言った。「どうも伸び悩んでいるようだ。今一歩飛躍ができないんだな」

「しかし県の学生チャンピオンです」

「一応はね。でも僕は君のところの金井波香の剣道の方が好きだ。未完成だが内に籠もったパワーは相当だという気がする」

「彼女が聞いたら喜びますよ、きっと」

「お世辞じゃないと言っておいてくれ。この前の大会でも、僕は金井君が勝つと思っていたぐらいなんだから」

「残念でしたね」

「残念だった」

「あれは何故あんな結果になったのだと思いますか？」

すると秋川は腕組みをして唸った後、「ひとつは三島君の作戦勝ちだ」と言った。

「そしてもうひとつは……まぐれだ」

その時三島亮子は思いきったメン打ちに出ていた。相手がそれを払うと同時に、激しく竹刀の割れる音がした。

2

シトロエンはさっきと同じように、T大正門の前で静かに停車した。加賀はドジャーズのジャンパーを手に持ったまま、右のドアから降りた。

「今度はつきあうのよ」

窓の奥から亮子の声が聞こえた。車内の影に加賀は言った。

「高級レストランより大衆食堂のほうが性に合っているんでね」

「今のうちに言っておくがいいわ」

シトロエンは排気ガスを加賀のズボンの裾に思いきり吹きかけて走り去った。臭いと埃に彼は顔をしかめた。

ジャンパーを羽織ると、彼は駅とは逆の方向に歩き出した。大学の塀に沿って数百メートルほど行くと、車道の向こうに小さな林が見えてくる。目をこらすと朱の剝げた鳥居にも気づくはずだった。

そこをさらに進むと、背の低い家屋が密集した場所に出る。それらは下町の長屋をふたまわりほどミニチュアにしたような格好で、加賀はここに来るといつも、昔遊んだ『バンカース』というゲームを思い出した。そのゲームでは自分の買った土地に家を建てたりするのだが、その時盤上に小指の先ほどの家のミニチュアを置くのだった。

加賀はその方に近づいていくと、手前から二番目の建物——同じ格好の小屋を真横に四つ並べたような建物——の一番左の戸を叩いた。戸の右上にはマジックで『若生勇』と几帳面な字で書いてある。

返事が聞こえる前に戸の鍵が外れる音がした。若生は顔を見せるなり、

「加賀おまえ……沙都子が目をつり上げてたぞ。何故最初に声をかけてやった者がこないんだ

って

「だろうと思って来たんだ。はいるぞ」

加賀は後ろ手に戸を閉めると、畳の三分の一ほどの広さの玄関でスニーカーを脱いだ。

若生の部屋はいつも奇麗に片付けられていた。四畳半の中に、机、冷蔵庫、ファンシーケースなどが置いてあり、どんな細々したものでもきちんと整理してあった。ダーク・グリーンの絨毯の上にはパン屑のひとつも落ちていないし、独身部屋特有の例のハムが腐ったような臭いもここにはないのだった。

加賀は絨毯の上であぐらをかくと、室内をさっと見渡して、

「華江はちょくちょく来ているようだな」

と言った。若生自身が極端な奇麗好きというわけではないことを彼は知っている。それにこれだけの気配りは、男にはできないものだ。若生は椅子に腰かけながら、「まあ……ね」とやや言いにくそうに答えた。

「大事にしてやることだ、きっといい嫁さんになる」

「そのことだけど……この前、彼女の両親に会ってきた。祥子の事件があったものだから、みんなには言いそびれていたんだけど」

「おっ」

加賀は若生の顔を見上げた。「いよいよか。で、どうだ?」

「二、三年後にはって話だったんだが、印象は良かったようなんだ。若過ぎるってことは言われ

たけど、好きならまあしかたがないって感じで……」

若生はそう言ってちょっと照れたように顎をなでた。

「でもやっぱり就職先がしっかり決まったっていうのが大きかったみたいだ」

「そんなこともないだろう」

「でも彼女の親父さんは銀行マンだろ？　会社に関してはよく知ってるからさ、就職先がハンパな会社だったらいい顔はしなかったと思うよ」

「プレッシャーだったわけだ」

「そういうわけでもないけどさ」

若生は口籠ってから、「そうだ、こんな話をしている場合じゃないんだ」と机の上から黒いルーズリーフを取り上げた。

「沙都子の話をしなきゃ。こっちの方が重要だ」

彼は加賀の前にルーズリーフを開いて置いた。そこには四角い見取図のようなものがフリーハンドで描いてある。今日、沙都子の話を聞きながらスケッチしたものらしい。

「何の絵かわかるかい？」

若生が訊いた。加賀はちらっと見ただけで、「今日の話の内容から察すると、白鷺荘のようだな」と答えた。若生は頷いた。

「沙都子の話は最終的にはこの見取図にいきつくわけなんだけど、まあ最初から話そう。まず事件のあった夜だけど、十時過ぎに藤堂がアパートに電話して祥子を呼びだそうとしたが、部屋には鍵がかかっていて呼んでも返事がなかったということだった。だから祥子はこの時すでに自殺をはかっていたと考えられていたわけだが……まあそれはいい、このあと十一時頃、波香がアパートに帰ってきて祥子の部屋のドアを叩いている。ここまでは知っているよな」

「知っている」

「あの時波香はドアを開けようとしてノブをひねったらしいんだ。でもノブは回らなかった。つまり鍵がかかっていた」

「知っている」

「翌朝沙都子が訪ねた時も鍵はかかっていた。管理人からマスター・キーを借りて入ったところ、祥子はすでに死んでいた」

「それも知っている」

「そう、ここまでは誰でも知ってる。問題はこの次なんだ。実は、あの夜祥子の部屋を訪ねたのは波香だけじゃないんだ。祥子の隣に住んでいる三年の女の子も、波香の前に祥子の部屋を訪ねているらしいんだ。その女の子の証言によると、自分が行った時には、ドアには鍵なんかかかっていなくてちゃんと開いたということだ。しかもその時部屋の電気は全部消してあって真っ暗だったらしい。知っているように、発見された時は蛍光灯がついていたということだったよな」

「…………」

「驚いたようだな」

「ちょっと待ってくれ」

加賀は腕組みをしていた左手で、両目の目頭を押さえた。考えごとをする時、彼が時折見せる癖だった。

「それはつまり、こういうことじゃないのか」

顔から左手を離すと、開いた目を若生に向けた。「その女の子が行った時には祥子はまだ自殺をはかっていなかった。というより自殺する直前だった。そして逆に、波香が訪ねたのは自殺した直後だった」

「女の子と波香がドアをノックした時間は、十五分とは離れていないらしい。つまり管理人が祥子の部屋に鍵がかかっていることを確認した後なんだぜ。自殺した人間の部屋の鍵が、どうして開いたり閉じたりするんだ？　おまけに蛍光灯まで、ついたり消えたりしている」

ふうーっと大きく息を吐いた後、加賀は若生の部屋の蛍光灯を見上げた。リング型が二本入っているタイプだが、その二本共が端が黒くなってきていた。

「要するに……言いたいことはこういうことか」

沈んだ声で加賀は言った。「祥子は自殺じゃなく、誰かに殺された……」

「沙都子はそう言うんだ」

「祥子が……」

加賀は脳裏に、祥子の屈託のない笑顔をふっと浮かばせた。その顔はどういうわけか最近の祥子ではなく、高校生で丸くふくよかだった頃の彼女だった。

「加賀君は、ええね。何も迷わんでええから」――ふいにあの頃祥子から言われた言葉を思い出した。丸みを帯びた関西弁は、彼女が中学の時まで大阪に住んでいた証だった。

「冗談言うなよ、俺だって迷う時はあるぜ」

彼が答えると祥子は思案顔を横に振り、

「けど加賀君には剣道があるわ。あたしには何にもあれへん、一体何しに大学いくのか、自分でも分かれへんの」

と言って、彼女らしい、おっとりとしたため息をついたのだった。

本当に、彼女はいつも迷ってばかりいた。仲間で喫茶店に入っても、祥子だけはいつまでもオーダーがきまらず、『迷い娘』などと沙都子や波香たちから呼ばれていたのを思い出す。そして大学までも迷った挙げ句、他の女友達の強力な誘いに負けてT大に決めたのだった。だが「自分で何も決められへんねん。あかん女やわあ」と笑いながら言える彼女を仲間達は愛した。藤堂の恋人だったが、皆のアイドルでもあった。

その祥子が殺されたというのだ。

「犯人に心当たりはあるのか？」

押さえて言ったつもりだったが少し声が上ずった。生まれてこのかた一度も接したことのなかった『殺人』という言葉を、急遽受け入れねばならない事態に直面して、さすがの加賀も戸惑っていた。

「あるわけないだろ。だから沙都子はみんなを集めようとしたんだ。みんなでなんとか手掛かりを捜そうということだ」

「探偵ごっこか。気の強い女だな」

「一生懸命なんだよ。それに沙都子は口には出さなかったけど、加賀のことを随分頼りにしているみたいだった」

「どうだか」

「仲間が殺されたわけだからね。僕は積極的に協力するつもりだ」

加賀は目を閉じた。『首を振るピエロ』の一番隅のテーブルで、沙都子が淡々とした口調で皆に話している姿が瞼（まぶた）に浮かんだ。どんな熱い話題でも、冷めた口ぶりで喋るのが高校の時からの彼女の特技だった。

「それで……今のところは手掛かりなしなんだろうな、やっぱり」

「全くないって……これは沙都子の台詞（せりふ）だけど」

「藤堂の様子はどうだ？」

「元々これ以上落ち込めないっていう状態だったからね、あまり変化はなかった。自殺にしろ他殺にしろ心当たりがないことにはかわりはないってさ」

「インテリゲンチャめ、無理してやがる」

「というわけで一体あの夜何が起こったのかということから、推理を進めていこうということになった。沙都子の推理では、管理人がノックした時にはすでに祥子が殺されていたのは事実だろうというんだ。そして犯人もまだ室内に居た」

「三年の女の子が訪ねた時、鍵があいていたのは何故だ？」

「何らかの理由で犯人は鍵をあける必要があった。もしかしたら脱出しようとする直前だったのかもしれない。ところがその女の子が祥子の名前を呼んだものだからあわてて身を隠した。犯人にとってはもっともピンチだった時だね。そしてしばらく様子を見てから脱出した。波香がドアをノックしたのはその後なんだと思うね。思う、と言ったってここまでは全部沙都子の推理なんだけど」

「だろうな」

若生の話に頷くと、加賀は目の前に置かれたルーズリーフを手に取った。

「で、この見取図が問題になってくるわけか？」（図1・2）

若生はほんの少し首を傾げ、そして言った。

「そう。この問題を解くこと、それがすべてなんだ」

キャップが外れて消しゴムの部分が露出しているシャープ・ペンシルを片手に、若生は説明を始めた。

「僕も白鷺荘に入ったことはないから、はっきりとしたイメージをもっているわけじゃないんだけど、今日の沙都子の話で大体のポイントはつかめているから一応話しておこう。詳細はまた沙都子から聞けばいい」

「了解」

若生の手元を見つめたまま加賀は答えた。

「まずここが白鷺荘の入り口だ。入って左に管理人室があって、太った中年のおばさんがいつも座ってテレビや週刊誌を見ている。アパートを出入りする者は必ずこのおばさんに厳重にチェックされるらしい。この管理人室の真ん前に階段、通り過ぎて正面に廊下がある。正面の廊下を挟んで四つずつ、合計八つの部屋が一階にはある。うち一つは管理人室とつながっている。階段を上がると同じように廊下があり、これもまた同じように八つの部屋がある。そして祥子の部屋はこの二階の、右側の奥から二番目だ。因みに波香の部屋はその向かい側で、さっき話題になった三年の女の子は祥子の部屋の左隣、つまり一番奥に住んでいる」

若生は見取図の中に管理人室、祥子、波香というような文字を書き加えていった。力が入っているらしく、シャープ・ペンシルの芯がポキポキと何度も折れた。

「階段は奥にもうひとつあって、下の廊下とつながっている。階段を下りたすぐ近くに裏口があって、これは普段鍵をかけてある。もっとも内側からは誰でも簡単にあけられるタイプのやつだ。その横には物置があって、ここの戸は鍵がないと開けられないらしい。それから、ここここがトイレ。勿論女性専用だな」

概略は以上だ、と若生は加賀の反応を窺うように彼の顔を覗きこんだ。加賀はしばらく図面上に目を落としていたが、やがて、

「ようするに」

と重々しく口を動かした。「祥子が誰かに殺されたのだとしても、犯人が出入りすることはできなかったというわけか」

図1　白鷺荘1階

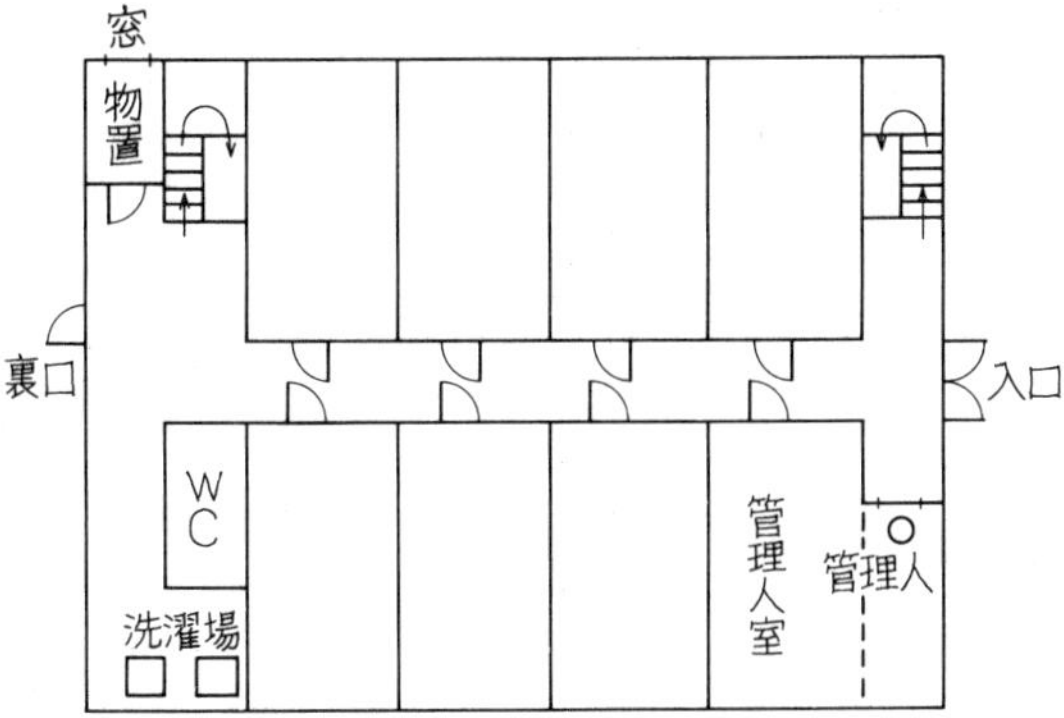

図2　白鷺荘2階

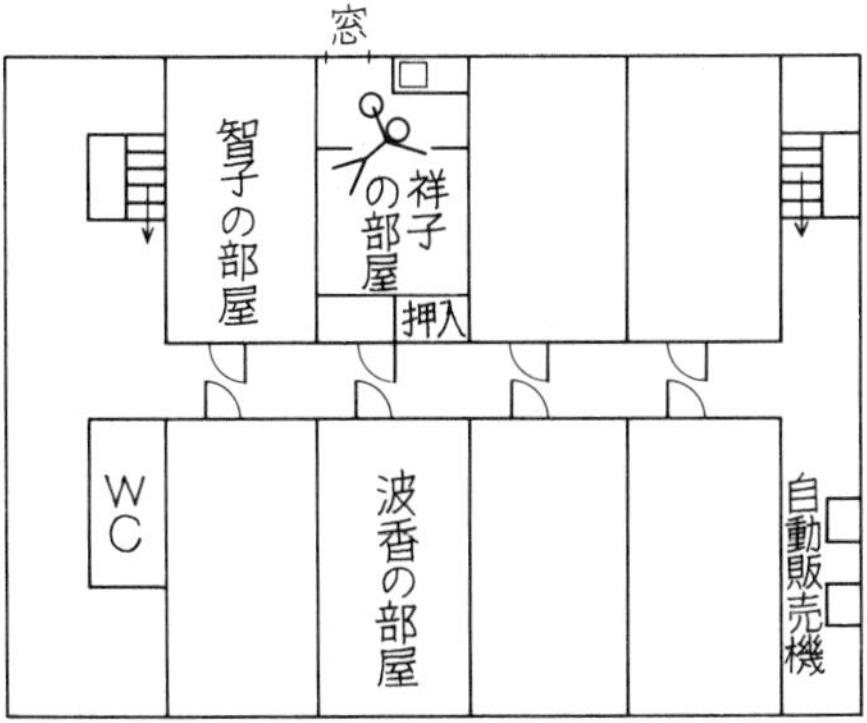

「今のところは、そういうことになっている」

加賀は図面上の『祥子』と書いた部屋を人差し指でつついた。「まず第一の謎は祥子の部屋の出入りだな。犯人はどうやって入り、どうやって出たか」

「出る方は問題ないんだ」

若生はシャープ・ペンシルを持った手を小さく振った。「白鷺荘の部屋の鍵は、全室半自動ロック式だ。つまり室内側ノブの中央についているボタンを押しておけば、あとはドアを閉めるだけで鍵がかかってしまうというやつだ」

「そうすると、犯人は部屋に入りさえすればいいわけだな。入るにも大して問題はない。祥子に鍵をあけてもらえばいいわけだ」

「やっぱり犯人は知り合いかな。沙都子もそう言っていたけど」

「押し込み強盗なら悲鳴のひとつもあげるぜ。顔みしりで、隙を見て睡眠薬を飲ませて……ってところじゃないのか」

だが、と加賀は考え込んだ。こんなふうに安直に推理を進めていっても、次の大きな壁にぶつかるのだ。

「問題は第二の謎だ」

唸ったような声が出た。若生も顔を曇らせて、

「犯人は一体どうやってアパート内に入り、そして出ていったか——こちらの方が不可解だって言うんだろ？」

と言った。

「正面から……ではないんだな」

「ここの管理人の厳しさには定評があるってことは、加賀だって知ってるだろ？　ねんのために沙都子が訊いたらしいんだが、あの夜住人以外で管理人室の前を通った者はいないということだ」

「祥子が死んでいるのを見付けた時、裏口の鍵はたしかにかかっていたんだな？」

「かかっていたらしい。証人は多いぜ」

「その鍵も、管理人がもっているわけか？」

「そう。住人に持たせたら、裏口から出入りするに決まっているからね」

「うむ」

加賀はもう一度図面に目を落とし、そしてこの部屋に入ってきた時のように腕組みをすると、小さいがはっきりした声で、

「ひとつだけ簡単な推理がある」

と言った。若生は彼の目を見た。

「アパートの住人が犯人なら問題ないって言いたいんだろう」

「それは勿論だが、主犯が外部からの侵入者だったとしても、アパート内に共犯がいればこの犯行はた易い。裏口から脱出して、その共犯に鍵をかけてもらえばいいんだからな。だがもしそういう人間がいないのだとしたら、これはつまり……」

「そういうふうに考えざるをえないようだね、この状況からだと……」

加賀は嚙みしめるようにして言った。若生はゆっくりと首を縦に動かした。

「つまり密室か」

「つまり？」

3

翌週の月曜日、二講目が休講になったので、加賀恭一郎は剣道場に立ち寄ってみた。彼等四年生は実質的にはこの五月で引退という形で、今は三年生たちを中心に部活動が進められている。加賀や波香たちの活躍で脚光を浴びはじめているだけに、最近ではいつ行っても精力的なかけ声が聞こえるというぐらい、T大剣道部は活気を帯びてきている。この時も七人の部員が練習に出ていた。男子部員が五人、そして女子部員が二人である。六人は稽古をしていたが、傍らで休んでいた男子部員が、大きな声で挨拶したあと加賀のそばにやってきた。森田という三年生で、主将をしている。

「早いですね、先輩」

森田は五分刈りの頭を掻きながら言った。

「皆のやる気はあるようだな」

「やる気はなんとか。実力がないのが玉にキズですが」

「キズじゃないさ」

「はっ、どうもすいません」

加賀は靴を脱ぐと、どんどん部室のほうに歩いていく。その後を森田が頭を掻きながら続いた。目上の人間に対する時、頭を掻くのが彼の癖のようだ。

「他の四年生は来るか？」

「最近はあまり……」

「そうか」

皆、卒業を控えて忙しい。自分のように試合があるならともかく、空いた時間にちょっと剣道でも、というわけにはいかないだろうと加賀は思った。

部室で着替えた後、森田を相手に軽く竹刀を振った。一昨日秋川から言われた、『脱力』ということを意識して動いてみたが、その意味も感触も摑(つか)めたとは言いがたかった。極意(ごくい)というものはむずかしいと、加賀は面の下で何度も舌打ちした。

ひと汗かいた後、面を外して休んでいたら、二人の女子部員がスポーツ・ドリンクを持ってきてくれた。二人とも二年生部員である。

「女子の方もＯＢはあまり来ないのか？」

彼が訊くと浜島直美という部員のほうが少し考えてから頷いて、

「ええ、皆さんお忙しそうで……金井さんが見えたぐらいです」

と答えた。

「波香か。だけど彼女が来たのも、県の個人戦が終わるまでだろう?」

「はい……あっ、でも練習はされませんでしたけど、試合が終わってからも二、三度顔をお見せになりました」

「個人戦から一週間ぐらい経ってからよね」

須藤千枝子という背の低いほうの部員が、直美の顔を見上げるようにして言った。「たしかおかしなことを訊かれたじゃない」

「おかしなこと?」

加賀は千枝子を見下ろした。

「履歴書がなんとかって……」

「ああ、あの時ね」

直美はスポーツ・ドリンクの缶を指でポンと叩いた。「部員の履歴書みたいなのはないのかなって訊かれたんだ」

「波香がそんなことを言ったのか?」

「ええ。でもあたし、そんなもの見たことないし、入部する時だってそんなもの書かされた覚えもないし……。そう言ったら先輩も、そう言えばそうだったね、なんて笑っておられました」

あたりまえだ、一体何をやろうとしているんだと、加賀は波香の翳りを帯びたまなざしを思い浮かべた。

「それで波香はそのまま帰ったわけか?」

　すると千枝子のほうが首を振った。

「履歴書がないのならって、クラブ名簿を持っていかれました。それで……たしかすぐに返しに来られたはずです。もういいんですかって訊いたら、生協でコピーしてきたからっておっしゃってました」

「クラブ名簿ね」

　初代から現役にいたる部員の名前と、それぞれの住所、電話番号、出身地、出身高校が書き連ねてある。加賀や波香の名前も、第十九代として書き込まれてあるはずだ。だが、波香が今更何故そんなものを必要とするのか、加賀には皆目見当がつかなかった。

「住所録でも作られるんじゃないですか」

　二年生といえば二十歳を迎えるはずだが、高校二年と言っても通用しそうな子供っぽい笑顔を見せて千枝子は言った。加賀は、「そうかもしれないな」と受け流して彼女等の前から離れながら、波香から手紙や賀状の類を貰ったことは高校の時から一度もなかったことを思い出していた。

　シャワーを浴びて着替えると、彼は社会学部社会学科の研究室に足を向けた。ここの学舎は理工学部と違い、鉄筋コンクリートの五階建てである。壁にはまだ見苦しい染みも罅割(ひびわ)れもなく、ガラスをふんだんに使った近代的外観は、ちょっとしたオフィス・ビルといったところだった。

　エレベーターがあるのもT大内ではここだけだ。加賀が棟に入っていくと、エレベーターの入り口の前で三人の学生が上向きの方のボタンを押して箱が来るのを待っていた。加賀は彼等の横を通り抜けると、その横にある階段を二段跳びで駆け上がった。鈍重な動きと遅い反応、エレベーターのそういうところが彼は嫌いなのだった。

研究室のドアを開けると霞がかかっていた——ように見えた。実際には何種類もの煙草の煙が空間で絡み合い、混ざり合い、そして飽和しているのだった。煙の中心には艶のない髪を伸ばした、コピーライター志願の女子学生がいる。化粧をしていない顔にメタル・フレームの真ん丸い眼鏡をかけ、その口からいつも、『パフォーマンス』だとか、『アイデンティティー』だとか、とにかく加賀の苦手な言葉を放出している女性だった。彼女の他には三人の男子学生が、彼女を取り囲むようにして座っていた。マスコミだとかにやたら詳しい連中で、加賀は敬遠していた。彼等の方もアナクロニズムと馬鹿にしているのか、彼に近寄ってくることはなかった。

加賀がドアを開けて入っていった時、彼等は一瞬彼の方を見て話を中断したが、すぐに何事もなかったかのように自分たちの世界に戻っていった。耳の奥にダイレクトに飛び込んでくる女子学生の声、それに反論あるいは同意する男子学生のヒステリックな声、それらを極力無視しながら、加賀は自分専用の机までたどりついた。

卒業論文は三分の一ほどできあがっていた。社会心理学に武道と茶華道の世界をうまくからませて一本に仕上げるつもりである。このことを沙都子に話した時、彼女は、「まるで三題噺みたいね」と笑ったものだった。それは何だと彼が訊くと、客が出した三つの題を使って即席に一つの小噺にまとめる落語のことだと彼女は教えてくれた。

本当にそうだ——レポート用紙を埋める作業に苦しみながら、加賀は一人で苦笑した。

　二行ほど書いたところで再びドアが開いた。討論していた学生の声が、またしてもスイッチを切ったように止まる。そして入ってきたのが丸山という助手と知って、再び迷惑を気にしない唾の飛ばし合いを始めた。

　丸山は大学院を出たばかりで、それほど歳の違わない——どちらかと言えば、加賀たちより童顔な——助手だった。普段、どんな仕事をしているのか誰も知らない。教授の鞄持ちという噂があるが、案外的を射ているかもしれないと加賀は思っている。

　丸山は黙ったまま加賀の机の横まで来ると、いきなり、「警察が」と言った。その声が非日常的に高く、例の学生たちまでがこちらを見た。丸山はちょっとあわてた様子で、顔に比べて随分大きい眼鏡の位置を直した。

「警察の人が……加賀君に会いたいということで……」

　来たか、と加賀は軽く奥歯を嚙んだ。

「どこにいますか？」

「いっ今、電話がかかってきて……。正門の守衛室にいるそうで……」

「正門ですね」

　加賀は立ち上がるとジャンパーを持って足早に部屋を出ようとした。ドアを開ける時、「英文の女の子がさ……」という声が後ろで聞こえた。情報化社会に関する議論にも熱心だが、俗な噂話にも興味があるらしい。加賀が振り返ってひとにらみすると、柔弱そうな学生が首をすくめた。

社会学部の学舎から正門までは二百メートルほどである。加賀がジャンパーを手に持ったままひとっ走りすると、部屋から守衛室まで二分とはかからなかった。煙草に火をつけたばかりらしい刑事は、あわててその長い吸い殻をそばにあった灰皿に捨てた。

グレーの背広を着た刑事は、佐山と名乗った。沙都子が言っていたやつだなと加賀は合点した。

「どこかゆっくり話がしたいんだがね」

佐山はあたりを見回すしぐさをした。落ち着いて話のできる場所、というふうに加賀は解釈した。

「いい店がありますが」

彼が言うと、刑事はにやりと白い歯を見せた。沙都子がよく言う、『清潔そうな口元』だなと彼は思った。

「ピエロ、かい？」

「御存知ですか？」

「さっきまで若生君と会っていたんだ」

「なるほど」

「君たちのテリトリーで聞き込みをするというのは、得策ではない」

「誰かいましたか？」

「美女が二人いた。僕から情報を得ようとしていたようだ」

「成功したようですか？」

「さあね、質問攻めに遭ったが……。とにかくあの店はやめよう。時間が時間だから食事にしないかい？」

「いいですね」

意見が一致したところでふたりは歩き出した。


彼等が選んだのは、T大前駅の駅前にある『北京屋』という名の中華料理屋だった。陳列ケースの中の料理見本に埃がかぶっているような店だが、入ってみると結構客が座っていた。二人は都合良く空いていた一番奥のテーブルに向かい合って腰をおろした。

「若鶏唐揚げの定食」

と加賀は、水を運んできた女店員に注文した。佐山も、同じものでいいと言った。

加賀が水を飲み、ガラスのコップを置くのを待ったあと、佐山はゆっくりとした動作で背広の内ポケットをさぐった。手帳を出すのだなという加賀の予想を裏切って刑事が取り出した物は、途中で折れ曲がったマイルド・セブンの箱だった。そこから引き抜かれた一本も、やはりみじめに折れていた。

「若生君とは高校からのつきあいらしいね」

佐山は曲がったままの煙草をくわえた。口を動かすと先端がピクピク上下する。「君は剣道で、彼はテニスでインターハイに出たそうじゃないか」

「出ただけです」

そんなことまで喋ったのかと、加賀は若生の気のよさそうな顔を思いだしていた。初対面の人間に対しても、警戒ということをしないのが彼のいいところでもあった。

「藤堂君ともそうらしいね」

刑事の声の調子が変わった。同時に加賀は刑事の話の持っていき方を見抜いた。彼は先手を取った。

「祥子ともそうですよ」

佐山の表情が一瞬止まった。そして黒目だけを不安定に動かす。やがて「結構」と唇の端を緩めた。

「牧村祥子さんの件で、ちょっと調べ直す必要が出てきてね」

「ちょっと……ね。つまりただの自殺じゃない」

「君たちの間でも、いろいろと憶測が飛びかっているようだが、今のところは何とも言うわけにいかないんだ。靴の上から足の裏を掻くようで歯痒くはあるんだが」

「本題に入ってください」

加賀はまたコップの水をひと口飲んだ。

「前置きは不要なようだね。いいだろう、じゃあまず第一の質問だ。牧村さんが亡くなった夜、つまり十月二十二日の午後八時以降、君は何処で何をしていたかね？」

「いきなりアリバイですか」

「本題に入らせてもらったんだ」

佐山は涼しい顔をした。

「あの日は火曜でしたからね、クラブの練習がありました。九時ぐらいまでやっていたはずです。その後はすぐに帰ったな……。部員の誰に訊いていただいても結構です。家の方向が同じ後輩と、途中の駅まで一緒だったからそいつに訊くのがいいかもしれない」

そして加賀はその後輩の名を口にした。佐山は手帳を取り出して、一応といった感じでこの話をメモした。

唐揚げ定食が運ばれてきた。学生相手だけに値段の割りに量が多い。佐山は瞬間目を丸くしたが、すぐにその目を加賀に向けた。

「牧村さんというのはどういう女性だったかな？」

「いい女性でしたよ――いただいていいですね」

「どうぞ。いい女性というとどういうふうに？」

「殺されるような女性じゃないってことです」

子供の握りこぶしぐらいありそうな塊に、加賀はがぶりと咬みついた。佐山は『殺される』という言葉にも表情を変えない。

「そんなにいい女性なら、さぞかしモテたんだろうね」

「そうですね」

事実だ。事実を隠す必要はないと加賀は思っている。

「それでも恋人は藤堂君ひとりだったのかな？」

「痴話げんかの果てに、という推理ですか。残念ですが我々の知る範囲ではそういう男はいないですね」

「噂のひとつも耳にしなかったかね？」

「噂には疎いもので」

「藤堂君との仲はどうだったのかな？　最近でもうまくいっていたのかな？」

「さあ、傍目にはわからないことですからね」

ふう、とマイルド・セブンの煙を佐山は吐いた。唐揚げを次々と口の中に収めていく加賀を見ながら、まだ箸をつけようとしない。

「最初自殺と思われていた時にも、心当たりはないと誰もが言っていた。その状況は他殺と考えた場合でもかわらないというわけかい」

加賀は箸を持つ手を止めた。

「他殺……か。でも決まったわけじゃないんでしょう」

「君はどうなんだ？　他殺だと思うのかい？」

「俺はあの話を聞いただけですよ。例の祥子の隣室の女の子の話」

「どう思う？」

「何とも言えないですね。沙都子あたりは一生懸命らしいが、人の記憶なんていい加減なものだ。無理矢理、探偵ごっこの材料にこじつけてしまったのかもしれない」

「冷めてるね」

「そうですか」

「君たちには今後も充分協力してもらわないといけないからね。ひとつだけ情報を提供しておこう」

そう言って刑事はようやく割り箸に手を伸ばし、それを派手な音をたてて割った。

「牧村さんが手首をつけていた洗面器のそばに、血をふきとった跡がみつかっている。牧村さん自身がふきとったものと考えられていたが、妙な話だよね。自殺をしようって人間が、こぼれた血のことまで気にするものだろうか？」

4

午後から三講目を受けたあと、加賀は予定通り『首を振るピエロ』に足を向けた。腰を屈めて低い入り口をくぐると、カウンター席に沙都子と華江の姿があった。マスターも彼女らの前に行って、話に加わっているようだった。彼が入ってきたことに気づいて、マスターが軽く頭を下げた。

「朝からそこに座ったままかい？」

沙都子の横に座りながら加賀は言った。

「今来たところよ。でも朝にも来てたってことを知ってるってことは、若生君に会ったのね」

と華江。加賀は首を振った。「刑事に会ったんだ。マスター、ココア」

「何か言ってた？」

沙都子はほんの少し心配顔を見せた。

「収穫はゼロだったようだな。こぼしてたぜ」

「こっちだってゼロよ。痛みわけってとこね」

「刑事と張りあう必要はない。協力するのが供養ってものだ。で、刑事から情報をもらったんだが」

加賀はさきほど佐山から聞いた、血をふきとった跡のことを彼女等に話した。沙都子は二、三度頷いて、「警察はプロだものね」と言った。

「犯人がどうやって白鷺荘を出入りしたかについては、調査中ということだったが」

加賀は佐山の言葉を思い出しながらココアに口をつけた。「まずはアパートの住人を疑うことから始めるだろうな。そういう口ぶりだった」

「妥当なところね。そういう意味で真っ先に疑われるのは……」

「波香」

「そうなのよ」

と沙都子は眉をよせた。「無礼にも彼女のアリバイをたしかめられたわ。あの夜はあたしと『バーボン』で飲んでいたんだけど」

「失礼よね。なんで波香が祥子を殺すはずがあるのよ」

華江は腹立たしさを示すように、コップの水を飲み干すと、そのコップをがんとカウンターの上に乱暴に置いた。

「警察としては、アパートの出入りを始めとする物的な面と、動機等の人間関係的な面との両方から攻めるつもりだろうな」

加賀が言うと、それまで黙って聞いていたマスターが少々ためらいながら、

「僕も訊かれたよ。動機についてはね」

と言葉をはさんだ。「行きつけの店をあたるってのは捜査の常識らしいね。最近の様子だとか、親しくしてたメンバーのことなんか訊かれたよ。もちろん皆さんと同じようなことしか答えられなかったけど」

「誰に訊いたところで同じさ」

加賀はココアをうまそうに喉に流し込んだ。


『――ピエロ』を出た後、白鷺荘に行ってみると言う沙都子と別れて、加賀は華江とともに大学のほうに戻った。彼には剣道の練習があるし、華江もテニスの大会を控えている身分だった。華江は若生と組んで、全国大会出場を目指している。

「試合はいつだったかな？」

地方予選の日程を加賀は訊いた。今度は自分が応援に駆け付ける番だと思っている。

「十一月三日と四日よ。県営グラウンドで」

「もうすぐだな。それまでは祥子のことは考えないことだ」

「考えないなんて無理だわ」

「華江が悩んだぐらいで解決するわけでもない」

彼女はちょっと頰を膨らませてみたが、すぐに、「そうね」と小声で答えた。

テニスコートのそばまで来ると、早くも若生が着替えて準備運動をしているのが見えた。華江は彼の方に手を振ると、加賀に「じゃあね」と言って駆け出した。

加賀は数分ほどテニス部の練習を見て、ゆっくりと歩きだしたが、その時横から近寄ってきた男に声をかけられた。加賀と同じ社会学部で、この間までテニス部のキャプテンをしていた男だった。年中真っ黒に日焼けしていて、テニスウェアの襟元からは濃い胸毛が覗いている。

彼は挨拶代わりに加賀の剣道の調子を訊いた後、若生勇と伊沢華江のペアが全国大会出場を狙える好調ぶりだということを述べた。武道の言葉を借りれば、心・技・体すべて完璧だと彼は形容した。

「何よりも二人の結婚にOKが出たのが大きいね。就職がうまくいかなかったらヤバイんだなんて、若生は心配してたようだから」

このテニス部の元キャプテンは、若生と華江の仲についてかなり詳しく了解しているらしい。

「そのことは若生からも聞いたが、奴が何故そんなに就職のことを心配したのか俺には分からないんだが」

加賀が言うと、元キャプテンは「なんだ知らないのか」と意外そうに目を開いた。

「若生には兄さんがいてね。その兄さんってのが昔学生運動の闘士だったんだ。今はそういう方面からは足を洗って商売をしているらしいけど、その筋では結構名を知られていたらしい。ところで会社の就職試験なんてのは運動家をチェックするのが第一の目的だろ？　若生にとっては、そういう兄さんがいるってことが相当なハンデになるわけなんだよな」

加賀にとっては初耳な話だった。高校からの付き合いだがそんなことは聞いたことがない。あるいは親友だったからこそ言いにくかったのか？

「で、今度合格した会社には、その兄さんのことはバレなかったわけか」

「どうかな。会社の調査機関ってのは結構優秀だから、わからないってことはないと思うぜ。兄と弟は関係ないってことで目をつぶってくれたんじゃないのかな」

「寛大だな」

「いい会社だぜ。サントウ精機だったな。俺も来年はそこを受けるかな」

胸毛のあたりをポリポリ掻きながら、元キャプテンは言った。彼は一年落第しているのだった。

加賀は四時半から剣道部の練習に参加した。合同練習は主将の森田をはじめ三年生を中心として行われ、加賀たちＯＢでもコーチを兼ねながら、それに準じるのが習わしになっている。

加賀の相手をする部員は、技術的な理由から大体決まっていた。主将の森田、副将の筒井、そして今夏の個人戦でなかなかいいところまでいった服部という部員で、三人とも三年生だ。彼はその三人にひととおり当たると、無作為に一年生の一人を指名した。背は高いが、なんとなくひよわな感じのする部員だ。ただ長いリーチでくりだすメンにはなかなかスピード感があり、加賀の目をひいた。

「いい一年生じゃないか」

面を外して休息をとりながら、加賀は森田に言った。森田は「斎藤でしょう」とうれしそうに目を細めた。斎藤というのが、あの一年生の名らしい。

「高校では結構やったらしいですよ。まだ身体はできあがってませんがね、あと一年もすれば充分使えます」

そして森田は、「金井さんも目をかけて下さってるみたいですよ」と言った。

「波香が?」

珍しいことだと加賀は思った。女子部の実力ナンバーワンの癖に後輩の指導を極端に嫌った波香である。主将に推されなかったのも、彼女の協調性に欠ける性格が原因だった。その波香が一年生の、しかも男子部員に目をかけるというのは、まず考えられないことだった。

「ちょっと呼んでみましょうか」

森田は大声で斎藤の名前を呼んだ。先輩の相手を終えたばかりの彼は、面を外すと駆け足でこちらに走ってきた。汗で濡れた足の跡が、点々と続く。

森田は斎藤に、先日金井先輩にどんなことを言われたのだというような意味のことを訊いた。斎藤は加賀のほうを意識するように頭を掻いた。

「センスがいいと褒めていただきました」

主将は満足そうに目を細める。「それから？」

「高校はどこだって訊かれましたので、S高ですと答えました」

「ほう、S高か」

加賀は若い一年生の顔を見直した。S高というのは高校剣道ではかなり名のしれた学校である。

「ほかに何か言われなかったか？」

さらに森田が訊くと、斎藤は言いにくそうに首をひねったあと、「変なことを訊かれました」と答えた。

「好みのタイプでも訊かれたか？」

森田がくだらないジョークを言ったが、完全に黙殺された。

「この間の女子個人戦に応援に来たかどうか訊かれました」

「応援？　それで？」

「行きました、と答えました。すると今度は、試合の間何処にいたかと言われましたので、応援席にいましたと答えました。さらに誰と一緒だったかと訊かれましたので、同じ一年の野口と一緒でしたと言いました」

「ほう……」

本当に変な質問だと加賀は思った。まるで容疑者のアリバイを追及する刑事のようだ。波香が一体何を考えているのか全く想像がつかなかった。

「それはいつごろの話だ」

加賀が訊くと斎藤はやや緊張した顔を斜めに傾けて、

「今月の初め頃だったと思います」

と答えた。先刻の女子部員が、名簿がどうのこうの言っていたのと同じ時期だなと、加賀はふと考えた。

練習の仕上げはランニングというのがT大剣道部の習慣になっている。加賀も後輩たちに混じって走ることにしている。男子は学外一周約三キロのコース、女子は学内で約二キロのコースだ。距離は短いが起伏に富んでいるので、結構体力を必要とする。しかも袴をはいたままで走るというのは見かけ以上にきついのだった。

マイペースで後輩の後についていた加賀は、自分のすぐ前を走っている部員の、袴に縫いつけてある名前に目を留めた。行書で『野口』とある。さきほどの斎藤の話に出てきた一年生部員に違いない。

加賀はほんの少し足の回転を速めて彼に追いつくと、最近金井波香に何か訊かれなかったかと尋ねた。額にニキビが二、三個ある野口は、ランニングで息がきれているうえに天下の加賀恭一郎に話しかけられたため、かなりうわずった声で、

「あ……はい、ちょっと前に」

と答えた。

「何を訊かれた？」

「ええと……あの、前の女子個人戦の時、斎藤が……ずっと席にいたかどうか訊かれました」

「で、何と答えた」

「いたと思いますと……あの、はっきり言ってよく覚えていなかったんですけど」

「だろうな」

　加賀は速度を更に上げた。野口の身体はあっという間に後ろに下がり、二十人近い現役部員を立ち所に抜き去っていく。森田たちがあきれたように首を振るのを尻目に、彼はますます加速していった。

5

　翌日の朝、加賀は藤堂を尋ねて再び金属工学科専用棟に足を踏みいれていた。相変わらず薄暗く、しかも人気の少ない廊下。だが今日は少しも迷うことなく、藤堂が所属している研究室のドアの前に辿りつけた。

　前と同じように二、三回ノックした後ドアを開ける。開けるのと、室内から「どうぞ」という声が聞こえてくるのが同時だった。

　部屋に居たのは藤堂だけだった。彼は机に向かって何か書き物をしていたようだが、入ってきたのが加賀だと分かると、「珍しいな」と万年筆を置いた。

「先週にも来た」

「予告なしに現れるなんて、という意味さ。コーヒーでも飲むかい？」

藤堂は立ち上がると、入り口のすぐ横にある流しにカップを取りに行った。加賀は藤堂の隣の席に腰を下ろすと、

「沙都子から聞いたと思うが」

ときりだした。藤堂の肩の筋肉が一瞬ピクリと止まったようだが、またすぐにインスタント・コーヒーをいれる動作に戻った。「おまえの考えを聞きたい」

「考えったって……」

藤堂はむこうを向いたままコーヒー・カップにポットの湯を注いだ。湯気が香ばしい匂いを含んでたちのぼる。「俺だってわけがわからないんだ」

「心当たりはないんだな？」

「ない。あるわけがないだろう。コーヒーが入ったぜ」

藤堂は両手にカップを持って戻ってきた。そして一方を加賀の前に置くと、自分も元の席に座った。加賀は「サンキュー」といいながら手を伸ばした。何かの景品といった感じの、安っぽいコーヒー・カップだった。

藤堂は音をたてて一口啜（すす）った。

「祥子は、殺されてなんかいないというのが俺の考えだ」

カップに口を近づけていた加賀は、途中で止めて藤堂の方を見た。

「自殺だって言うんだな？」

「祥子が殺されるわけがない」

しかし、と言いかけた時、入り口のドアがふいに開いた。入ってきたのは、茶色のスリー・ピースを着た背の低い男だった。年齢は五十前後か。身長が足りない分、横幅でカバーしているような体形をしている。そのせいか妙に後ろに反りかえったような姿勢で歩く。頭は薄く、こういう身体つきの男には珍しく、神経質そうな目つきをしていた。

加賀は、この男が入ってきた途端藤堂の顔が急にこわばったことに気づいた。手に持っていたカップを、いつのまにか机の上に置いている。

背の低い男は、加賀が居たことで少し驚いている様子だった。顔を動かさず黒目だけで彼のつまさきから頭の先までをじっくりと観察していく。やがてその目が宙に向けられた時、男は、

「原稿はできたのかね、藤堂君」

と鼻にかかったような高い声を出した。目つきといい声といい、太った男には珍しいタイプだと加賀は思った。

「いえ、あの……もう少しです」

どういうわけか藤堂は立ち上がって答えた。

「ふむ、学会はいつだったかな？」

「はい、来月の七日です」

「わかっていればいいんだ」

男は部屋の中を見回し、壁に貼ってあるアイドルスターのポスターに目を留めると、「だめだな」と小声で言ってから部屋を出ていった。出る時もう一度自分の方に視線を向けたことに加賀は気がついた。

男が開けたドアがガチャリと閉まるのを聞いて、藤堂はふうっと吐息をついた。

「教授か？」

加賀が訊くと藤堂は、再び椅子に腰をおろしながら頷いた。

「松原教授さ。金属工学科での実力者でね、あの人に睨まれると拙いんだ」

「逆に気に入られると強い？」

どうかな、と藤堂は頭を掻いた。

「気に入られることが絶対条件ってところじゃないかな。この大学で生き残っていくにはね。俺があの人の研究室を希望したのも、そういう読みがあったんだけど」

「で、今のところはお気に入りか？」

「でないと困るよ」

藤堂は進学組だった。技術屋として世の中を渡っていくのに、学部生程度の知識や実力では使いものにならないというのが彼の考え方だった。まずは修士、場合によってはその上もありうると彼は言っていた。

「今度学会があってね、その原稿作りを命じられているんだ。これがうまくいったら、来年春にアメリカで行われる国際シンポジウムに連れていってもらえるかもしれない」

「すごいんだな」

「すごいんだよ。だから気張らなきゃいけないんだけど、あんなことがあっただろ？　どうにも集中できなくてさ、御覧の通りコーヒーばかり飲んでいる」

藤堂はカップを傾けると、その湯気越しに薄い笑いを見せた。珍しく焦点が不安定になった目は、一体何を見つめているのか？　祥子の死以来、彼の悲嘆にくれた顔には何度も出会ったが、そのどれよりも今日のそれは悲しいと加賀は思った。

「教授は事件のことは？」

「知ってるさ。でも関係ないんだ。それはそれ」

「これはこれか」

そういうこと、と藤堂は諦めたように言った。

「大物ってのはアクが強いから成功するんだ。さすがって気もするね。ところで刑事が来ただろう？」

加賀の問いに藤堂は不機嫌な顔になって、

「アリバイを訊かれた」と答えた。

「俺もだ。何と答えた？」

「あの夜はここにいたんだ。一昼夜機械を動かさなきゃならない実験があってさ、誰かがいないといけなかったんだ。すぐ隣の部屋だけど、こんな時のために仮眠用ベッドもあるんだぜ」

「寒そうだな」

「機械が動いてるとそうでもないのさ。ところであの夜は十時ぐらいまで他の学生の実験室にいて、そこから祥子に電話してからここに戻ってきたんだ。ここに来てからは俺一人だったからな。生憎アリバイを証明することはできなかった。佐山刑事……とかいったな。案外俺を疑っているかもしれない」

「十時までのアリバイはあるってことじゃないか。それで充分だ」

「何かトリックを使ったとかさ」

藤堂の言葉に加賀はわざとらしく吹きだしてみせた。

「動機はなんだ？」

加賀が訊くと藤堂は肩をすくめて、「恋のもつれ」と真面目な顔をしてみせた。加賀はふっと鼻から息を吐くと、ジーパンの腰をパンと叩いて立ち上がった。

「邪魔したな」

「沙都子に伝えておいてくれ。真相を追求するためなら俺はどんなことでもする。何か新しい情報が入ったら連絡してほしいって」

「伝えておくよ」

「それからこうもだ。ただし俺は祥子が殺されたということはまだ信じてはいない。祥子は自殺だ」

加賀は藤堂に右手を上げて応えると、ドアを開けて部屋を出た。

昼から雨になった。雨になると学生食堂はいつもの倍以上混む。食べ終えた後も出ていかず、そのままだべり始めるからだ。空になった食器を並べて、いくつものグループがテーブルを占領してしまう。ここは禁煙になっていて灰皿は置いていないが、そういう連中の中には、湯のみに灰を落とすことにも抵抗を感じていない者も多かった。

エビフライ定食をのせた盆をかかげもつようにして空いた席をさがしていた加賀は、人いきれと湯気で真っ白になった窓のそばに見慣れた顔ぶれを発見した。盆の上の味噌汁がこぼれないように気をつけながら、人の間を縫うように歩いていく。盆を置くと彼女たちのほうも顔を上げて、彼に気づいた。

「誰かと思ったら」

沙都子が言った。

「波香は一緒じゃないのか？」

加賀は沙都子と華江の顔を交互に見ながら尋ねた。割り箸にうどんを二、三本ひっかけたまま華江は首を振った。

「最近あまり顔を見せないのよね」

「波香に用？」

沙都子の問いに、いやと加賀は答えた。大したことではない。剣道部での不可解な行動について訊きたかっただけだ。

「白鷺荘の様子はどうだった？」

彼は話題を変えた。沙都子はバッグからハンカチを取りだすと、軽く口をぬぐった。淡いブルーの、チェックのハンカチだった。

「よくは知らないけれど、住人全員が何らかの形で調べを受けたらしいわ。アリバイだとか、祥子とどの程度の仲だったかだとか」

「状況からだと真っ先に疑われるのはやむをえないだろうな。で、どうなんだ？」

「警察がどういう判断をしたかはわからないけど、今のところ目をつけられてる子はいないらしいわ。これは祥子の隣に住んでいる古川って子から聞いた話だけど」

「あの夜、アパートには何人ぐらい居たんだろう？」

「ちょっと待って」

沙都子はハンカチをバッグにしまうと、代わりに名刺ぐらいの大きさの手帳を出した。

「一階に五人、二階に四人というのが入居者の数だけど……」

「なんだ随分少ないな」

「人気ないの、あのアパート」

うどんを食べ終えた華江が、顔をしかめて見せた。

「あの夜の十一時頃、波香が祥子の部屋をノックして返事がなかったって言ってた頃ね、アパートに居たのは全部で五人。一階に二人、二階では祥子、波香、古川さんの三人だって」

「残りの四人は夜遊びか。親が知ったら嘆くだろうな」

加賀はエビフライをフォークでぶすりと刺すと、それを口に持っていったが、途中でその手を止めた。「ちょっと待てよ。十五部屋中九つしか埋まっていないのなら、空室が六つもあることになる。そういう部屋は普段どうなっているんだ？」

「勿論鍵をかけてあるわ。あたしはよく祥子や波香の部屋に泊めてもらったんだけど、一部屋で二人寝るのは窮屈だから、空室に布団をもっていってそこで寝ようとしたことがあるの。でもだめだったわ。そういうことをされないように鍵をかけてあるのね」

「ふうん……」

犯人が空室に潜んでいたということも考えられないわけだ。止めていた手を動かし、加賀はエビフライに歯をたてた。冷凍食品特有の、風味の全くない味覚を味わいながら、何かを見落としているんだろうなと彼は思った。

「そうだ、さっき藤堂に会ってきたんだが」

加賀の言葉に沙都子たちの顔は、ほんの少し翳りを帯びた。今回の事件では、誰もかれも藤堂のことを思うとこういう表情になる。

加賀は彼が真相究明のためにはどんなことでもすると宣言したこと、今でも祥子は自殺だったと信じていると言っていたことなどを伝えた。沙都子はしんみりした顔のまま、「気持ちは分かるわね」と華江と頷き合った。

「藤堂君は心情的にそう言っているんだろうけど、たしかに警察にしても、完全に他殺説オンリーってわけではないみたい。祥子が抵抗した形跡がないことや、出入りが困難だということから自殺説も捨ててはいないようだわ」

「日記の空白の件もあるしね」

華江が横から言った。

「密室の謎は、依然解けずかい？」

「だめ」

沙都子はやけっぱちみたいに顔をふった。

「念のためにもう一度管理人のおばさんに確かめてみたんだけど、絶対誰も通してないって言うのよね。死体が発見された時、裏口に鍵がかかってたのも確実だっていうし」

「祥子の部屋の窓は施錠されてたんだろうな」

一応訊いてみたが、

「鍵がかかってる上に、高さ数メートルよ」と簡単にいなされた。

「完璧な密室ってわけか」

「外部から侵入したのならね」

沙都子は目の割りに大きい瞳を宙に漂わせた。侵入方法について、彼女なりに考えているのかもしれない。加賀の方は彼女のその眼差しに気を奪われ、ほんの二、三秒箸を止めた。

「ところでさ」

話が途切れるのを待っていたように華江がきりだした。「今週の土曜日、都合どう？」

「土曜？」

と沙都子。「あたしはいいけど……何なの？」

すると華江はちょっと残念そうに眉を下げて、「やっぱり忘れちゃうわよねえ」と呟いた。

「十一月二日なのよね」

この言葉で加賀も沙都子も思い出して、「そうか」と同時に発していた。

「雪月花の日なんだ」

沙都子は額に手をあて、唇を軽く噛んだ。

「完全に忘れてたわ。先生に叱られちゃう」

「俺もだ。華江はよく覚えてたな」

「昨日電話で若生君と話している時に、彼が言い出したの。今年はどうするのかなって」

「やれやれ」

加賀は沙都子と顔を見合わせた。「皮肉なものだな。高校時代から茶道をしている我々が忘れているっていうのに」

「それで、今年はどうするの？」

華江の問いに沙都子は、「勿論やるわよ」と答えた。

「やらない理由がないわ。それに来年は卒業だから、今年が最後になるかもしれない」

「先生、今年で何歳になるんだろう？」

「六十四だと思う」華江が答えた。

「もうそんな歳か。益々やらないわけにはいかないな」

「波香は覚えているのかな？　今日学内で会えなかったら、帰りにでも寄ってみるわ」

沙都子が言ったので加賀も、「じゃあ俺は藤堂のほうの確認をとっておこう」と約束した。

十一月二日は、加賀や沙都子たちの恩師南沢雅子の誕生日にあたる。子供がなく、夫とも死別した雅子には、誕生日を祝ってくれる人間が一人もいない。そこで沙都子、波香、祥子ら茶道部員は、この日に彼女の家で茶会を催し、同時に誕生日を祝うことを思いついた。彼等が言う『雪月花の日』である。『雪月花』というのは、この会でおこなわれる茶事『雪月花之式』のことをいい、これはまた南沢雅子に誕生日の贈り物を渡す人間を決める手段をも兼ねていた。この催しが初めて成された時、南沢雅子は感激のあまり茶筅を振る手も震わせていたという話が残っている。

沙都子たちの卒業とともに南沢雅子も定年退職したため、茶道部員による『雪月花の日』は結局二年で終わることになった。それを残念に思った沙都子たちは、加賀や藤堂らに声をかけ、新たに催すことを提案した。これに若生と華江の二人が加わり、昨年まで計三回の会が成されている。茶道部員が行っていた時に比べて厳粛さはないが、南沢雅子の手料理による食事会もあり、教え子たちにとっても晩秋の楽しみのひとつになっていた。

――祥子の弔い会も兼ねるわけか。

ちょっとセンチな誕生日になりそうだと加賀は思った。

6

この日四講目を終えた加賀は、剣道の練習を休んで『首を振るピエロ』に顔を出した。いつもは仲間のうち誰かがコーヒーを飲んでいるものだが、今日は珍しく誰もいなかった。若生、華江といったテニス部コンビは試合を間近に控えて大変だし、藤堂も学会の原稿づくりで忙しい。いるとすれば沙都子と波香あたりと睨んでいたが、その彼女たちも今日は休みらしい。

「沙都ちゃんが顔を見せたけどね、店の中をひととおり見回して出ていったよ。波ちゃんのところじゃないのかな」

入り口のところで立っていた加賀にマスターが声をかけた。四年間の付き合いで、すっかり馴染みになっている。

加賀はマスターに軽く手を上げると、また低いドアをくぐって外に出た。

やはりクラブの練習に出てみるかと彼は考えたが、ふと思いついたことがあってその足を駅の方に向けた。しかし駅に行くのが目的ではない。彼は駅を通り過ぎると、なだらかな細い坂道をゆっくりと上っていった。

白鷺荘はT大のクラブハウスとさして変わらない大きさの建物だった。白い壁に並んだ窓には、いかにも女子大生の部屋といった感じのカーテンがかけられてある。カーテンがないのが空室だなと加賀は判断した。

アパートの前に立って彼は中を覗いてみた。若生の略図にあったとおり、左手に管理人室がある。太った身体を丸めて編み物をしているのは噂の管理人だろう。少し編んでは首を曲げ、自分で肩を叩く。彼女の視線が時折室内に向けられるのは、テレビを見るためかもしれない。

やがて太った管理人は、アパートの中を覗きこんでいる不審な男に気づいた。胡散くさそうな目で、ジロリと加賀のほうを見る。

加賀は開き直ることにした。下手にこの場を去っては、彼女の心に疑惑を残すだけだ。

彼はアパートの入り口に足を踏み入れると、「金井君はいますか？」と訊いた。中年女の管理人は、加賀を頭の先からつま先までを舐めるように眺めた後、「あんた、誰？」と上目使いで彼の顔を見た。加賀はその目に負けず、笑顔を作ると、

「友達です。金井君はいますか？」

とくり返して訊いた。管理人の無愛想な表情は変わらない。

「まだ帰ってないよ。あの子はいつも遅いんだから」

「いつも遅い？　どこに行ってるんですか？」

「さあね、飲んで帰ってくるのが多いみたいだけど」

「飲んで……」

『バーボン』かと彼は納得した。波香のいきつけの店だ。

「ところで牧村君も友達だったんですが」

管理人の目が光った。さすがに神経質になっているようだ。

「部屋を見せてもらうわけにはいきませんか？」

だめで元々という気で加賀は言ってみた。だが管理人は顔色を変えてかぶりを振った。

「女子専用のアパートだよ。うちの信用をなくさせようってのかい？」

「だめですか」

「あたりまえだね」

あたりまえの、「あ」に力をこめて管理人は言った。そして編み物のほうに視線を戻すと、またせわしなく手を動かし始めた。動かしながら、「近ごろの学生は……」と小声でぼやく。その丸い背は、加賀を完全に排斥していた。

彼はアパートを出た。『バーボン』に行ってみるかとも思ったが、時計を見て、ちょっと早すぎるという気もした。振り返ってアパートの入り口のほうを見ると、太った管理人は彼の背中に疑わしそうな目を向けたままだった。彼女は加賀と視線が合うと、あわてた様子で編み物を再開した。

大学に戻るしかないか——そう思って歩き出した時、小さな声でうしろから呼ばれた。焦茶色のセーターにベージュのパンツ、さらに海老茶色のジャケットを羽織った娘が、よく日に焼けた顔で笑っていた。加賀はこの彼女を見て、オーブンでよく焼いたクッキーを連想した。

「あのアパートに何か用？」

慣れなれしい言葉遣いでクッキーの彼女は話しかけてきた。加賀は答えず彼女の褐色の顔をながめたままだ。クッキーの彼女は、「気がつかないんだあ」と頬をふくらませて見せた。

「法学の講義で一緒だったでしょ」

「ああ、そうか」

言われてすぐに思い出した。席が隣になって言葉を交わしたことがある。たしか三年生だと言った。名前は聞いていない。

「隣で居眠りをしていた子だな」

「瞑想と言ってよ」

二人はまたゆっくりと歩き始めた。クッキーの彼女は駅に向かうらしい。加賀の足も自然それにつられて動く。

「門番と何を話してたの？」

「門番？」

訊いてからそれが管理人のことだと分かって、「君もあのアパートに？」と逆に尋ねてみた。彼女は頷いた。「監禁されてるの。かわいそうでしょ」

「名前を聞いていないな」

「古川智子」

加賀の足が止まった。

「祥子の隣の」

「よく知ってるわね」

と言って驚いた表情をつくった後、彼女はポンと手を叩いた。「そうか、例の事件のことで門番に訊いていたんだ」

「中に入れてくれと頼んだが、断られた」

「あったりまえよー」

智子は鼻の上に皺を寄せた。「あの更年期障害が許すわけないわよ」

「現場を見たかったんだがな、名探偵を気取るつもりは毛頭ないが」

お手上げだというように両手の掌(てのひら)を広げて見せると、加賀は歩きだした。すると智子は、その足を止めるくらい大きな声で、「待って」と言った。

「入れてやってもいいよ」

悪戯を思いついた子供のように、意味ありげな上目使いで彼女は加賀を見た。加賀はまた立ち止まり、しげしげと彼女の顔を見返した。

「できるのか？」

「条件があるけどね」

智子は舌の先を覗かせると、上唇をペロッとなめた。

「専門科目のノート各種一年分」

これを聞いて加賀はため息をつき、そして苦笑した。「それだけでいいのか？」

「留年はカッコ悪いもんね」

智子は身を翻すと、今来た道を戻り始めた。加賀は戸惑いを感じながらも彼女のあとをついていく。「駅に行くんじゃなかったのか」と智子の背中に問いかけると、「駅は逃げないわよ」という返事が返ってきた。

アパートのそばまで来ると、一本手前の道を智子は右に曲がった。加賀もついていく。そこは車同士は絶対にすれちがえない程の狭い道だったが、彼女はそこを途中で左に折れて更に細い道に入った。道というより隙間と呼んだほうがふさわしいようなその路地は、もう少し時間がたてば真っ暗になるだろうと予想がつくくらい、灯りと呼べるものが何一つなかった。

この路地に入って十メートル程進んだところで、左手にクリーム色のコンクリート壁が現れた。ところどころにひび割れがあり、そこからは黒い水が流れて染みになっていた。

「ここが白鷺荘の裏よ」

智子に言われて加賀は思わず見上げた。たしかに建物の横に並ぶ窓の列は、さきほど眺めたものだった。カーテンの色にも見覚えがある。そしてクリーム色と思えた壁は、実は白色が変色したものだということにも気づいた。

「でね、そのドアが裏口よ」

彼女が指さしたのは全体に錆(さび)がひろがった、いかにも重そうなドアだった。ドアの前には二段になった踏み台があった。

「これ、鍵がかかってるけどね、内側からだと簡単にはずせるの」

「はずしてくれるのかい？」

「ノート」

「わかってるよ」

ぶっきらぼうに加賀が言い捨てると、智子は何が可笑しいのか、クックッと笑いながらアパートの壁沿いの路地を足早に歩いていった。

智子の姿が消えた後、加賀は彼女が通っていった路地に数歩入ってみた。アパートの壁は後のほうは裏と同じく褪せたクリーム色だが、途中に雨樋があってそこから先は白いペンキが新しかった。

ちょうどそのあたりに頭の高さぐらいの窓があった。すりガラスになっていて中は見えない。鉄サッシで、その枠も塗装がとれて随分錆が進行していた。加賀は若生から見せられた見取図を思い浮かべて、ここは物置に違いないと察しをつけた。他の部屋の窓とは、大きさも高さも違うからだ。

加賀は鉄サッシの窓枠に手をかけると、これを開こうとした。ここからの侵入の可能性を試すためだ。しかしこの窓は開かなかった。錠のようなものがかけてあるのかもしれないと加賀は想像した。

元の場所に戻ってしばらくすると、ドアのノブのあたりで金具が外れるような音がし、そのドアがゆっくりとこちら側に開いて、智子の日焼けした顔が覗いた。加賀が声を出そうとすると彼女は人差し指を丸い唇に当てて、

「慎重にね。大きな音なんか出しちゃだめよ」

と小声で指示した。加賀は頷いて応えた。

彼が入ると智子は慎重な手つきでドアを閉めた。そして同じように鍵もかける。さきほどから

話をしているが、こんな真剣な顔を見せるのは初めてだった。

中は結構薄暗かった。物音も殆ど聞こえない。入居者が少ないということを加賀は思いだした。

裏口のすぐそばに階段があった。若生の図面通りだ。智子は指を上に向けて、口を動かしている。階段を上がれという意味のようだった。

裏口も階段も管理人室からは死角になっている。犯人もこの経路を辿ったのだろうかと加賀は考えた。

階段を上がると一階と同じように薄暗い廊下があった。あとから上がってきた智子は、

「そこがあたしの部屋よ」

と一番手前の部屋を顎でしゃくった。ということはその右隣が祥子の部屋だ。ぴったりと閉じられたそのドアは、何かを加賀に語りかけているようではあった。

彼は祥子の部屋のドアのノブに手をかけて静かに回そうとした。だがそれは回らなかった。これが半自動ロックの特徴なのだった。智子が背後から、「鍵かけてあるでしょ。ちょっと前まで警察が来て、何かごそごそしていたみたいだけど」と言った。

祥子の部屋の前が波香の部屋だと聞いていたので、加賀はそちらの方にも目を向けた。落書きされた『忌中』の文字が、いかにも彼女らしいと彼は口元を緩めた。

「ま、お茶でもどう?」

智子はバッグから鍵を取り出すと、ノブの上にある鍵穴に差し込んで軽そうに回した。カチリ

と外れる音は案外廊下に響いた。

「ちょっとストップ」

加賀は智子の背中に言った。「もう一度鍵をかけてみてくれ」

「えっ、かけるの？」

きょとんとした目をしたあと、彼女は言われる通りにした。ノブのボタンを押した状態でドアを閉めるだけだ。カチリ。これは少し小さな音だった。

「オーケー、よくわかった」

加賀が拝むように右の掌を立てると、智子は下唇をつきだして再び鍵を回した。

彼女の部屋は、始終華江が掃除にきている若生の下宿よりははるかに乱雑だが、加賀が知っている他の友人の部屋よりは汚くないというくらいのレベルだった。化粧品と煙草の臭いが混ざっているのが気になったが、汗臭さと食べ物の腐乱臭が同居しているのに比べれば天国だという気もした。

「楽にしていいよ」

智子はジャケットを洋服ダンスの中にしまうと、テーブルの上にあったポットを持って台所に行った。二畳くらいの大きさの台所で、そこは当然板の間になっている。台所と居間とは襖（ふすま）で仕切ることができるようだった。

「祥子の部屋も同じ間取りなんだな」

加賀が訊くと彼女はやかんを火にかけながら、そうだと答えた。

「君が祥子を訪ねた時、部屋の中は真っ暗だったという話だけど、この襖は開いていたのかい？」

するとは彼女は振り返って、じっと自室の襖を見つめた。その時の状況を思いだそうとしている様子がよくわかる。しかし結局彼女は、「忘れちゃった」と舌を出した。無理ないか、と加賀も諦めた。

智子が祥子の部屋に行った時に、もし犯人が室内に居たのなら、果たしてどこに潜んでいたのか？　居間と台所があるだけの一室で、隠れる所なんてそうはない。おそらく襖を閉めて台所に隠れていたのだろうと加賀は推理した。勿論祥子の死体と共に、だ。

「祥子を訪ねて戻ってきてから、彼女の部屋のドアに鍵をかける音が聞こえなかったかな？　さっきのカチリという音が」

「それ、警察からも訊かれたのよね」

盆の上に二つの湯のみをのせて、智子は慎重な足取りで来た。お茶と聞いて紅茶かコーヒーと勝手に想像していたのだが、それはどうやらウーロン茶のようだった。加賀はこの娘とウーロン茶というのが、どうも結びつかなかった。

「でもね、正直言って覚えてないの。なんにも覚えてないんだなって警察から嫌味を言われたけど、そんなの覚えてるほうが異常だと思わない？」

「思う」

加賀はウーロン茶を受け取りながら相槌を打った。

「でしょ？　ほんとに頭にきちゃう」

智子は派手な音をたてて、茶を啜った。「それにあの時刻なら、テレビに夢中だから他の音は耳に入らなかったと思うしね」

「君は祥子や波香とは親しいようだけど、住人同士の交流ってのは結構あるのかい？」

彼が訊くと彼女は、「交流ねえ」と首を捻った。

「はっきり言って少ないわね。干渉しないようにしてるってところかな。だって何かと鬱陶しいじゃない」

「なるほどね」

「ねえ、祥子先輩って本当に殺されたの？　あたし、どうしても信じられないんだけど」

あたりを憚るように声を落として智子は訊いた。加賀は、「さあ、どうなんだろうな」と適当にごまかした後、

「ところで一階に物置があるようだが」

と話題を変えた。智子は湯のみに口をつけたまま頷いた。

「あそこに入れないかな？　中の様子を見たいんだが」

「だめよ、鍵がかかってんの。管理人から鍵を借りてこなきゃいけないわ。あたし、あんまりあのおばさんと言葉を交わしたくないのよね」

「頼む」

「やだなあ。ノートに名前を書いたり、いろいろと面倒なんだもん」

「この借りはいつか返す」

加賀が言うと、智子は「大時代な台詞吐かないでよ」と吹き出した。そして、どっこいしょと声をかけながら立ち上がると、「仕方がない、恩を売っとくか」と言って部屋を出て行った。

五分ほどして智子は戻ってきた。重そうに掃除機を抱えている。どうやらそれが物置を開ける口実にしたようだった。

「掃除機はあたしだって持ってるけど、壊れたからってことにしたのよ。これぐらいしか物置を開ける理由なんてないんだもん」

「すまなかった」

加賀は彼女から掃除機を受け取ると、それを部屋の隅に置いた。

部屋を出た加賀と智子は、足音に気を配りながらゆっくりと階段を下りた。物置の入り口は階段のすぐ下にある。ドアには彼女らの部屋とは違うタイプの鍵がつけてあった。こちらは半自動ロックではなく、普通の鍵だ。

「鍵はあいてるわ」

智子が小声で言った。ノブを捻って引くと、ドアは軋み音もたてず、意外なほど静かに開いた。よく見ると、ここのドアは割合新しいようだった。鍵は裏口と同様、内側から外せるタイプのものだった。

物置の中は三畳くらいの広さがあり、大小様々な段ボール箱が所狭しと積んであった。段ボールの外には、『蛍光灯』とか『トイレット・ペーパー』というふうにマジックで書いてある。段ボール以外は、主に掃除用具だった。

窓枠は古くさい鉄サッシだった。黒いペンキで塗装してあるが、ところどころ錆が浮き出ている。ここにもやはり鍵がかけてあった。二枚のガラス窓の交わり目を、金具で固定するクレセント錠だ（図３）。加賀は鍵をはずすと窓を開いてみた。錆のついた見かけからは想像できないぐらい、それは軽く開いた。

加賀は錠を調べてみた。これだけは後から付けられたものらしく、鉄サッシに比べて新しいようだった。

「警察はこの部屋は調べなかったかい？」

「覗いてたみたいよ」

事もなげに智子は答えた。「管理人のおばさんを立ちあわせてさ、なんかゴチャゴチャやってたよ。でもさ、ここへは鍵がないと入れないし、あの日は誰もここの鍵を借り出さなかったって話だから、こんなとこ調べたってしかたがないよね」

そうだね、と加賀は調子をあわせておいた。

物置を出て、裏口から脱出しようとしていると、突然一番手前の部屋のドアが開いて髪の長い娘が出てきた。隠れる場所も時間もなかった。加賀は対処の仕方を考えながら、その場に立ちつくした。

髪の長い娘は彼のほうを見て、あっというふうに口を開いた。だがそれは加賀が覚悟した反応に比べて、はるかに小さなものだった。そしてそれに加えて、智子の様子にもあわてたところが

図３　クレセント錠

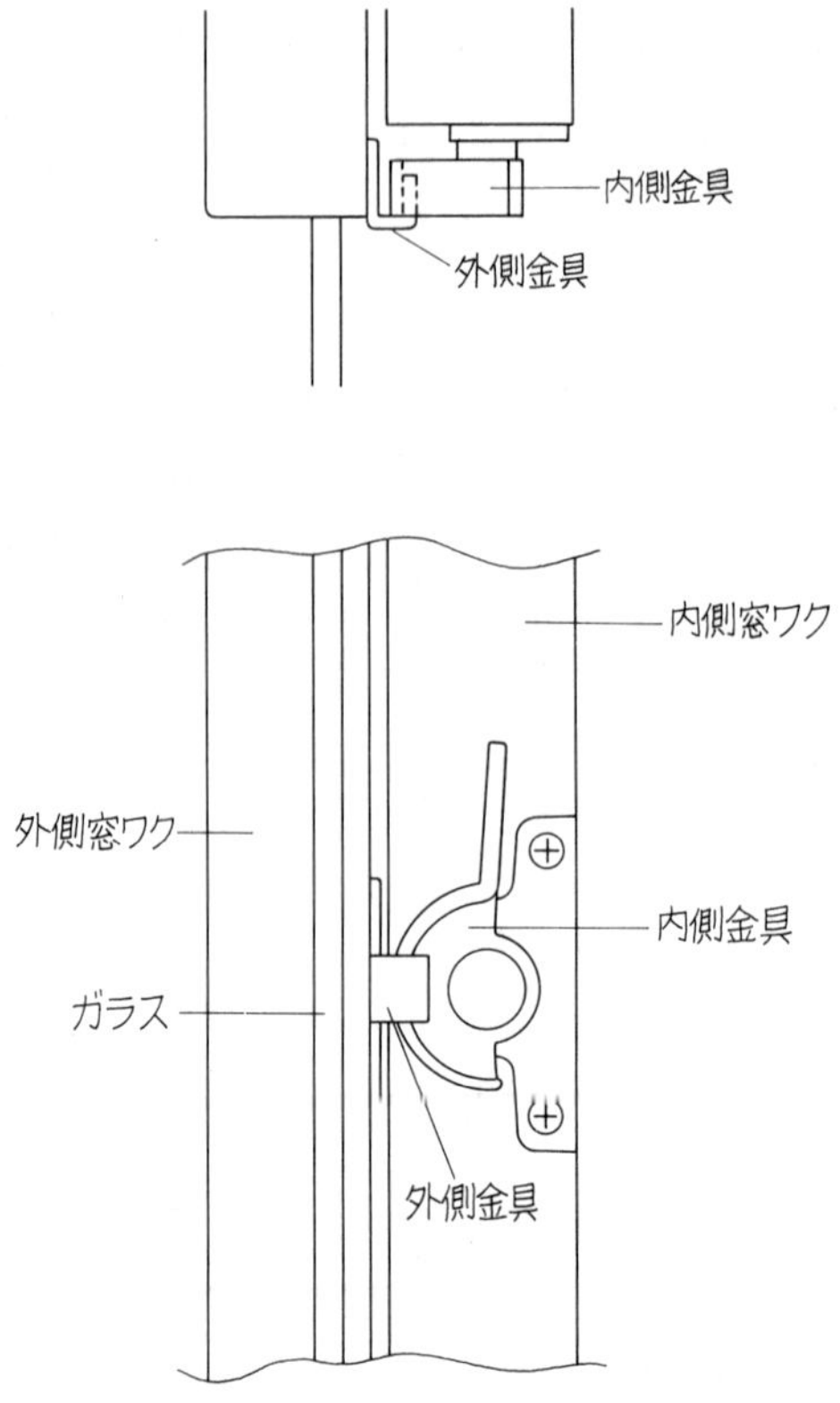

ないのが彼にとって不思議だった。

髪の長い娘はやがて何も言わずに廊下を歩いていった。何事もなかったように智子は裏口を開ける。加賀がとりあえず外に出ると、カチッと鍵のかかる音がノブのほうで聞こえた。

彼が真っ暗になった路地でひとり待っていると、数分ほどして智子がやってきた。掃除機を返していたのだと彼女は言った。彼は先刻のことが心配で、

「見られたけどいいのか？」

と訊いてみた。だが智子はにっこり笑ってウインクした。

「ここだけの話だけどね、裏口から彼氏を入れてる子って結構いるのよね。ここの管理人って口はうるさいけど、ああして管理人室に籠もったままでしょ？　案外バレないの。でね、さっきみたいに突然男の姿を見ても、騒いだりしないっていうのが暗黙のルールになってるってわけ」

「男子禁制は表向きということか」

これは無視できない事実だと加賀は思った。智子の話をそのまま受け取ると、犯人——それが男であっても——は管理人の目さえ避ければ、堂々とアパートの中を動き回れることになる。そしてさらに重大なことは、この事実はまず間違いなく警察の耳には入っていないだろうということだった。

「誰にも言っちゃダメよ」

智子は人差し指を唇にあてて、さっきと同じようにウインクしてみせた。

7

　駅前の『北京屋』で夕飯を済ませてから帰ると、家に着いたのは八時頃になった。暗い玄関の前でポケットから鍵を取り出すと、月明りをたよりに鍵穴に差しこんだ。

　戸を開けると味噌汁の匂いがかすかにした。父親は夕方ぐらいに出ていったらしい。背筋をぴんと伸ばし、短い歩幅で早く歩く父の特徴的な後ろ姿を加賀は思い浮かべた。

　居間に入って蛍光灯をつける。白っぽい光の中に、年代物の卓袱台（ちゃぶだい）とその上に無愛想に置かれたメモが現れた。加賀は立ったままメモを取り上げた。新聞のチラシを切り、その裏を使ったメモだった。そこにはこうあった。

『明日は帰らぬ　急用の際は以下に電話するべし　×××－○○○○』

　明日帰らないということは、明後日帰るのかもしれない。あるいは明後日も帰らないかもしれない。とにかく今はっきりしていることは、明日の夜加賀が帰って来た時も、家の灯りはついていないということだった。加賀はメモを卓袱台に戻すとジャンパーを脱ぎ捨て、畳の上に身体を投げ捨てた。

　前に親父と話したのはいつだったかな――彼はふと記憶をさぐってみた。顔を合わせたのは二、三日前だが、会話らしきものを交わしたのはもっと前になる。二週間ぐらい前に進路について報告したのが一番最近だということを彼は思い出した。

二次の採用試験を受けてきた、他の就職活動はしない、落ちたら研究生として大学に残って来年も挑戦する——たしかこういう内容の話を一方的にしたのだった。彼の父は新聞に目を落としたまま、まるで聞いていないかのように無反応だった。が、やがて聞きとりにくいほどの低い声で、

「自信がないのか？」

と訊いた。加賀は逆に、「自信はある」と声高に答えた。すると父は、

「だったら落ちた時の心配をすることもなかろう」

と新聞を読む姿勢を崩すことなく言ったのだった。

教師になりたいという希望を今年の春頃初めて話した時も、父の反応はこれと似たようなものだった。なぜだ、とも訊かなかった。加賀は拍子抜けした。

もし理由を訊かれたら、「教師か警官になりたかったが、警官は家族を不幸にするから」と答えるつもりだった。その時父がどんな顔を見せるか、彼は内心楽しみでもあった。

しかし父は何も言わなかった。「そうか」と一言答えただけだった。父の方からこのことについて尋ねてくることもなかった。

親父が何も答えてくれなくなったのは、あの時からだ——加賀は約十年前を思いだした。中学に上がる少し前だった。母親はどこへ行ったのか——それが彼の問いかけだった。昨日まで台所で包丁とマナ板の音を鳴らしていた母親が突然居なくなったのだ。彼は問い続けた。しかし父親は答えてくれず、時間だけは確実に経過していった。いわゆる『蒸発』の類のようだった

が、それを知ったのは加賀が母親の愛情を完全に忘れてからだった。

加賀は卓袱台の上のメモをもう一度取ると、今度はそれを丸めて屑カゴに向けて投げつけた。屑に変わったメモは、見事にカゴの中に収まり、部屋の中を再び静寂がおそった。

第三章

1

　二講目を終え、国文科の研究室にちょっと顔を出してから大学を出たら、家に着いたのが三時頃になった。五時に南沢雅子の家に着くには、四時前に家を出発すればいいなと沙都子は時計を見ながら計算した。着ていく服は黒地にペーズリー柄のワンピースと決めている。それだけでもかなり時間短縮になるはずだった。いつもはそれだけで三十分近く迷うのだ。そして化粧に関しては彼女は時間を殆どかけない。素早く、しかし手を抜かない――それが化粧に対する沙都子の考え方だった。彼女は唇を描きながら、昔加賀が言った言葉を思いだした。化粧は女の特権なんだから、それをしないのは怠慢だ――。それを波香に話したら彼女はこう言って笑った。それはマザコンの裏返し――。そう言う波香は化粧に一時間かける時もある。

　沙都子が一切の準備を終えても、まだ三時半にもなっていなかった。紅茶でも飲んでから、というつもりで彼女は部屋を出た。

階段を下りかけたところで、一階の居間に広次の姿が見えた。会社から帰ってきたところらしく、ベストにネクタイ姿だ。スーツの上着が、無造作にソファの上に脱ぎ捨ててある。

まずいな、と沙都子は思った。就職のことで気まずくなって以来、父と二人きりになるのは苦手になっていた。彼女はできるだけ父の方を見ないようにしながら、階段を下りた。逃げたようでシャクでもある。しかし今ここで引き返すのはあまりに不自然だし、

広次に背を向けたまま、沙都子は自分のために紅茶を入れた。彼は雑誌を読んでいる。どこが面白いのかと思うような、経済関係の雑誌だ。彼女は父が雑誌越しに、自分の後ろ姿を凝視しているようで落ち着かなかった。

自分のためだけに入れるつもりだったが、無意識のうちにティーカップを二つ用意していた。長年の習慣とは不思議なものだ。しかしわざわざ用意したものをしまうこともない。沙都子は首をちょっと曲げ、ためらいを感じながらも、

「紅茶、飲む？」

と訊いた。広次は雑誌を持ったまま、「もらおうか」と答えた。見事なほどいつもと変わらぬ口調だった。

紅茶を入れ、ティーカップを盆に乗せてソファのところまで持っていった時、広次の読み物は雑誌から新聞に変わっていた。出勤前に読めなかったところに目を通しているようだった。

「T大の加賀といえば沙都子の友達の加賀君かな？」

突然広次が言いだしたことは、沙都子がティーカップをひっくりかえしそうになるようなこと

だった。彼女は懸命に平静を装って、

「だと思うけど、何なの？」と訊いた。歯痒いことに、少し声がうわずった。

父は新聞の一部を指さした。スポーツ面のようだった。

「ここに剣道の全国大会のことが書いてあるが、学生の優勝候補の中に加賀君の名前がある。大したものだな」

沙都子はその新聞を覗きこんだ。なるほど小さな字で加賀の名が載せてある。ただ彼の場合、この程度の扱いは高校生の時からされていた。彼女がそれを言うと広次は、ほうと感心したように口を丸めた。

「そういえば気骨のありそうな少年だったな。それほどよく憶えているわけではないが」

「今でもそうよ」

言いながら沙都子はソファから離れた。ダイニングに席をとり、広次に背を向けて紅茶を飲む。時折後ろから、父が熱そうに啜りあげる音が聞こえた。

「ところで」

その父が言った。沙都子は身体を固くした。今度こそ就職の話だろう。言われる内容は決まっている。東京に行くことは許さない、だ。

「友達が亡くなったことだが」

違った。そう言えばこのことについても、父とはまだ話したことがなかったのだった。

「まだカタはついてないのかい？」

「さあ」

父に背を向けたまま沙都子は首を傾げた。広次だってまだ新聞に目を落としたままに違いないのだ。「そうみたい」

「そうか……何か曰くありそうな事件だな」

「…………」

広次が新聞を置いて立ち上がる気配がした。スリッパを引きずる音もする。沙都子は何か衝動的な気分になって振り返っていた。

「お父さん、東京の出版社のことだけど」

立ち止まってくれるはずだった。彼にとって、最も気にかかる話に違いないのだから。しかし父は聞こえないかのように階段を上っていった。娘のほうを見ようともしない。気まずい空気の中に、沙都子だけが取り残された。

南沢雅子の家についたのは五時十五分前だった。他の仲間たちはあまり時間に余裕を見るほうではない。行ってみると沙都子が一番乗りだった。去年までは一番は祥子と決まっていた。

雅子は深緑色の紬(つむぎ)の着物を着て教え子たちを待っていた。沙都子が行くと、いつもの奥の間に通された。

「先生、お誕生日おめでとうございます」

正座をしてから沙都子は頭を下げた。雅子も軽く頷いて、

「ありがと。でも本当におめでたいのかしらね。このくらい年をとってくると、なんだか世間に申し訳なくて」

と笑った。「そんな」と言いながら、たしかにぐっと老け込んだように沙都子は感じていた。やはり祥子の事件が影響しているのかもしれない。

皆を待つ間、沙都子は就職のことを雅子に話してみた。出版社に決まったということは報告済みだが、東京行きのことで父の許可を得られていないということは言っていなかった。困っている、という心境を素直に伝えた。

「お父さん、御心配なのよ、きっと。わかるわ、その気持ち。それにあなたを手放したくないっていう気持ちもあるでしょうし」

南沢雅子はおだやかな笑みを浮かべて言った。

「でももう子供じゃないんだし、信用してほしいんです」

「お父さんはきっと、あなたのことは信用なさってると思うわ。お父さんが信用できないのは、あなた以外の人間なのよ」

「でも……」

「でもあなたは出版社に勤めたいし、東京にも行きたい。その気持ちはどうしようもないわねえ……。私は結局あなたが家を飛び出してしまうしかないと思います」

「えっ」と沙都子は聞き直した。彼女らの恩師は、昔から時々こういう過激な言い方をすることがあった。

南沢雅子はおだやかな顔つきのまま続けた。

「どういうふうにしても四方八方うまくいくということが無理な場合は多いものです。あなたの決心が固いのならそうなさい。お父さんも納得させて、皆から祝福されながら旅立とうというのは虫のいい話ね。それに、お父さんを納得させようというのは思いあがりだと私は思うわ」

そうかもしれないと沙都子も思った。好きな道を勝手に選んだのだから、それなりの試練は覚悟しているはずなのに、父には理解して欲しいという希望がたしかにある。しかし所詮それは甘え以外の何物でもない。

「就職では」

沙都子がうつむいてしまったので、固い空気をとりつくろうように雅子は声の調子を変えた。

「結構みんな悩んだようですね。あなたたちのように、いい子に限ってうまくいかないものなのね」

沙都子は顔を上げた。「みんなって……」

「相談にきたってことはなかったけれど、話を聞いていればなんとなくわかります。若生君も悩んでいたようだし、金井さんも伊沢さんも迷いはあったようね。最初から決まっていたのは藤堂君の進学と牧村さんぐらいかしら」

高校の時からいつも迷っていて『迷い娘』などと呼ばれていた祥子が、一番肝心なところでは全く迷わなかったわけだ。

「加賀君はどうでした？」

何気なさそうに沙都子は訊いた。

「今年の春頃だったかしら、教師か警察官みたいなことを言っていたけれど、結局教師にしたのね。あの子は昔から単なるサラリーマンにはなるまいとは思っていたけど。でも私は警察官のほうが向いているんじゃないかと考えていたのです。ただの教師では、あの子の内側にある熱いエネルギーみたいなものを満足させられないという気がしたから」

同感だと沙都子は思った。彼が教師になればおそらく生徒にとっていい先生だろうが、今の学校教育は想像しているほど自由な教育方針をとれないと聞いている。ある意味ではサラリーマン的な割り切りが必要らしいのだ。そういう組織ぐるみの馴れ合いの中で、加賀がうまく立ち回っていけるとはどうしても思えなかった。

「先生、実は」

沙都子は何日か前、加賀から突然気持ちを告白されたことを雅子に話した。今日まで誰にも喋らなかったことだが、なんだか話したい気分になっていた。南沢雅子は、「ようやく白状しましたか」と相好を崩した。

「加賀君が告白するとはねえ。でもあの子らしいやり方かもしれないわね」

南沢雅子は告白された時の沙都子と同じ感想をもらした。それから何かに思いあたったように大きく頷くと、

「なるほどね、加賀君はそれで警察官は捨てたのかもしれませんね」

と沙都子に微笑みかけた。「あの子のお母さんのことは知っているでしょう？　加賀君はお母

さんが出ていったことをお父さんのせいだと思っているわ。お父さんが警察官だったからだと。あの子の中には、警察官とは家族を不幸にするものだという固定観念が出来上がってしまっているでしょう。それでもこの春に、教師か警察官になりたいと言っていたのは、あの子にとっては家族というものが具体的な形をもっていなかったからなのだと思います」

「でもそれがどうしてプロポーズと関係あるんですか？」

「あなたにプロポーズしたということは、あなたを将来の家族として見るようになったということですわ。つまり、あなたをお母さんのように苦しめたくないという気持ちから警察官を断念したのよ」

「だけど……加賀君は、あたしが誰と結婚しようと自由だって言いました」

「そういう子です、昔から。そしてたぶんそれは強がりでも照れ隠しでもなく、本気でそう思っているのでしょう」

それでも加賀は自分と結婚した時のことを考えて、警察官になることを断念した——そう思うと沙都子は、かすかな心の負担と、そしてたしかなときめきとを感じた。

五時近くになると他の仲間が顔を見せはじめた。まず若生と華江。最近は二人いつも一緒だった。

「明日、いよいよ試合なんだ。今さらじたばたしても始まらないんだが、最後の調整をしてきた」

若生は華江と顔を見合わせて笑った。息はぴったりというところだろうか。この調子なら明日は期待できそうだと沙都子は思った。

そのあと藤堂、波香の順に姿を現した。藤堂は笑顔で恩師の誕生日の祝辞を述べるほどになっていたが、顔色は相変わらずよくなかった。

「加賀は遅れてくるそうだ」

沙都子の隣に座りながら藤堂は言った。「剣道の練習があるらしい」

「剣道？　この日はこちらを優先するってことになってるのに」

加賀らしくないと沙都子は心の中で非難した。こういうことをいい加減にしないところが彼のいいところなのに——。

「クラブの方じゃなくてね、警察の道場に稽古をつけてもらいに行ってるらしい。その義理からサボるわけにはいかないのだそうだ。全国大会も近いし」

「そう……警察の道場ねえ」

初耳だった。そういう類のことは今まで全部話してもらっていただけに、隠し事をされていたようで少し不満だった。

不満と言えば、波香に対しても同様だった。最近ほとんど顔を見ていない。大学内でも見かけないし、アパートを訪ねても不在なのだった。今日のことはアパートのドアのところにメモをはさんでおいたのだが、実のところ来るかどうか不安だったのだ。沙都子がそのことを言うと波香は、

「ちょっとね、いろいろあったんだ」

と歯切れの悪い答え方をした。

加賀を除く全員が揃ったところで、まず南沢雅子の点前を味わうということになった。いつも通りの順に座り、近況報告をしながら茶碗を回す。一通り済んだところで次の準備に雅子が立ち上がった。恒例の『雪月花之式』である。雅子の手伝いに、女性三人が彼女のあとについた。

2

茶道の修業において最も肝要といわれている七事式は、裏千家八世の又玄斎一燈が、禅における『七事随身』の精神を基礎として、兄である表千家七世の如心斎と共に創定した、茶道の指導者たるべきものの要諦ともいえるものだ。その七事とは、花月・且座・廻り炭・廻り花・茶カブキ・一二三・員茶の七つをいう。

この日南沢家でおこなわれることになっている『雪月花之式』は、この七事式に準ずるもので、人数が六人以上の場合を考え、『花月之式』に基準をおいて十一世玄々斎が考案したものだ。『花月之式』は五人でおこなわれるものとなっているからだ。

『雪月花之式』を一口で説明するならば、クジ引きゲームということになる。つまり茶を飲む者や、菓子を食べる者、さらに次の茶の準備をする者などを毎回毎回クジによって決めるのである。クジのやり方は極めて単純だ。折据と呼ばれるケースに何枚かのカードを入れておき、一列に並んだ参加者が順番に引いていくのである。当たりクジは、『雪』、『月』、『花』の三枚だ。それぞれ表には松の絵が描いてあり、裏に雪・月・花と書いてある。そして『雪』を引いた者は菓子を食べ、『月』を引いた者はすでに用意されている茶を飲み、『花』を引いた者は次回に『月』を引く者のために茶をたてるということになっている。当たりクジ以外には『一』『二』『三』という具合に番号が書いてある。これは外れクジだ。

こうしてゲームは続けられるわけだが、誰かひとりが雪・月・花のすべてを終えた時をもって終了となる。そして南沢雅子の誕生日を祝うこの会では、最初に上がった者が雅子に贈り物を渡すということになっているのだった。

手際よく準備する沙都子らを見て、若生が不安そうな顔をした。彼は毎年こう言って頭をかくのだった。

「やり方、忘れてないかな」

「大丈夫、始まれば思いだすわよ」

華江がなぐさめるように言った。

「では始めましょうか」

南沢雅子の言葉で全員がまず部屋の外に出た。

本来ならば席につく順序を決める手続きもあるのだが、例年それはせずに、いつも座る順番から始めることにしている。これは正客という一番上座に座る者、つまり一番最初にクジを引く者は、いろいろと手順が難しく、元茶道部員だった沙都子や波香以外の者では荷が重すぎるからだった。

踏込畳と呼ばれる部屋の一隅から、波香・沙都子・藤堂・若生・華江という順番に入っていき、奥から座っていく。加賀がいる時は沙都子と藤堂の間に入るのだった。

全員が着座すると、南沢雅子が踏込畳に入り手をついて一礼する。一同もそれに応えて頭を下げた後、帛紗（ふくさ）（九寸四方の布、茶器を清めるのに使う）をつけた。

雅子はいわゆる亭主役である。茶会に用いるいろいろな道具をセットする係だ。水屋（みずや）に下がると煙草盆を持って正客つまり波香の前に行って一礼し、再び水屋に下がる。波香は煙草盆を上座の方に置く。つづいて雅子は干菓子器（ひがし）（菓子の入った盆）を運び出し、同様に波香の前に置く。ただしこの時は礼はしないで下がる。波香は干菓子器を煙草盆の手前に置いた。

ここで雅子は中折据（なかおりすえ）と呼ばれる物を持って現れた。この折据が『花月之式』あるいは『雪月花之式』の重要な小道具だった。固い和紙で出来た、三寸四方というから約九センチの正方形の平たいいれものである。外部が紺紙、内部が金紙貼りで、表に『関』という字が書いてある。因（ちな）みに『花月之式』の場合はもう少し小さいもので、『一』の字が書いてあるのだった。

先に述べたようにこの中折据の中には花月札と呼ばれる札（カード）が何枚か入っている。この場合は雪・月・花と書いた札と一・二・三と書いた番号札の計六枚だ。人数が多い場合は、四・五……という具合に番号札を増やしていくのである。この番号札の表にも雪・月・花の札と同じように松の絵が描いてあり、表から見ただけでは区別できないようになっている（図4）。

折据を置いた後、南沢雅子は水屋に下がり茶碗を持ち出し、また水屋に下がって今度は建水（けんすい）

図4

雪 月 花 一 二 三 四 五 六

花月札

折据

〔折据の中には、表面に松の絵、裏面に雪、月、花の字を書いた3枚と、一から六までの数字を書いた札を参加人数に応じて入れる（この場合は一から三までの3枚を入れる）。〕

（茶碗をすすいだ水を捨てる器）を持ってくる。建水を置くと、末客の次つまりここでは華江の次の席につく（図5）。

以上が亭主が席につくまでの手順であるが、修練を要するのはただ手筈通り行うだけでなく、足の踏み出す位置、左右どちらの足で立ち上がるか等こと細かく取り決められている点にある。

席についた南沢雅子は表情を崩すと波香の方を向き、「折据（おりすえ）お回しを」と一礼した。これを合図に第一回目のクジ引きが行われる。ただし一回目だけは、菓子を食べる者（雪）や茶を飲む者（月）は決めず、茶をたてる者（花）だけを決める。というのは、『月』を引いた者は、その前の回に『花』を引いた者がたてた茶を飲むことになっているのだが、第一回目には『前回』というものが存在しないから、この時点では、『月』を引いた者の飲

図5　最初の位置

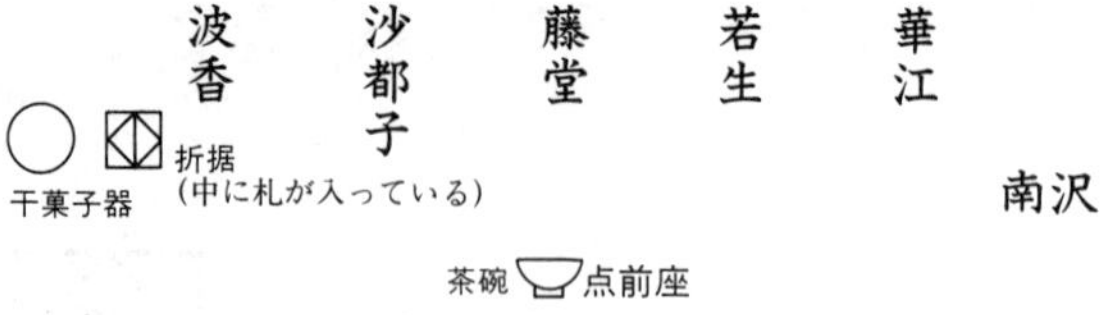

図6—1　初花を決める手順(その1.折据を回し、各自札を取る)

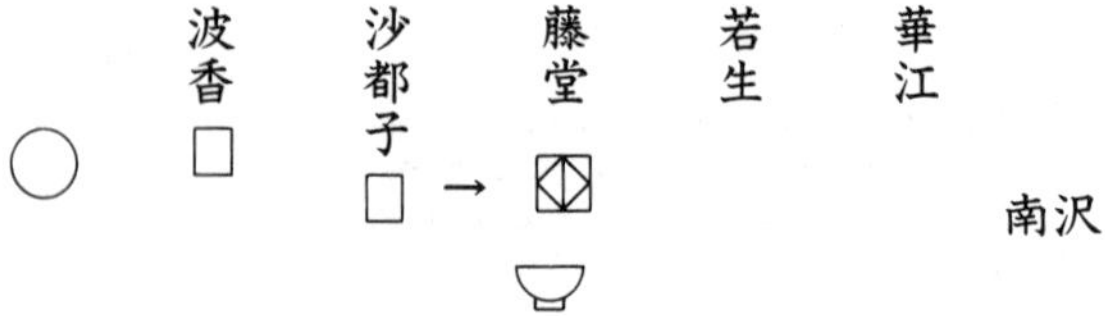

図6—2　初花を決める手順(その2.花を引いた者が名乗りをあげる)

図6—3　初花を決める手順(その3.折据に札を戻す。藤堂は『花』を戻し、替え札を取る)

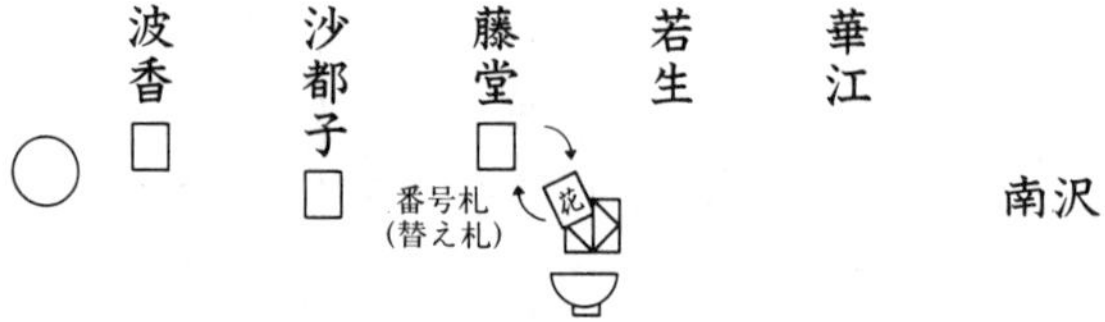

図7　初花(藤堂)が点前座に出る。空いた席に南沢が入る

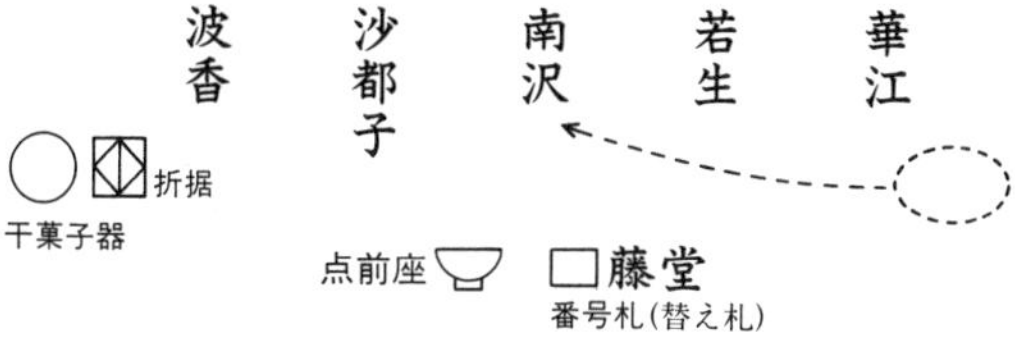

図8―1　2回目のクジ引き(折据が回され札を取る。雪、月、花は名乗る)

図8―2　2回目のクジ引き(『月』は茶を飲み、『雪』は菓子を食べる)

図9　藤堂、仮座へ移動する

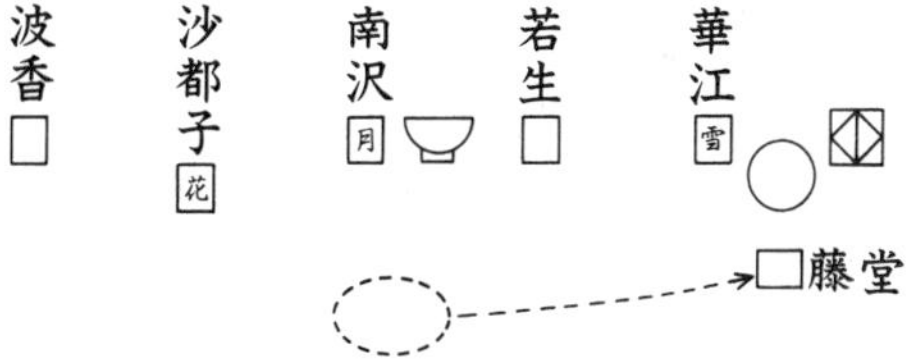

むべき茶が、まだ準備されていない。したがってここでは、二回目に備えて茶をたてる者（花）だけを決めるわけだ。この第一回目の花のことを初花と呼んでいる。

波香は横の沙都子の方に礼をしてから折据を取った。折据を取った波香は、これを開き中から札を一枚取り出すことになっている。

沙都子は少々緊張していた。元茶道部とはいえ久しぶりのことである。間違えても若生や華江なら笑ってすませられるが、自分が大きなミスをするのはあまり格好のいいものではない。真正面を向きながら頭の中で手順を反復した。

札を取った波香から折据が送られてきた。上質の和紙製で、なんともいえない重みがある。沙都子はその感触を味わいながらそれを開いた。札をあれこれ選るのは礼儀に反する。沙都子は一番上の方にあった札を無作為に選ぶと前に置き、折据を閉じて次の藤堂に回した（図6—1）。札の裏はまだ見てはならない。

こうして藤堂から若生、華江へと折据が回り、末座の南沢雅子が札を取って折据を下に置くと、一同は同時に札を見る。沙都子は『雪』だったが、まだここでは何もしなくてよい。やがて隣の藤堂が、「花」とよく通るバリトンを響かせた（図6—2）。それを聞いて雅子が自分の札を折据に戻し、順次上座へと送っていく。折据が藤堂の席までくると、ここで彼は自分の『花』の札を折据に戻すだけでなく、前の者（ここでは雅子、華江、若生の三人）が戻した札の中から、番号札を探して一枚抜き取っておく（図6—3）。役に当たった者は、連続して当たらぬよう、あらかじめ番号札を確保しておき、次回のクジ引きには参加しないのだ。この札のことを替え札と呼ぶ。

折据が沙都子の前にくると彼女はそこに自分の札を入れ、波香に回した。

波香が折据を定位置に置くと、藤堂は『花』の代わりに取った替え札を持って立ち上がり、点前座（てまえざ）（茶をたてるところ）に進んだ。彼が初花、つまり最初に茶をたてる係りに決まったわけだ。沙都子は彼が左足から立ち上がるのを横目で見ながら、たしか右足からのはずだったなと復習していた。昔はうるさく言われたものだが、この場における『雪月花之式』は一種のゲームということになっているから、細かいことは誰も言わないのだ。

初花のあとには亭主が、つまり藤堂の元の席には南沢雅子が座った（図7）。

藤堂が、すすいだ茶碗を拭くために茶巾（ちゃきん）を取ると同時に、沙都子の横で波香が折据を取り上げる気配がした。二回目のクジ引きが始まったのだ。数秒してまたしても折据が回ってくる。沙都子は札を取り、次の南沢雅子に回す。折据は華江まで回される。

藤堂が茶をたて、前に差し出すと、全員取り札を見ることになっている。沙都子は『花』だった。次に茶をたてる役だ。

左の方から華江が「雪」と、ややためらいながら名乗るのが聞こえた。続いて南沢雅子が「月」、そして沙都子が「花」と名乗る（図8―1）。

沙都子の横の南沢雅子は月の札を置くと、右足から立って茶碗を取りに出て、左足から戻り、茶をいただく。その間に干菓子器が正客の波香の方から華江のところに送られた（図8―2）。雪に当たったものは、菓子を食べることになっている。

「いきなり太りそうなものを食べるなんて」

盆の上には桜の形をした落雁が九個入っている。落雁とはもち米からできた落雁粉と砂糖を混ぜて木型で打ち抜いて作られたもので、ここで用意されたものは金沢の雛まつりの飾り菓子の一種だった。大きさは型によって様々であるが、茶に用いるものは一口で食べられる程度の小さなものがよいとされている。

華江は無駄口を言いながら、落雁をひとつ口の中にいれた。

「甘そうだな」

と若生が訊いている。華江は口を動かしながら首を縦にふった。

点前座の藤堂は替え札を持って立ち上がると、ふうーっと大きなため息をついた。最初に花が当たってかなり緊張したらしい。作法も何もなく、逃げるように末座の華江の前に座った。ここは仮座といって、花の役目を終えた者が待機する場所である（図9）。

仮座についた藤堂は、替え札として持っていた番号札を折据に入れると、それを上座へと送った。雪を引いた華江は雪の札と交換に、今藤堂が入れた札を替え札として取り、折据を次に回す。つまり再び札の回収が行われるわけだ。ただしさっきの藤堂の時と同様、雪・月・花のいずれかに当たった者は、連続して当たることがないように、札を戻す時に番号札を替え札として取っておく。たとえば次の若生はさっきは番号札を引いたわけだから、それをそのまま戻す。そしてその次の南沢雅子は月の札とその番号札とを交換し、それを替え札として持っておくわけだ。ところがこの場合、折据が沙都子のところへ来た時には、中には雪と月の札だけが入っており、彼女の手元にある花の札と交換するべき番号札がないことになる。こういう時には沙都子は折据をまず波香の方に回し、番号札を入れてもらったのち折据を返してもらい、花の札とひきかえにその番号札を取るのだ。彼女が取ったのは『三』の札だった（図10）。

花をひいた沙都子は替え札を持って右足より立ち、二服目の薄茶をたてるために点前座に進んだ。仮座にいた藤堂は、彼女のあとに座った（図11）。

最初の月である南沢雅子から戻ってきていた茶碗を取ると、沙都子はそれに湯を入れてすすぎ、茶巾を取って中をふきはじめた。と同時に、波香は折据を取り上げた。

折据は現在札をもっていない、波香、藤堂、若生のところだけに回される。そして折据の中には『雪』『月』『花』の三枚の札しか入っていないから、三人共必ず何かの役に当たるわけだ。それぞれが札を取り、沙都子が茶をたて終えるのを待った。そして彼女が茶碗を差し出すと、名乗りをあげることになっている。

「雪」

ちょっと照れたように左手で髪をいじりながら若生が言った。次に波香が「月」と名乗りをあげ、最後に藤堂が「また花だ」とうんざりしたように言った。

「今日は藤堂君がたて役のようですね」

南沢雅子が笑いかけた。「どうもそうらしいです」と彼も表情を和らげた。

さて月があたった波香は、例によって茶碗を取りに出て自席に戻る。その間に干菓子器が前回雪をひいた華江から、今回の若生に送られる（図12）。

図10　折据を回し札を回収する。雪、月、花を引いたものは替え札として番号札を取っておく

図11　さっき『花』を引いた沙都子が点前座に進み、空いた席に藤堂が座る

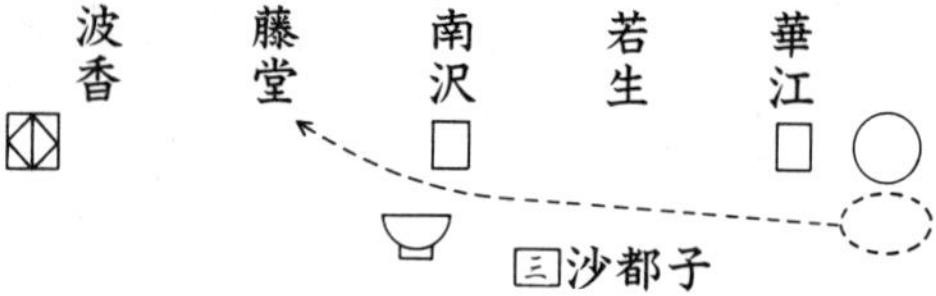

図12　3回目のクジ引き

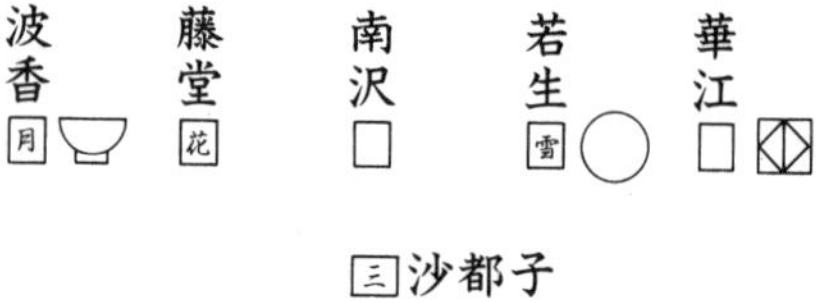

図13　折据を回し札を回収する。雪、月、花を引いた者は替え札を取り、『花』の藤堂は点前座に進む

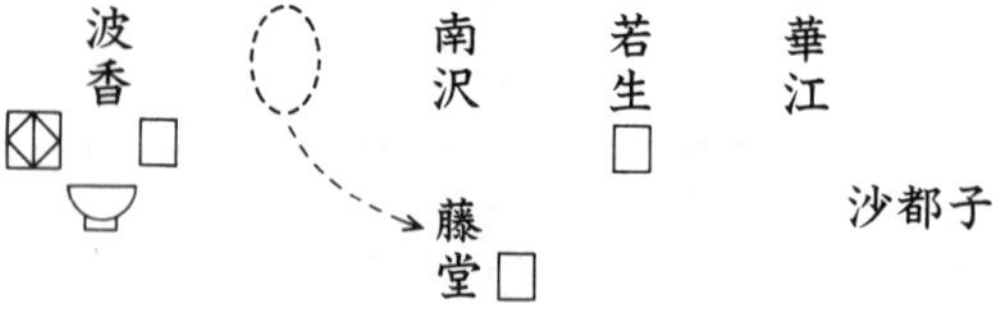

「本当に甘そうだな、来年からは塩せんべいにしないか」

辛党の彼はそう言って皆を笑わせた。

点前座でひと仕事を終えた沙都子は、ほっと吐息をつくと左足から立ち上がった。点前座に上がる時は右足から、下がる時は左足からというのがルールだ。他にもミスはなかったと思う。われながら結構覚えているものだと悦に入りながら、彼女は仮座に下がった。

仮座に座ると札を戻して折据を送る。さっきと同様、番号札を持っている者はそのまま折据の中に戻し、『雪』『月』『花』を持っている者は、それと交換に番号札を取るのだ。そしてまたしても花が当たった藤堂は、番号札と替えると点前座に上がりかけた（図13）。

その時、ゴトンという音がした。

うつむいて畳の目に視線を這わせていた沙都子は、その音で顔を上げた。まず最初に目に飛び込んで来たのは、畳の上をゆっくりと転がる茶碗だった。つい今しがた、沙都子が茶をたてた茶碗だ。清水焼きの雅子自慢の品のひとつだが、それがどういうわけか底を見せて転がっていた。

波香の尋常（じんじょう）でない姿に気づいたのは、それから二、三秒経ってからだ。波香は上半身を前に倒し、まるで猫が伸びをするような格好で身体を痙攣（けいれん）させていた。呼吸が苦しいのか、背中が激しく波打っている。

「波香っ」

「金井さんっ」

最初にかけよったのは藤堂だ。彼女の肩を抱くようにして身体を起こす。だが彼の腕の中でも、彼女は手足を小刻みに震わせているだけだった。大きく見開かれた目は、宙をさまよっている。その目が沙都子の脳裏に焼きついた。

沙都子も波香にかけよった。彼女の腕を取ると、「波香、波香ァ」と激しく揺すってみた。だが彼女は答えるような状態ではない。全身を硬直させていく。

「動かしちゃだめだ、寝かせよう。それから病院へ電話だ、大至急」

藤堂の指示に華江と若生が立ち上がった。だが「電話の場所がわからないでしょう」と言って、結局南沢雅子が部屋を出ていった。華江と若生は再び腰をおろした。

藤堂は波香の上着を脱がせた。かわりに沙都子が彼女の身体を支えると、そのままゆっくりと寝かせた。

「癲癇かしら」

華江が誰かの意見を聞くように小声で言ったが、誰もなんとも答えなかった。事態はそんなに楽観的なものではないということを、皆が感じとっていた。

波香の痙攣が弱まった。だがそれが回復を意味しているのではないということは、彼女の顔色から明らかだった。沙都子は焦った。何度も親友の名を呼んだ。

痙攣が止まった。同時に皆の反応も止まった。

華江が悲鳴のような泣き声をあげるのと、沙都子が叫ぶのがほぼ同時だった。沙都子は自分で自分が何と叫んでいるのかわからなかった。聞こえなかったとも言える。そして何も見えなかった。頭痛、そしてめまい。叫びながら、一体何故自分が叫んでいるのかもふと分からなくなる。

とにかく混乱していた。

誰かが何か言った。それに対して誰かが答える。沙都子のまわりで人があわただしく動いた。その時間から取り残されたみたいに沙都子はそこに座っている。遠くで、とにかくすごく遠くでサイレンらしきものが鳴っているのがわかった。

誰かが背後から身体を支えてくれた。それにたよってようやく立ち上がる。だが何故立つ必要があるのだろう？　それにどういうわけか、見知らぬ人間が増えている。わからない。何も聞こえない。

この時、突然沙都子の耳に届いた声があった。実に唐突に、その声は彼女を現実に引き戻した。

「大丈夫か？」

声の主は再び同じことを言った。彼女の背後だ。彼女は振り返った。何故か懐かしいと感じる顔が、加賀の顔がそこにあった。彼は眉を寄せ、心配そうに沙都子の顔をのぞきこんでいた。

沙都子の心の中で何かがぷつりと切れた。そして彼女自身、糸の切れた振子のように、加賀の胸に身体を預けていた。

3

とても長い時間が南沢家の応接室の中を流れていった。あるいはそう感じたのは沙都子だけだったのかもしれない。自分がここに連れてこられてから一体どれぐらいの時間が経ったのかもよくわからない。とにかくこの部屋にいる全員が、先程から殆ど動かず、そして一言も発しないのだった。

雪月花のメンバーで、今ここにいないのは南沢雅子だけだった。代わりに加賀がずっと沙都子のそばにいる。彼は波香が死んだという情報を得ているだけで、ことの成り行きを全く知らないはずなのだが、誰にもそれを訊こうとはせず、沙都子ら当事者と同じようにはりつめた空気の中に身を置いていた。

全員の神経を刺激したのは、ドアのノブがガチャリと回る音だった。それはこういう雰囲気を考慮したようにおそるおそる回されたようだったが、やはり皆の鼓動を早める結果になった。

南沢雅子は血の気が失せて真っ白になった顔を皆の方に向けると、

「警察の方が見えました」

と言った。多少かすれてはいたが、震えのないしっかりとした声だった。

「警察が？」

華江の肩を抱いていた若生が怪訝そうに雅子を見た。「どうして警察が来るんですか」

若生と同じ気持ちらしく、藤堂も腕組を解いて立ち上がると、雅子の方に一、二歩近づいた。

南沢雅子は表情を変えず、そして声に妙な抑揚をつけることもなく答えた。

「お医者さまは金井さんの身体を御覧になって、毒物死の可能性があるとおっしゃいました。その場合必ず警察に届ける必要があるということで、わたくしが連絡したのです」

「毒!」

声をあげたのは加賀だった。彼はさらに「波香は毒を飲んで死んだのですか?」と訊いた。

南沢雅子は小さく頷いた。

「その可能性が強いということです」

「でも……何故?」

だが雅子は首を振った。

「わかりません。それをこれから警察の方がお調べになるのでしょう。一応今わたくしが事情をお話ししましたが、全員から話を聞きたいということですから、もうすぐお見えになると思います。おそらく前後のことを特に詳しく訊かれるでしょうけど、質問にはできるだけありのままを答えるように心がけて下さい」

そう言って彼女がソファに腰を下ろすのと、ふたたびドアが開けられるのが同時だった。まだ結構若そうな制服警官が顔をのぞかせた。

「誠に申し訳ありませんが、皆さんの所持品を調べさせていただきます。男性の方はお手数ですが、その者の指示に従ってください。女性の方は、今ここに婦警が参りますので、私の後についてきてください」

その警官の後について、藤堂、若生、加賀が出ていった後、がっしりした体形の二人の婦警が入ってきた。彼女たちは丁寧(ていねい)な言葉遣いで、沙都子たちに対する無礼を詫びながら、手際よく調べを行っていった。所持品を調べるだけといっても、これはもう完全な身体検査である。婦警たちの目的が、毒物を持っていないかどうかを調べることにあるということは、沙都子にも容易に察しがついた。

結局この身体検査では何も出てこなかった。婦警たちはもう一度謝った後、部屋を出ていった。間もなく、男性軍が先程の警官に連れられて戻ってきた。

「どうだった？」

泣き腫らした目のまま、華江が小声で若生に訊いているのが耳に入ってきた。若生は小さく首を振って、「特に問題はないようだ」と他人事みたいな答え方をしていた。

全員がさっきのようにソファに腰かけるのを見届けて、若い警官が言った。

「事情聴取を行いますので、どなたからでもいいですからお一人来ていただけますか？」

一瞬お互いの顔を見合ったが、

「僕が行きましょう」

と藤堂が名乗りを上げた。

彼がドアを閉めていったあと若生が誰にともなく、「毒なんか知らないよな」と呟いた。どういう意図があってこういう言い方をしたのかはわからなかったが、沙都子にはこの言葉が皆の気持ちを代弁しているような感じがした。そうだ、毒なんか知らない。自分たちは茶会をしていたのだ。突然別次元にほうりこまれた状態で、わけを話せと言われても対応できるはずもない。

「あのお茶は」

南沢雅子はソファに座って、ハンカチを握りしめていた。「昨日わたくしか買ってきたばかりのものなんです」

　だから茶が痛んでいたということはないはずだと彼女は言いたいようだった。だが勿論この状況下でそこまで考えられたのは、この夫人だけだった。

　藤堂に対する事情聴取は、約十五分程で終わった。応接間に戻ってきた彼は、さすがに緊張したのか唇まで白く、そして頬の肉も強ばっていた。

　彼に続いて、先程の制服警官も入ってきた。そして華江と沙都子の顔を交互に眺めたあと、

「相原さんは？」

と訊いてきた。沙都子はどきりとして背筋を伸ばした。

「お願いします」

　警官は頭を下げた。沙都子は思わず加賀の方を見ていた。名指しで呼ばれたことで更に圧迫を感じていた。加賀は口を小さく動かした。大丈夫さといったようだった。それで彼女は随分元気づけられた。

　事情聴取に使われているのは、事件のあった和室の隣の間だった。八畳ぐらいの広さがある。隣室とは襖で仕切られていて、現在どんな捜査が行われているのかを見通すことはできなかった。

　座卓のまえに座って沙都子を待っていたのは、眼鏡をかけ茶色のスーツをきっちりと着こなした三十代半ばぐらいの男だった。刑事というより大企業のサラリーマンという感じだ。沙都子が現れた時、「どうも」と言って頭を下げた礼の仕方も自然だった。その刑事の横にもうひとりい

悪いことが刑事の条件だと考えているかのようだ。この男の方は見ないようにしようと沙都子は決めた。

「大変でしたね」

刑事の第一声だ。彼女は「ええ」と答えたつもりだったが声にならなかった。それでも刑事はうんうんというように首を動かした。

「先生の方から大体の事情は伺っています。今日は先生の誕生日だったそうですね」

「はい……」

「雪月花……ですか。私はそういったことは全く知らないのですが、茶道の作法のひとつと考えていいわけですね？」

「いいと思います」

「ふむ。それでその途中、金井波香さんが茶を飲んで亡くなられた……。死因はご存じですか？」

「毒……とか」

「青酸中毒らしいです、医者の話ですと」

刑事はこんなことは言い馴れているとばかりに、表情を全く変えなかった。だが沙都子は普通ではいられない。身体が一瞬ぶるぶると震えるのを、防ぐことはできなかった。

「おそらく青酸カリあたりでしょうが、金井さんは茶を飲んだ直後に苦しみだしたのだから、その茶に毒物がはいっていた可能性が最も強いということになります。しかしこれに異存はありませんか？　たとえば彼女が茶を飲む前に、何か口に入れるのを見たとか」

茶を飲む前——沙都子はその時の情景を思い浮かべようとしたが、すぐにそれがむだだということに気づいた。彼女はうつむいたまま首を振った。

「あの時あたしは花だったものですから、人のことを見ている余裕なんてありませんでした」

「花？　……ああ茶をたてる人のことですね、先生から聞きましたよ。なるほどね。実は藤堂さんにも同じ質問をしたのですが、茶をたてる者以外はみな同じ方向を向いて座っているので金井さんの様子はわからなかったということなのです。それであなたならと思ったのですがね。そうですか……まあどういう経路で服毒したかは調べればすぐにわかることですが。ところで、今日を除いて一番最近、金井さんに会われたのはいつごろですか？」

沙都子は数秒考えたのち「先週です」と答えた。

「彼女のアパートに行ったんです」

あれは祥子の葬儀に参列した帰りだった。白鷺荘で古川智子から重大な証言を得たのだった。思えばあれから顔を合わせていないのだ。

この証言は刑事の興味を強く引いたようだ。「例の事件ですね」と身を乗り出してきた。

「先生からも藤堂さんからも聞いています。あなた方はかなり熱心に探偵活動をしていらしたようですね。どうですか、その内容を聞かせていただけませんか？」

「内容といっても……別に成果があったわけじゃないんです」

沙都子は古川智子から聞いた話、それはすでに県警の佐山刑事が知っているということ、そして仲間を集めて少しでも手がかりを見つけだそうとしていることなどを話した。勿論まだ何一つ摑めていないということもである。

刑事は彼女の言葉を信じてくれたようだった。もっとも素人探偵に何ができるかという気もあるのだろうが。

「例の事件が他殺の可能性が強いとわかった時、金井さんの様子はどうでしたか?」

どうだったろうと彼女は記憶をさぐってみた。自分の衝撃が大きく、人の反応まで気にかけてはいなかったのだ。やむなく彼女は、

「あたしと同じくらい驚いていたと思います」と答えた。

その後刑事は波香が普段どんな生活をしていたか、どんな人間と付き合い、どんなところに立ち寄っていたかなどをかなりしつこく質問してきた。男性関係も当然訊いた。隠すことは何もない。沙都子は知っているだけのことは全て話した。これだけ協力するんだから一刻も早く真相を究明して欲しいという気持ちがこめられていた。

「では最後に茶道のことですが」

刑事は声の調子を微妙に変えた。「今日おこなわれた例の……」

「雪月花之式ですか」

「そう。その雪月花ですが、誰が茶を飲むかは全く予想できないものなんですか?」

この質問は南沢雅子にも藤堂にもしているはずだった。二人の返答も想像がつく。そして沙都

子も言った。

「不可能だと思います。誰が飲むかは花月札で決められるんですから」

「例のカードですね」

「そうです」

刑事は特に落胆した様子でもなかった。小さくため息をついただけだ。

「茶をたてたのはあなたでしたね。その時何か気づいたことはなかったですか？」

「気づいたことって？」

「茶碗だとか、茶器……というんですかね。そういったものに異常はありませんでしたか？」

「異常……」

こういう質問は苦手だった。無意識に過ごした時間を振り返れと言われても、写真を顕微鏡で拡大して見ようとするのと同じで、見えないものは見えないのだ。

今度は沙都子がため息をついた。

「よく覚えていません」

こう言うしかなかった。

結局刑事の質問はここまでだった。とりとめのない話を延々としたような気がするのだが、「お疲れさまでした」と言う捜査官の顔には収穫ありという色が浮かんでいた。あるいはこれも取り調べにおけるテクニックなのかもしれないと沙都子は思った。

応接室に戻ると皆が心配そうな顔で待ちうけていた。「どうだった?」と立ち上がったのは華江だ。沙都子は「大丈夫よ」と、なんとか口元を緩めた。

彼女に替わって部屋を出て行ったのは若生だ。彼の後ろ姿を見ながら沙都子はまたソファに腰かけた。

「いろいろ訊かれただろう?」

藤堂は視線を床の絨毯に落としたまま、気遣うような言い方をした。沙都子は頭が痛い時によくやるように、人差し指と親指で目頭を押さえた。「まあ……ね」実際軽い頭痛がし始めていた。

彼女は隣の加賀の様子を見た。彼は腕組みをし、じっと目を閉じるというお得意のポーズだ。眠っているのではないかと思うほど動かない。

「ねえ加賀君……」

沙都子は呼びかけてみた。なんだかひどく彼の声が聞きたかった。

加賀はそのままの姿勢で口だけを動かした。「事情はみんなから聞いた」

「それで……」

「明日、考えよう」

彼は言った。「明日考えればいい。今日は何も考えないことだ」

「加賀君……」

彼の思いやりだと彼女は解釈した。彼の言うとおり、今は波香の死について議論する気力などとても出ない。こうしてじっと座っているのが精一杯なのだ。

波香の両親が駆け付けてきたのは、その直後だった。南沢雅子が出て行ったが沙都子たちは顔を合わせなかった。両親はおそらく警察から死因を聞かされているだろうから、余計なトラブルは避けたいという雅子の配慮のようだった。

若生が戻ってきて、その後華江、加賀の順に警察の質問を受けにいった。加賀は現場にいなかったのだし、参考程度ですぐに済むかと思われたが、他の者と変わらぬぐらい時間をかけられたようだった。華江のほうが短かったぐらいだ。

全員の事情聴取が終わったあと、ようやく解放されることになった。時刻は八時近くになっていた。沙都子は自分たちが夕食をとっていないことを思いだした。今までそんなことを思いだす余裕などとてもなかったのだ。もっとも思いだしたところで食欲は全くなかったのだが。

沙都子たち五人は、駅に向かう道を殆ど喋らずに重い足取りで歩いた。友人の死という事実の他に、自分たちの心を重くしているものが存在していることは明らかだと沙都子は思った。そしてそのものの正体を皆が薄々感付いている……。

電車はすいていた。五人は横一列に並んで座った。向かい側のガラス窓に全員の顔が並ぶ。皆一様にかなしげで、そして戸惑いを見せていた。

言葉らしい言葉を最初に発したのは若生だった。彼は隣の華江に話したつもりだったのだろうが、それは全員の神経を刺激することになった。彼はこう言ったのだ。

「自殺のセンが強いらしいね」

それに答えたのは華江ではなく藤堂だった。

「裏を返すと、他殺のセンもあるってことかな」

「そんなことあるわけないじゃない」

と華江。「あたしたちの誰かが毒を入れたってことになるのよ」

「たとえばさ」

若生が唇を舐めるのが、窓ガラスに反射して沙都子の目に入った。考えごとをしながら喋る時の、彼の癖だった。「無差別殺人の可能性はどうなんだろう?」

「無差別?」

「なるほどね」

藤堂は身体を揺するように頷いた。「我々には全く無関係な人間が毒を投入したというわけか。となると先生が昨日買ったばかりだという、例のお茶が怪しいということになるな。つまり先生が買った時にはすでに毒物が混入されていた」

「チョコレートだとか、缶ジュースだとかでそんな事件があったわね。でもそれなら調べればすぐにわかるわね」

「わかるだろうな」

「そうでなきゃ、やっぱり自殺だな」

若生は皆の同意を得たいようだったが、これに対して特に誰も何とも答えなかった。

沙都子はさっき自分が考えていたことを再確認していた。自分たちの心を重苦しくしている原因はまさにここにある。自殺か他殺か？　今藤堂が言ったような特殊なケースを除くと、他殺の場合自分たちの誰かが犯人だということになる。そんなことは絶対にありえないと思うから、波香は自殺したと考えざるをえない。だが波香が自殺するような女性だったかどうかということは、ここにいる人間が他の誰よりもよくわかっているはずだ。他殺のはずはなく、波香が自殺することも考えられない。その一種のパラドックスが皆の心にプレッシャーを加えているのだ。

沙都子はそっと加賀のほうを見た。加賀はこれらの話を聞いているのかいないのか、とにかく目を閉じたままだ。今ここで議論することの無意味さを悟っているのかもしれない。その無表情な横顔は依然として沙都子に、「明日、考えよう」と語りかけているようだった。

そうだ、明日考えよう——沙都子は思考を中断させることにした。今必要なのは心の休息だ。だが、と沙都子は考えてしまう。いくら明日になっても自分の中にひとつだけ、絶対変わらない意思がある。それはつまり、波香のことも自分は何ひとつ知らなかったのだということだ。

4

カーテンの隙間から入り込んだ日差しが強く、まだ充分眠いはずなのに目が覚めた。昨夜飲んだブランデーが残っているのか頭が重い。ベッドにもぐりこんでからも一向に眠れず、父のレミー・マルタンを失敬したのだった。眠気を催すまでと思ったのだが、結局不快感を誘うだけだった。親友が死んだ翌朝に二日酔いなんて、なんだか悲しい。そしてこんな朝に限って、今までのツケを払うみたいに天気がいいのだ。

沙都子がカーテンの隙間をふさごうとしてベッドから腕を伸ばした時、ノックの音が聞こえた。かすれた声で返事するとドアが少し開いて真っ黒な腕が現れた。手に持っていた新聞をぽいと投げ出した。

「しんぶん」

低い無感情な声を出すことが、姉への精一杯のいたわりだと彼は考えているらしい。そしてたしかにこんな朝にはそういう態度が嬉しかった。

「達也」

閉まりかけていたドアが止まる。「なんだい」と弟の声。

「カーテン、ちゃんと閉めてくれない」

ドアの向こうでためらったように沈黙。数秒してドアが開くと達也の大きな身体が入ってきた。家の中でもトレーニング・ウェア。汗臭さをふりまきながらベッドの横を通ると、丁寧な手つきでカーテンを直した。ついでに入り口から新聞を持ってきてくれる。

「ありがと」

「ところで朝飯だけどさ」

達也はドアのノブを持ちながら訊いた。「サンドウィッチでいいだろ？」

「いいわ」

「飲み物は？」

「紅茶」

「オレンジ・ペコしかないぜ」

「ありがたいわ」

すると達也はそれ以上何も言わず、ドアの向こうに消えた。いつの間に自分を磨いたんだろ、と沙都子はしばらくドアを見つめていた。

もう少し眠るつもりだったが、やはり新聞が気にかかった。カーテンを閉めさせておいたくせにと自嘲しながら、枕もとのスタンドを点けた。

最初に目に飛び込んできたのは日付だ。十一月三日、文化の日だ。どうりで、と沙都子は思った。明治節は天気がいいと南沢雅子がよく言っていたのだった。

社会面を見る。四コマ漫画の横に、『お茶会で服毒死』という見出しがあった。新聞の見出しってのはどうしてこうイメージがずれているんだろう？　それともこのほうが読む者にとってはわかりやすいのだろうか。

記事は概(おおむ)ね事実に忠実であった。違っていた点は、昨日の行事を『茶道部のお茶会』と表現していることと、雪月花の説明がかなり大幅にでたらめなことである。おそらく記事を書いた者がはっきりとは理解していないのだろう。

記事を読んだかぎりでは、まだ自殺とも他殺とも判断されていないようだった。ただニュアンスとしては自殺説を押しているようだ。祥子の事件については触れていなかった。

金井波香さん（二二）――。

こう書かれた上に、波香の顔写真らしきものが載せられてあった。いったいどこからこんな写真をひっぱりだしてきたのだろう。妙に陰影が強く、まるでモンタージュでつくったみたいに不自然な表情をしていた。こんなふうに扱われている彼女が、沙都子はなんだかひどくあわれに思えて、昨日とはまた違った悲しみがこみあげてくるのだった。

彼女はベッドに顔をうずめた。波香がいない、この世にいない、もう二度と声を聞くこともない——その事実が自分の内部でまだ消化されていなかった。実感がないのだ。だがそれは現実だった。それに早く馴れなければ。でもそんな時がくるのだろうか？

電話の音がした。こんな朝には波香や祥子から誘いがかかったものだが、今はもうその二人はいない……。

「電話だよ」

ドアの向こうから突然声がした。「誰から？」と訊くのが癖になっている。達也はしばらく黙ったのち、「男の人だよ」と言った。

「男の人？」

「加賀さん……って言ったかな」

「ああ」

沙都子は起き上がってガウンを羽織った。

「今すぐいくわ」

電話は親子になっていて、その一方が二階の廊下の端にある。誰にも顔を見られずに済むのが、こんな朝には特にありがたかった。

「俺だ」

照れたような響き。少しこもって聞こえる。「読んだかい？」

新聞のことだということは、すぐにわかった。「読んだわ」

「そうか」

そして加賀は黙った。ためらっている。めずらしいことだと沙都子は思った。

「外に出る元気はあるかい？」

しばらくして彼が言った。あるわ、と答えると、「少し会えないかな」と訊いてきた。

またまためずらしいことだ。承諾するとS駅前通りにある喫茶店を指定してきた。S駅前通りというのは街の中心にある繁華街だ。指定した喫茶店というのは、若い男女が待ち合わせに使うことで有名な店だった。彼がそんな店の名を口に出したのが、沙都子には意外だった。

受話器を置くと、ほんの少し元気を取り戻しつつある自分に気づいた。加賀の声を聞いたせいもある。だがそれ以上に、落ち込んでいる場合じゃないんだという気持ちが沙都子の心を奮いたたせようとしていた。

――波香、あんたのために。

卒業までの時間をかける、と沙都子は決心した。

『記憶』という名のその店は、雑踏の中にありながらも閉ざされたムードを頑固に守っているといった感じのコーヒー・ハウスだった。どういうわけか、やたらに柱が多い。その柱のそれぞれに、かなり年代物の柱時計がかけてあるのだが、そのどれもが見事に正確な時を刻んでいた。テーブルというより机といったほうがぴったりくるような卓に、三十分以上座るのは苦痛そうな木製の椅子がきちんと並べてある。

「電話は苦手だ」

柱時計の下で、加賀はトースト・サンドを食べていた。朝食代わりか、あるいは十一時を過ぎているから昼食代わりかもしれない。

「緊張する」

「そういえば電話してくれたことなんてなかったわね」

「用がなかったんだ」

厚切りのパンをコーヒーで流し込むみたいにして食べる。学食にいる時と変わらないことが、なんとなく沙都子を安心させた。

「気分は落ち着いたかい？」

加賀は訊いた。沙都子が「まあ、なんとか」と答えると、「結構」と大人びた頷きかたをした。

「俺が見た新聞では」

食べ終えて、水をがぶりと飲んだあと彼は言った。「茶碗から青酸カリが検出されたということだった。だが、抹茶には毒物は入っていなかったらしい」

「あたしが読んだのもそうよ」

どうしても声が沈んでしまう。こんなふうではいけないのに——。

「つまり若生の無差別殺人説は成り立たなくなったわけだ。毒物は、雪月花之式の途中で入れられたということになる。……と、いうところで沙都子の意見を聞きたい」

「意見……って言ったって」

沙都子はまるで熱病にかかっているみたいに、けだるい声を出した。あの時と同じだ。祥子の死に立ち会った時。あの時と同じように、鼻が詰まる。

「あたしには何もわからないわ。あの状況からだと波香が自分で毒を入れたとしか考えられないし、だからと言って自殺する動機には、まったく心当たりがないし」

そしてこんな話を交わすのも、祥子の時と同じだ。あの事件も、祥子の自殺の理由を考えることから始まったのだった。そしてあの時一緒に悩んだ波香が、今度は難問を出題する側にまわっている。

「つながらなくは、ないんだ」

妙な言い方を加賀はした。「罪を犯した人間が悔恨の情から死を選ぶというのは、よくあることだ」

驚いて沙都子は彼の口元を見た。

「波香が祥子を殺したっていうの？」

「祥子が殺された時の状況を覚えているだろう？　白鷺荘には、住人以外の者は立ち入れなかった。そういう意味では彼女は、かなり怪しい立場ではあった」

「犯行推定時刻の十時頃、波香はあたしと一緒だったのよ、『バーボン』で」

「その推定時刻というのも絶対的なものじゃない。最初に管理人が思ったように、祥子は眠っていただけかもしれないしね。君と別れたあとアパートに戻り、それから殺したという可能性も皆無ではない。むしろ有力だ」

「殺したって……」

沙都子は頭痛を感じ始めていた。頬の肉がこわばってくるのもわかる。「ひどいこと言うのね、証拠もないのに。波香は友達だったじゃない」

「そういう動機もありうるということだ」

表情を変えない。理屈ではわかっていても、それを自分で認めたり口に出したりできないというのはよくあることだ。だが彼にはそういう弱さがない。

「ただこれは波香が自殺したという前提のもとで想像したものに過ぎない。実際には自殺だと考える根拠も、それほど確実なものではない。自殺説が有力なのは、単に状況からだ」

「状況って？」

「雪月花之式の途中で死んだという状況だ。茶を飲む人間は花月札で決められる。誰もそれを予測できない。したがって計画的に波香に毒を飲ませることもできはしない」

「できないわね、ただひとりの例外を除いては」

「そう、君を除いては」

なんでもないことのように言う。「波香が『月』の札をひいたとわかった瞬間に、茶をたてる役の君が毒を混ぜればなんでもないことだ」

事実を事実として冷静に受けとめる人だと沙都子は改めて思い知った。

「疑う、あたしを？」

「警察が疑うとすれば、まず君だろうな。もしかしたら、尾行ぐらいはしているかもしれない」

言われて沙都子は思わずあたりを見回した。家からここまでそんな気配は感じとれなかった。もっとも尾行のプロならあたりまえかもしれないが。

「でももし本当に君が波香を殺そうとするなら、そんな見えすいた手を使うわけがないだろうな。そういうふうに警察が考えることを逆手にとろうとしたという推理も成り立つが、あまりにもリスクが大きく、やはり少々無理だ。警察もその辺はわかっているだろうから、茶をたてる時に君が毒を入れたという考えは捨てていると思う。そして俺もそう考えている」

そう言ってから彼は沙都子の顔を見てあわてたように、「勿論、元々君を信じてはいるんだが」と付け足した。

冷静なんだ、と沙都子は加賀の話を聞いていた。「疑う？」と訊いた時、とにかく激しく否定する加賀を彼女は期待した。だが彼はそうはしない。いつだって理詰めだ。だから迷わない。そして最後の補足が彼の思いやりだ。本当は推理をするのに、「信じる」も「信じない」もないと考えているはずなのだが。

「というわけで現段階では、計画的に波香を毒殺することは不可能だと考えざるをえない。だからといって事故でもない。つまり消去法から自殺ということになるわけだ」

「自殺説の根拠はもうひとつあるわ」

沙都子は真っすぐに加賀の顔を見た。「あの場所にいたのは、あたしたちが一番心を許し合える人達だったってことよ。あの中の誰が波香を殺そうなんて考えると思う？」

すると加賀は珍しくうろたえたように黒目を不安定に動かした。そしてその目を沙都子からそらすと間を取るように、そばに来ていたウェイターにホット・ミルクを注文した。

「最近、寒いからな」

彼は白い歯を見せたが、その目は笑ってはいなかった。却って空気が重くなったことを悟ったように、彼は彼らしくもない愛想笑いを引っ込めた。そして何か覚悟を決めたように息を吐いた後、

「果たして俺たちは、他の者のことをどれだけ知っているんだろう？」

と呟いた。「本当は何も知らないんじゃないか？」

彼が言いたいことの真意を摑めず沙都子は黙っていた。彼は続けた。

「波香は自殺かもしれない。いや、今のところはその可能性が強いと言うべきかもしれないな。しかし俺たちはその動機について何ひとつ手掛かりを持ってはいない。親友だったはずなのに、実際は波香のことを何も知らなかったんだ。祥子の時もそうだった。そんな俺たちが、たとえば藤堂や華江のことをどれだけ知り尽くしていると言えるだろう？」

沙都子は奥歯を咬んだ。「わかったわ加賀君、あなたは……」

「俺が沙都子をここに呼びだしたのは、一緒に真実を探そうと思ったからだ。沙都子だけは信じ

ることができる。そしてもうひとつ、俺が波香について自信を持って言えることがある。それは、断じてあいつは自ら死を選ぶようなやつじゃないということだ」

5

南沢雅子――自分たちの恩師。優しく、そばにいるだけで包みこまれるような安心感が得られる。

藤堂正彦――祥子の恋人。高校時代の剣道部主将。いつも沈着冷静。そして成績優秀。仲間の中でも出世頭。

若生勇――ちょっとトボけたテニス・ボーイ。彼がいるとどんな時でも雰囲気が和む。ムード・メーカー。

伊沢華江――若生の恋人。少女雑誌から抜け出たような娘。明るく、そして感情を隠そうとしない。泣き虫。

沙都子は雪月花に参加した、他の四人の顔を思い浮かべていた。皆、今まで助け合い、心を通わせ合ってきた仲間たちなのだ。だが今加賀は、これまでの過去や実績のすべてを水に流そうとしているのだった。

「俺だって辛いんだ」

彼はまるで言い訳するみたいに目を伏せた。「だけど納得できないことを、納得できないまま終わらせることは俺にはできないんだ。もしかしたら、やはり波香は自殺したのかもしれない。その場合には、なんとしてでもその理由を知る努力を俺はするだろう。しかしその前に本当に自殺なのかどうかを自分に納得させたい。もし自殺説の根拠が、他殺は不可能ということの裏返しに過ぎないのなら、本当に他殺は不可能なのかどうかをギリギリ詰めていきたいんだ。そしてギブ・アップすることになったなら、今度こそ波香の自殺の動機を探るとしよう」

「でも」

息が詰まった。自分の心臓の鼓動が、さっきからずっと早いままだということを沙都子は自覚していた。「もし……もしも、よ。他殺だったとして、その動機は何だと加賀君は思うの？」

「動機についてはこの際考えないようにしよう」

加賀は自らにも言いきかせているようだった。「もし他殺だったとしたなら、おそらく俺たちの考えの及ばないところでの話だと思う。理解を越えたことを推理しようとしても無意味だ」

そうかもしれないと沙都子も思った。たとえどんな理由があるにせよ親友を殺すなどということは自分たちの世界では考えられないことだ。

「今も言ったように俺の目的は、不可能だという根拠で他殺説を簡単にしりぞけてしまっていいかどうかをはっきりさせることにある。しかし逆に、もし何か巧い手が見つかったからといって、即他殺だと決めてかかるつもりもない。多少辛くはあるが、これらはすべて真実に到達するために必要なステップだと考えているんだ」

「だけど……やっぱり不可能だと思うわ。計画殺人なんて」

「かもしれない。だがその前に気の済むようにやりたいんだ。そこで沙都子に頼みがある。もう一度あの時のことを詳しく教えてもらえないかな。雪月花之式の最初からだ」

真剣な目を加賀は沙都子に向けた。その視線に耐えられず、沙都子は瞼を閉じてしまった。どういうわけか波香の冷めたような笑い顔がその裏に浮かんだ。彼女ならどうしただろう？　死んだのが自分で、彼女がこんなふうに加賀と会っていたのだとしたら……。

「わかったわ」

沙都子は心を決めた。「でもこれだけは分かって。あたしは誰も疑いたくないのよ」

「分かっている。俺だってそうだ」

加賀は、いつの間にか運ばれてきてそのまま冷たくなってしまったホット・ミルクを、まるでビールをあおるようにして飲み干した。

沙都子はバッグからボールペンを取り出すと、レシートの裏に『波香、沙都子、藤堂、若生、華江、先生』と書いた。全員が席についたところからである（一六二ページ・図5参照）。

「最初は例によっていつもの並び順に座っていたわ。仮座には南沢先生。それから当然加賀君はいなかったわね。その後、折据が回されたわけだけど、初花はたしか藤堂君だった」

「藤堂が点前座に出たわけだな、そうするとそこに先生が入る」

「順序はこうなるわけね」

沙都子はそこに、『波香、沙都子、先生、若生、華江、花は藤堂』と書いた。「そこで、また折据が回って、華江が雪、先生が月、あたしが花だった」

「沙都子が出て、藤堂が入る」

「三回目は若生君が雪、波香が月、藤堂君が花だったわ。それであの騒ぎになったってわけ」

「なるほど」

加賀は唸りながらお得意の腕組をした。しかめっ面をして、メモに目を落とす。「むつかしいな、やっぱり。何らかの手段で毒を仕込んでおいても、波香が飲まないことには話にならないんだからな」

「波香がいつ飲むかってことは、予測不可能だと思うわ」

加賀はそれに答える代わりに、「道具の準備をしたのは誰だ？」と訊いた。

「みんなでしたのよ」

と沙都子は返答した。「正確に言うと、女性軍で準備したのよ」

「誰が何の準備をしたか覚えていないかい？」

「むずかしいこと訊くのね」

加賀の父親が警察官だということを沙都子は思いだしていた。やはりこの男には、チョークよりも黒革の手帳が似合いそうだ。

「お抹茶とお菓子を用意したのは先生よ」

「当然だろうな。ところで昨日の菓子は何だった？」

「落雁よ。でもそれが何の関係があるの？」

「わからない。で、干菓子器だとか煙草盆だとかは？」

「誰がってことはないわ。気がついた人が、準備したみたい。茶碗と茶筅を箱から出したのはあたしよ。干菓子器に落雁を盛りつけたのは華江。折据と花月札を揃えたのは波香だったな……」

あの時波香は死ぬつもりだったのだろうか、それともその『月』の札をひいて毒を飲むことになるとは夢にも思っていなかったのだろうか？

「そうか……」

加賀は考え込んだ様子だった。当たり前だと沙都子は思った。今度ばかりは加賀が間違っている——。

「やっぱり無理よ、そんなこと。それよりもあたしは波香のことを調べたい。あたしは彼女のことを何も知らなかったのかもしれないんだもの」

加賀は黙って、人差し指でテーブルをコンコンと叩いていた。早く馬鹿な考えは捨てて欲しいとさえ沙都子は思った。

「状況は分かった」

やがて彼は重い口を動かした。だが目は宙を捕らえたままだ、「もう少し考えてみるさ。今ここで謎が解けるとは最初から期待していないさ」

「不可能なものは、いくら考えても不可能よ」

「ある学者の言葉だけどさ」

彼は声の調子を変えた。ちょっと気の効いた冗談を言う時の調子だ。「あることを証明しようとする時、可能だということを証明するのより、不可能だということを証明する方がはるかに困難なのだそうだ。その意見、俺も同感だね」

「だけど現に、殺人の手段は何ひとつ思い付いていないわ」

「そんなに言うなら」

加賀は苦い物を口に含んだように眉間に皺を寄せた。「ひとつぐらいは可能性を示してもいいぜ。たとえばロシアン・ルーレット殺人。茶碗のどこかに毒を塗りつけておくのさ。茶を飲む者が、そこをはずして飲めば助かり、見事当たれば死んでしまうというわけだ」

「狂気の沙汰だわ」

沙都子は吐き捨てるように言った。そして水の入ったコップを強く握りしめる。透明のガラスが白く曇っていった。

「あたしの頭では考えられない」

「そんなことを言ったら、誰だってそうだ」

彼もコップを取ると、ぐいっと飲み、それを乱暴にテーブル上に戻した。そしてレシートを取ると勢いよく立ち上がり、「出よう」と沙都子を促した。

店を出た二人は、しばらくあてもなく歩き続けていた。こういう時、駅の近くの繁華街というのは都合がいい。同じような年代の、いかにも目的がなさそうな若者が縦横に徘徊していて目立たないからだ。こんなふうな気分で、こんな通りを加賀と二人で歩くことになるとは、沙都子は想像したこともなかった。

突然加賀が立ち止まった。宝石店のショー・ウインドウの前だった。「そうだ」

「どうしたの？」

加賀は腕時計を見た。

「今日は若生と華江の試合があったんだ」

「あっ」

そうだった。あんなことがあって思いだす余裕もなかったが、あの二人にとっては学生時代の総決算だから予定通り出場していることだろう。

「応援にでも行くか」

「そうね」

行ってやりたい気はある。自分の試合の時に彼等は駆けつけてくれたのだ。しかし果たして純粋な気持ちで彼等の試合を見ることができるかどうか自信がなくて、沙都子はためらった。加賀の影響だろうか、自分の中に、もしかしたら彼等は波香を殺した犯人かもしれないという気持ちが芽生え始めていることは事実だ。そんな気持ちを抱いたまま応援席に座り続けていることができるだろうか？

すると加賀は彼女の心を見透かしたように、

「俺がこんなことを言うのも変だが」

と肩に手を置いた。「それはそれ、これはこれだ。友達なんだから」

「友達……ね」

それはたしかにそうなのだ。だけど一体友達って何なのだろうと沙都子は思った。

「やめておくわ、あたしは」

沙都子の言葉に加賀は意外そうにちょっと眉を上げたが、すぐに「そうか」と頷いた。

「無理に誘うつもりはない。俺は行ってやることにするよ。で、沙都子はこれからどうするつもりなんだ？」

「そうねえ」

彼女はショー・ウインドウの中を覗きこんだ。高価な指輪やネックレスが並んでいるが、それらを見ているのではない。店員が彼女等のことを気にし始めた。

「白鷺荘に行ってみようかな」

「アパートに？」

「彼女が最後にあの部屋を出た時の様子を知っておきたいのよ。手がかりなんか得られないとは思うけれど……」

「なるほど」

加賀は彼女の気持ちを察したようだった。

「それもいいかもしれないな。ただ今は刑事が出入りしていると思うけれど」

沙都子は「その狙いもあるのよ」と彼の方に向き直った。

「情報が得られるかもしれないわ。たぶん祥子の時の刑事も来てるはずだと思うから」

彼女は言いながら佐山刑事の顔を思い浮かべていた。あの一風かわった刑事は、祥子と波香の死をどんなふうに結びつけるだろうか？

「情報収集でもあるわけか、さすがだな」

「じっとしていられないのよ」

その時宝石店の女店員が愛想笑いを浮かべながら表に出てきた。店先で迷っている恋人同士と踏んだのかもしれない。しかしその二人は店員が声を掛ける直前に、左右に別れて歩き始めていた。

加賀が予想したとおり、白鷺荘にはすでに刑事が来ていた。沙都子がアパートに入っていった時、例の管理人がこう言ったのだ。

「金井さんの部屋には入れませんよ。誰も入れちゃいけないって警察の人から言われてるんだから」

たて続けに住人が死んだためだろう、彼女の声はさすがに苛立ったようすだった。その顔には不安と焦りの色が隠せない。

「何も触りませんから、見るだけでも」

沙都子が頼んでも、管理人は激しくかぶりを振った。

「何かあって文句言われるのはこっちなんだからね。それにあんたが見たところで、どうにもならないでしょ」

でも、と沙都子が言いかけた時、管理人は彼女の背後に視線を移して、無愛想な顔のまま小さく会釈した。ふり返ると三人の男が彼女の方を見て立っていた。三人のうち二人は昨日事情聴取の時に会った刑事で、残る一人は見知らぬ男だった。顔が細く神経質そうだ。年齢は二十代後半けだ。

「昨日はどうも」

年上の刑事の方が軽く頭を下げた。若い方は昨日と同じく、咬みつきそうな目で睨んでいるだけだ。

「金井さんの部屋に御用ですか？」

何かを含んだような言い方。故意に毒を入れたとすれば、もっともマークされるのは沙都子だと言った、先刻の加賀の言葉がふいに蘇った。

「ちょっと覗いてみたかったんです」

語気が荒くなったが刑事の方は気にしたようすもなく、「都合がいい」と隣の若い刑事を見た。

「相原さんにも部屋を見て頂くことにしよう。こういう時は親兄弟よりも友人の方が、見方が鋭いものだからな」

そうですねと若い刑事が答える横で、見知らぬ痩せた男も頷いていた。その様子と今の刑事の言葉で、沙都子はこの男は波香の実兄に違いないと確信した。

波香の部屋は前に沙都子が来た時のままだった。ドアに『忌中』と落書してある。まさかこれが現実になるとは、書いた本人も予想できなかっただろう。

「このテーブルで化粧をして、すぐに出かけられたようですな」

刑事が指さしたのは、いつもの座卓だった。その上には、立てかけられるようになった手鏡と幾種類かの化粧品が乱雑に置いてあった。波香はいつもこうだったなと、沙都子はなつかしさと悲しさの入り混じった気分で見ていた。それらはどれも見覚えのあるものばかりだった——。

「何か普段と変わったところはありませんか？」

刑事は無神経に室内を歩き回った。彼の足元には脱ぎ捨てられたセーターやストッキングが散らばっている。これもいつも通りのことだ。

「金井さんは日記はつけておられなかったようですね」

「波香はそういう人じゃなかったんです」

波香の兄らしき人物も、かすかに首を動かしたようだった。

刑事は洋服ダンスを開けて沙都子の方に見せた。夏服も冬服も無関係に押しこまれている。実際彼女は、夏用の衣類を応用して真冬に着こなしたりする名人だった。

——別に変わりはない……。

そう思って視線を移しかけて沙都子はその目を止めた。タンスの中の一番端にかけてある、ワンピースが気にかかった。

「どうかしましたか？」

目ざとく刑事が表情を読み取った。沙都子は「たいしたことじゃないです」と首を振った。

「ただ……」

「ただ？」

「このワンピースはつい最近買ったものなんです。彼女、随分気にいっていたみたいだった……」

「それが何か?」

「何か?」と訊かれても答えにくいことだった。説明しても、しきれるものではない。しかしそう言ってもこの刑事には納得してもらえないだろう。

「何故昨日これを着てこなかったのかと思って」

昨日波香はダーク・ブラウンのブレザー姿だった。あの服は特に最近買ったものではない。そう言うと刑事はワンピースを少し触ってみた後、

「特に理由はないんじゃないですかね。その日の気分ということはよくあるでしょう?」

と興味はなさそうだった。

「それはありますけど……」

だがそれは他の物について言えることで、服に関しては当たらないのだと沙都子は言いたかった。波香はこのワンピースを買った時、雪月花之式に着ていこうと決めていたはずだ。パーティとかコンパだとかには、女性は常に新しい服を着ていきたいものなのだから。しかしそれは感覚の問題であってこの刑事に理解させることは難しいだろう。

刑事はこの後、戸棚や押し入れの中を沙都子に見せた。そのたびに「気がつくことはありませんか?」と尋ねる。だがタンスの中のワンピースほど彼女の心を引きとめるものはそこには存在しなかった。

刑事は最初からあまり期待はしていなかったという心情を、「そうでしょうね」という言葉で表現した。そしてもう一人の若い刑事に目配せして、入り口のドアを開けさせた。

「お手数をおかけしましたね」

刑事の口調は柔らかかったが、早く出ていけという感情が歪めた口の端に滲んでいた。沙都子は室内をもう一度ゆっくりと見渡した。波香がここで生活していた時の空気が、そのまま凍りついて静止しているようだった。

「早く」

若い刑事に促されて部屋を出る直前、彼女の視線はテーブルの上の化粧品にあった。見覚えのある口紅、アイシャドウ、ファンデーション、スキン・ローション、ミルキー・ローション……。

「あ……」

うつろに開けた唇から沙都子は声を漏らした。刑事はすでに靴を履き終えていたが、この声にすぐ反応した。

「何か？」

沙都子はすぐには答えずテーブルに歩み寄ると、化粧品の中から白い半透明の瓶を取り上げた。そして窓の明かりに透かして見て、「変だわ」と呟いた。

刑事は再び靴を脱いで沙都子の隣にやってきた。「何が変なのです？」

沙都子は瓶のラベルを刑事に見せた。

「このミルキー・ローションはずっと波香が使っていたものですけど、つい最近使いきってしまったはずなんです。でもこの瓶には、まだ三分の一ほど残っていますわ」

刑事は沙都子から瓶を受け取ると、彼女と同じようにそれを明かりにかざした。

「新しく買われたのじゃないですか」

「それにしては残量が少なすぎると思うのです。それにラベルも古いと思われませんか？」

「たしかにそれは言えるな」

瓶を見る刑事の目が鋭く変わった。「これを金井さんが最近使いきられたというのは確実ですか？」

「確実です」

沙都子は断言した。「前に泊まった時、借りようとしたら空だったんですから。彼女は『買わなきゃと思うんだけど、いつも忘れる』と言っていました」

「ほう……」

刑事はもう一度舐めるようにその瓶をながめた後、若い刑事を呼んだ。「これを鑑識に回してみてくれ」

「何なのですか？」

若い刑事は瓶を受け取りながら、先輩刑事と沙都子の顔を交互に見た。

「わからん」

と先輩刑事は答えた。「だがもしかしたら青酸化合物かもしれん」

この一言で若い刑事の顔は緊張でひきつったようだ。そして了解というと急ぎ足で廊下に出て階段を下りていった。

沙都子はこの刑事はこれを探していたに違いないと思った。波香の部屋から毒物が発見されれば、自殺説が裏付けられることになる。

「何とかカタがつくかもしれませんね」

刑事の言葉には、ほっとしたという安堵感が込められているようだった。沙都子は何とも答えなかった。

階下に下りると、若い刑事が管理人室で電話をしているところだった。そこから少し離れたところに、先に下りてきていた、波香の兄と思われる人物が手持ち無沙汰そうに立っていた。若い刑事は沙都子たちに気づくと受話器の送話口を手でふさいで年上の刑事を呼んだ。この時始めてこの刑事の名が、山下ということを知った。山下刑事は受話器を受け取った。

彼があたりを気にしたような小さな声で話している間に、波香の兄らしき人物が沙都子の方に近づいてきて、「波香の兄です、孝男といいます」と名乗った。物静かな、低い声だった。

沙都子も同じように自己紹介すると、孝男はほんの少し表情を崩して頷いた。

「噂はよく伺っておりました。波香とは高校からの付き合いだそうですね」

「このたびは」と沙都子が言いかけると、彼は掌を振ってそれを途中でさえぎった。

「言っても仕方のないことです。それよりちょっとお話があるのですが、時間を頂けませんか？」

沙都子は腕時計を見た。といっても何かの予定があるわけでもない。

「ええ、少しなら」

彼女が答えるのとほぼ同時に、山下が電話を終えて彼女等の方にやってきた。

「ご協力ありがとうございました。我々はこれから署に戻りますが、お送りしましょうか？」

山下は孝男に向かって言った。そのくちぶりから察するとここへは車でやってきたらしい。だが孝男はちょっと寄るところがあるからと辞退した。刑事は沙都子には言葉をかけなかった。

アパートを出ると、沙都子は孝男と連れだってT大通りに向かった。どこかゆっくり話せるところと彼が言うので、例によって『首を振るピエロ』に行くつもりだった。

途中孝男はいろいろなことを沙都子に訊いてきた。最近の波香の様子や死んだ時の状況などだ。沙都子はそれらの質問のほぼ全てに、かなり曖昧な返答をした。わざとではない。しっかりとした答えを出すだけの自信がなかったのだ。

孝男の話によると、彼のきょうだいは波香一人らしい。彼等の父親は建築業を営んでおり──これは沙都子は波香本人から聞いて知っていた──彼も今はその仕事を手伝っているということだった。今日は波香の部屋を調べたいので立ち会ってもらいたいと警察から連絡が入ったが、彼女の通夜の準備等で両親共手が離せないため、自分が代わりに来たのだと彼は言った。

『──ピエロ』に入ると、見慣れない男と一緒の沙都子の姿に目を丸くしたマスターの視線をよそに、一番奥のテーブルに向かい合って座った。マスターがオーダーを取りに来た時に波香の兄だと紹介すると、恐縮したように頭を掻いていた。

「この店に波香もよく来たのですね」

孝男は店内をぐるりと見回して感慨深そうに言ったが、彼が妹の贔屓(ひいき)の店について漏らした感想はこの一言だけだった。

「自殺するはずがないと思うのです」

運ばれてきたコーヒーに砂糖を入れながら、彼は突然本題に入った。「あいつが」

「あたしもそう思っています」

沙都子が同意したが孝男は静かに首を振った。

「あなたはおそらく波香の性格的な面だけからそうおっしゃって下さるのでしょうが、僕の言っている意味は少し違うのです」

「違う、と言いますと？」

「つまりあいつは、今死ぬわけにはいかなかったはずだということです」

彼は喉を潤すようにコーヒーを舐めた。「父が剣道家だったことから、我々きょうだいは幼いころから剣道をやらされました。本当にもう、子供らしい遊びをやった覚えなんて殆どありません。ただ父も僕には才能がないってことは早々にわかっていたらしくて、僕に対してはあまりうるさくは言いませんでした。その代わり波香には多大な期待を寄せていたらしくて、見ていてかわいそうになるくらいしごいていました。勉強なんて二の次ってところでしたね。剣道さえきっちりやっていれば、後は何をやってもいいというのが父の考え方でしてね。まあ波香はどうやらその通りの生き方をしていたようですが」

そして孝男はふっと頬を緩めて見せた。暗い笑いだった。

「あいつも意地になっているところがありましてね、逃げ出すのは嫌だとかで……。とにかくたようです」

知っていますと沙都子は言った。よく知っている――。

「そしてチャンピオンになったらきっぱりと剣道を辞めるつもりだと言っていました。栄光という熨斗をつけて竹刀をたたきかえすことが、自分の青春を奪った父への復讐だと考えていたのでしょうね」

孝男の話を聞きながら、沙都子はかすかに身震いしていた。剣道に関しては自分は彼女の足元にも及ばなかった。あたりまえだ。強かったはずだ。

「それだけに……」

と親友の兄の声が低くなった。「今、死ぬわけにはいかなかったはずなのです。どんなにつらいことがあっても」

――結局は、

この兄も剣道家の父親と同じなのだと沙都子は思った。たかが剣道ではないか。だがそれを『たかが』と片付けられず、時には生死をも支配すると信じている。しかしこの男を笑うことはできないと彼女は思った。波香もやはり彼等と同類なのだ。一見クールに見える仮面の裏に、どろどろとした執念を渦巻かせていなかったとは言いきれない。

「それであたしに話というのは？」

沙都子は訊いた。孝男はコーヒーを飲み干してしまったので今度は水の入ったコップに手を伸ばした。

「つまり妹は確かに殺されたのだと僕は考えています。そういう意味ではあなたも容疑者の一人ということになるのですが、あの中で唯一信じるとすればあなたしかいないという気がするのです。それでこうして御相談するわけです」

「それはうれしく思いますが」

沙都子は目を伏せた。孝男の言葉の意味を読み取ったからだ。「他の誰が怪しいかをあたしにお聞きになっても無駄です。それがわからないからこそ、こうして苦しんでいるのですから」

「庇われる気持ちはわかりますが……」

孝男の言葉を聞き終えないうちに沙都子はバッグを手にしていた。

「無理です。これ以上問われるのでしたら失礼させていただきます」

彼女が本当に立ち上がりかけると、孝男はさすがにあわてて掌で押さえるしぐさをした。「わかりました、訊きかたを変えましょう」

沙都子は再び腰を下ろした。自分だってこの男の話を聞きたいのだ。孝男は淡々としたくちぶりで話しはじめた。

「最近の波香の様子ということで、皆さんはどうやら例のお友達が亡くなった事件と結びつけて考えておられるようですが、僕の印象は若干違うのです。具体的に言いますと、一月半ほど前に行われた個人選手権の頃から、妹の様子が少しおかしくなったように思うのです」

「あの試合から？」

「そうです。あいつはあの大会には結構自信を持って臨みましてね、必ず優勝するとか言っていました。それがあんな結果に終わったでしょう？　ああいう試合の後実家に帰ってきた時なんか、あいつは僕にヤツ当たりしたりするんですがね、今回は全然そんなことがなかったんですよ。といって落ち込んでいるのでもない。じっと何か思いつめてるって感じで……。あなたたちの前ではそういうことはなかったですか？」

「さあ……」

そう言われればそうだったような気がした。あの試合以後波香は全く練習に参加せず、果てはもう竹刀を握らないなどと言いだす始末だった。そうだ、たしか『バーボン』で飲んだ夜だ。あの時は単なるきまぐれだと聞き流していたのだが。それにしても沙都子にとっては、波香が実家で兄にヤツ当たりするということの方が意外だった。どんな時でも取り乱したりしない彼女は、負けた後はじっとくやしさを噛みしめていたというイメージがある。

「とにかくあの試合以後おかしかった」

孝男は、そう信じこんでいるようだった。

「それであの時、試合に負けたこと以外に何かあったんじゃないかと僕は思っているのですが、あなたに心当たりはありませんか？」

考えたこともないことだった。すべては祥子の死から派生してきたのだという気が、沙都子にはしていたのだ。だが個人選手権というと祥子の事件から更に一ヵ月も前だ。

沙都子が答えないので孝男はじれたように、「だいたいあの試合自体おかしかった」と訴えるみたいにして言った。

「波香が優勝すると断言していたのも、決して自信過剰からじゃない。身贔屓なしに、あの試合は妹のものだと僕も思っていたのです。三島亮子なんていう、薄っぺらな剣道に波香の気迫が負けるはずがなかった。ところが結果はあのとおり。狐につままれたみたい、というのはああいう気分を言うんでしょうね。負けたと知らされた時も、すぐには信じられませんでしたよ」

その時のくやしさが蘇ってきたかのように、孝男はコップを握る手に力を込めている。沙都子はその手元を見ながら、「そう言っている人は多いです」と言った。事実加賀などは、予想外だとしきりに首をひねっていたものだった。

彼女の言葉に孝男は満足そうに「そうでしょう」と納得した顔をした後、

「僕はあの時のことが今度の事件の引き金になっているような気がしてならないんです」

と真剣な目をして沙都子を見た。「だからあなたにあの時の様子を聞けば何かわかるかもしれないと思ったわけですが」

「お役に立てなくてすみません」

沙都子は頭を下げた。

「いや、気にしないでください。イキがったことを言ってはみても、結局は大きな当て外れかもしれないんですから。ただ今になって、あの試合を何故この目で見に行かなかったのかが残念でね」

「何故見に行かれなかったんですか？」

たしかにさっきから疑問に思っていたのだった。

「親父が見にいったんですよ。負けたってことも親父から聞きましてね。さすがに不機嫌でした」

「おとうさんは何と？」

するとと孝男はふっと鼻から息を吐くと、昔の映画スターがやるように肩をすくめた。

「ふてくされてましてね。一言、『八百長だ』と言ったきりでした。あとは何も喋っちゃくれません」

「八百長？　まさか」

「そう、まさかですよ。つまりそれぐらい予想外だったってことを言いたかったんでしょうね。おっ、もうこんな時間だ。そろそろ出ましょうか」

孝男に続いて沙都子も立ち上がった。日曜なのでカウンターの向こうで暇そうに新聞を読んでいたマスターがあわてて腰を上げた。

「また何かわかったら連絡します」

孝男はそう言って駅の方に歩いていった。沙都子は特に当てがあるわけでもなかったが、とにかく彼と逆の方向に足を踏みだしていた。歩きながらゆっくりと考え事をしたい気分だった。

その時ふいに一つの言葉が理由もなく彼女の脳裏に蘇った。孝男が最後に言った、『八百長』という言葉だった。さっきは大して気にも止めなかったのだが、今この瞬間この言葉はたしかに何か重大なことを彼女に訴えかけたのだった。沙都子はその正体を摑もうとして焦った。だがそのひらめきは、あぶくのように彼女の頭の中で音もなくはじけて消えた。

6

南沢雅子がふたたび全員を屋敷に招待したのは、波香の葬式の二日後だった。沙都子がこのことを華江から聞いたのは、その前日だ。四講目の『近松』の講義を、階段教室の後ろから二番目の席に座って受けている時だった。

「明日にでもって」

「明日？　随分急な話じゃない」

目線は前のまま、口元だけ左の方に向けて沙都子は言った。小男で痩せた『近松』の教授は、私語にも極めてデリケートだ。見つかったらヒステリックに怒鳴られる。

「できるだけ早い方がいいって先生は言うの」

「そう……」

華江の家に南沢雅子から直接電話が入って、その旨を告げたということだった。恩師の真意は摑みかねたが、事件以後一度も挨拶に行っていないことでもあるし、いい頃合いなのかもしれないと思って沙都子は承知した。

「たぶん先生は」

華江はノートで鼻から下を隠しながら言った。「みんなの心を落ち着かせようと思って言ってるのよ。だって事件以後、やっぱりみんな普通じゃないもの」

「かもね……」

沙都子は曖昧な返事をした。

翌日、南沢邸に着いた時、沙都子の前にはすでに加賀と藤堂が来ていた。ふたり共どういうわけか、小さなバッグを横に置いていた。訊いてみると、今夜は泊まるつもりなのだという答えが返ってきた。

「今夜は語り明かし、飲み明かそうということになったんでね」

藤堂は黒い瓶を持ち上げて見せた。学生にしては贅沢な舶来ウイスキーだった。

「あたしはそんな話、聞いていないわ」

「女の人を引きとめるのは、いろいろと問題があると思ったものですから」

南沢雅子はコーヒーを運びながら言い訳した。

やがて若生と華江の二人も現れた。学生たちは最初のうちはさすがに硬い表情のままで、気持ちをなかなかときほぐせなかったが、やがてアルコールが回りだして自然に饒舌になっていった。

「考え過ぎじゃないのかと僕は思うね」

始めから飲むピッチが早かった若生が、場の主導権を握っていた。こんな時でもムード・メーカーだ。「結局、祥子も波香も自殺なんだ。彼女らが自殺するわけないなんて、不文律みたいに妄執しているから話がややこしくなるんだ」

「妄執しているわけじゃないわ」

と相手をしているのは沙都子だ。いつのまにこんなふうになったのだろう？「自殺する動機に、まったく心当たりがないって言っただけよ」

「友達だって言ったって所詮別の人間なんだからね、わかるわけないよ」

「でも後から思いだして、ああそういえば、なんてことがひとつぐらいあってもおかしくないと思うわ」

「なくてもおかしくない」

若生はロックでぐいっと飲んだ。

「だけど波香が自殺ってのは確実よね」

華江がみんなの顔色をうかがうように見回した。沙都子は加賀を見た。加賀は何も聞いていないかのように、ただ黙ってウイスキー・グラスを傾けている。

「祥子の自殺だって確実さ。俺はそう思っている」

藤堂が言った。その言葉が皆の心に浸透していくように、一瞬しんと静かになった。

その時沈黙を破るように、今までただ話を聞いていた南沢雅子が、

「たとえば、よ」

と呟いた。全員が一斉に彼女の方に視線を移した。「たとえば私が明日自殺したとしたら、あなたたちはその動機をどんなふうに考えるかしら？」

……。さあ教えて、あなたたちなら何故あたしが死んだと思う？」

五人の学生はふたたび口を閉じてしまった。グラスを持った者は持ったまま、うつむいていた者はうつむいたまま。そして沙都子は加賀の横顔を見つめたままだった。

その加賀が口を動かした。

「先生は自殺なんかしないと俺は思いますよ」

すると南沢雅子はにっこり笑いかけ、そして言った。

「私の夫だった人のそばに行きたい、私が自殺したらそれが動機だと思ってください」

高層ビルの屋上で、どんと背中を押されたような衝撃を沙都子は感じた。おそらく他の者もそうだろう。

「私が夫のことを今も慕っているということはあなたがたもよく知っているでしょう。でも私がこんなふうに考えるということまでは知らない。自殺の動機とはそういうものだと思うのよ。原因はあなたたちならきっと知っているはずなの。でもその原因が、どういう経路で死と結びつくかまでは本人にしかわからない」

孤独だなあ、と華江が呟いた。巧いタイミングだった。学生たちは救われたみたいに表情を和ませた。

「悪い冗談ですよ、先生」

藤堂がちいさく首を振った。だが雅子は続けた。

「ある意味では本気なのよ。死んでもいいと思う時は多いの。ただ引きがねがなかっただけで夜もふけ、帰りの電車が心配になる時刻になりつつあった。南沢雅子は男子学生に、華江と沙都子を駅まで送っていくように命じた。沙都子は加賀が、そして当然華江は若生が送っていくことになった。

「それじゃあ悪いけど、藤堂君はお風呂を沸かしてちょうだい。ひとりだけ重労働で申し訳ないけど」

「いいですよ、風情があって好きなんです」

「先生、相変わらず例のお風呂を使っているんですか？」

華江が訊いたのにはわけがあった。南沢邸の風呂というのは、今だに薪をくべて沸かす方式のものだからだ。普段は使わず、雅子は銭湯に通っている。沙都子たちは何度もガス風呂にすることを勧めたが、死んだ夫が愛用していたという理由でそのままにしてあるのだった。そしてこのようにたまに学生が泊まっていくような時だけ、使うことになっていた。

「なくなるとさびしいわよ、きっと」

雅子は微笑んだ。

駅まで歩く途中。

加賀は黙りがちだった。今日はずっとそうだった。沙都子にはその理由がわかるような気がする。事件のすべてを自殺として処理しようとしている他のみんなと、納得できるまで真実を追おうとする彼との波長が合わないのだ。そして今日は、加賀の考えをおおっぴらにできるムードではなかった。

「いいことだとは思うんだ」

加賀はひとりごとみたいにして言った。「仲間はやっぱり俺だって信じたい」

「言い訳しなくていいわ」

沙都子は靴の先から伸びる影を見つめていた。「わかってるわよ」

捨て台詞（ぜりふ）みたいな言い方になった。そんなつもりはないのだが。

前方に若生と華江の並んで歩く姿が、影絵のように見える。彼等の影が徐々に遠ざかっていくのは、自分たちの歩みが遅いからだ。いつもなら加賀と一緒だと、息が弾むくらい速いのだが、今日はその加賀が足をひきずるように歩いている。

沙都子はそっと彼の横顔を見た。闇の中で、鋭い目だけが月光を反射している。その目で睨んでいるものは、先を歩く二人か、それとも南沢邸にいる二人か？

——いやいや。

沙都子は心の中でかぶりを振った。

もしかしたら自分かもしれない。

第四章

1

『……以上が十一月二日に起こった、雪月花事件の概要だ。親父は昔茶道をやっていたというからわかると思うが、あらかじめ毒を仕込んでおいて、狙った相手に飲ませるというのはまず不可能だと思う。しかるに金井波香が飲んだ茶の中から青酸カリが検出された。

常識的に考えると推理は二つしか成立しない。金井波香が自分で入れたか、茶をたてた相原沙都子が入れたか、だ。

金井波香が自殺するような女性でなかったことは俺が保証する。第一、何故あのような場所であんな方法で自殺する必要があるのか？

そしてそれ以上に確信することは、相原沙都子に親友を殺すことなどできないということだ。それに、あんな方法で殺せば真っ先に自分が疑われるということなど、子供でもわかる。警察も相原沙都子の周辺を洗っているだろうが、何ひとつ手掛かりは得られていないはずだ。

では真相は一体どうなのか？

前述の言葉を借りれば、犯人は我々の常識を越えた手段を用いたということになる。その手段とはどういうものか？

事件が起こって以来、俺はそのことを考え続けてきたが、残念ながらいまだ解答らしきものは浮かんでこない。犯人は俺よりもはるかに狡知に長けた人間だということなのか。

そこで親父に知恵を借りたい。

雪月花之式において、目的の相手を計画的に毒殺する方法について考えてほしいのだ。勿論、過去に類似の事件があったとは思っていないが、こういった事件について場数を踏んできた親父なら、俺たちとは当然違った見方をしてくれるだろうと期待しているのだ。

俺が知っていることについてはすべて書き記したつもりだが、推理に必要な材料があれば注文を出してくれればいい。

忙しいことは充分承知している。その上で頼んでいるのだ。回答を待つ。

親父殿　　恭一郎

追記　里帰りした友人より、土産に地酒をもらった。流しの下の戸棚に入れておく。栓を開けたらなるべく早く飲めとのこと。ただし飲みすぎぬように。』

手紙を卓袱台の上に置く時、後悔と迷いの混ざったような気持ちが加賀の心を捕らえた。しかし彼は結局それを置いた。真相を知ること、それがもっとも大事なことだ――。

――頼む……か。

父に頼み事をするのは何年ぶりだろうと加賀は考えてみた。大学に入る時だろうか。大学に行かせてくれ——そんなふうに頼んだ覚えがある。

家を出る時、玄関にかけてある日めくりを一枚ちぎった。十一月十六日、早くも事件から二週間が経っていた。

大学に着いたのは十時ぐらいだったが、彼は講義には出ず、研究室にも寄らず、直接道場に行った。昼まで練習して、そのあと午後からは東京に向かうつもりだ。

剣道部の部室では森田がひとりでマンガを読んでいた。剣道着を着ているところを見ると、練習中だったらしい。相手がくるのを待っていたというところか。加賀が顔を見せるとマンガを閉じて立ち上がった。

「いよいよ明日ですね」

試合に出るのは自分であるかのように、森田は緊張した声を出した。

「相手をしてくれるか？」

「喜んで」

森田はマンガを自分のロッカーの中にしまうと、代わりに竹刀を手に持った。

「その後、警察は何も言ってこないか？」

剣道着に着替えながら、世間話でもするような調子で加賀は訊いてみた。波香が死んだ事件以後、何度も警察の人間がやってきたという話を、この森田から聞いていたからだった。最近の様子はどうだったか、ということが質問の中心だったが、森田たちも警察が喜ぶような情報は持っていなかったらしい。

「最近はこないですね」

森田は答えた。警察がこなくなってほっとしているといった口ぶりだった。

ただ加賀は、波香の死はこの剣道部に何か関係があるのではないかという気がしてならないのだった。その根拠は女子部員や新入部員から聞いた、最近の彼女の奇行が心にひっかかっているからだった。女子部員は波香から、「部員の履歴書はないか」と尋ねられている。また新入部員は、「九月の女子個人選手権の時、どこで応援していたか」などと訊かれたりしている。この新入部員の「応援席で応援していた」という答えに対しては、他の部員から確認までとっているのだ。いったい彼女は何のためにそんなことを調べていたのか?

森田を相手に掛かり稽古をしながら、加賀はどうしても剣道に集中できないでいる自分に気づいていた。竹刀なんか振っている時ではない。しかし明日は、全国大会の日なのだった。

三十分ほどたったころ、加賀は道場の入り口のところに沙都子が来ていることに気づいた。彼は小手をはめた右手を上げて森田に合図すると、「ちょっと休憩だ」と弾んだ息づかいで言った。

森田は沙都子を見ると、大きな声で挨拶した。

「用がある顔だな」

面を取り、手ぬぐいで顔を拭きながら加賀は言った。

「激励に来たのよ、いよいよ明日でしょ。応援には行けないから」

「竹刀を振り回す気にはとてもなれないんだがな。まあ仕方ないだろう。それより用は何だ？」

加賀が訊くと、沙都子は首を伸ばして彼の背後を窺うしぐさをした。加賀も振り返ると森田が部室で再びマンガを開いているのが見えた。

「昨日波香の実家に行ってきたのだけど」

部室まで十メートル以上の距離があるにもかかわらず、沙都子は加賀にも聞こえにくいほどの小声で話しだした。「前に話したことがあったでしょ、ほら波香の部屋で見つかった化粧品の瓶。昨日波香の兄さんからきいたんだけど、あれの中身がわかったらしいわ」

使いきって空瓶のはずなのに中身が入っているのはおかしいと、彼女が指摘した化粧品の瓶だ。加賀もこの話を聞いた時、何か感じるものがあったのだった。

「毒でも入っていたか」

勿論冗談のつもりである。波香が自分で毒を飲んだとは思っていない。だが沙都子の答えは彼のそうした余裕をはねとばすものだった。彼女は答えた。

「そう、毒が入っていたの」

自分の頰のあたりが痺れたようになるのを加賀は感じた。「嘘だろ」と言う声も、すこしかすれた。

「嘘じゃないわ」

彼女の方はもう充分に驚いた後なのか、いつもどおり冷静そうだ。「毒が入っていたことは事実よ。でもね、話はちょっと違うの。毒が検出されたといっても、それは青酸カリではなかったのよ」

「なんだって」

声が響いた。あわてて振り返る。マンガを見てニヤニヤ笑う、森田の様子に変わりはなかった。

「じゃ、何なんだ?」

「砒素」

「砒素っ、亜砒酸か?」

咄嗟に口をついたのは、砒素による毒殺というのは大半が亜砒酸という白い粉末を使ったものだということを、何かの本で読んだことがあったからだった。もしかしたら父の本だったかもしれない。

沙都子はかすかに首を動かした。

「詳しいことは知らないけど、昔よく農薬として使われていたものらしいわ。残留性があるので、今では禁止されているとかで……」

「農薬か……なるほど」

砒酸鉛とかいったなと加賀は自分の記憶をさぐった。こういうのも『門前の小僧』ということになるのだろうか。

「それで、なぜ波香がそんな毒を持っていたんだ?」

一応訊いてみたが、予想通り沙都子は憂鬱そうに眉を寄せるだけだった。

「警察も首をひねっているらしいわ。自殺する手段のひとつとして用意していたんじゃないかという説があるようだけど。でも彼女が青酸カリを持っていたのだとしたら、それで充分なはずよね」

「普通ならな」

それにもし彼女が青酸カリと砒素化合物という二種類の毒を持っていたのだとしたら、砒素と同様、青酸カリの方も発見されてもおかしくない。しかし今のところそんな情報は全くない。

「これは今度の事件のポイントになるかもしれないな」

加賀は唇を舐めた。

「ところで」

言いかけて少し迷ったような目を沙都子はした。彼女には珍しいことだ。「最近、誰かと話した？」

この「誰か」とは、雪月花之式に参加した者のことを言っているのだろう。加賀は軽く咳ばらいをした後、「いいや」と答えた。

「そう、あたしもなのよ」

それが罪悪であるかのように、彼女は沈んだ顔を見せた。

「仕方のないことだ。そう言っている沙都子だって、誰かから疑われているかもしれないんだ」

「悲しいわ」

「試練だ」

加賀の言った言葉があまりにアナクロだったからか、沙都子はあきれと苦笑の混じったような笑みを見せた。そして気分を変えるみたいに、髪をかきあげると、

「明日、がんばってね」

とはっきりした口調で言い、廊下を足早に歩いて行った。黒っぽい色のスカートの裾が、風に舞うようにゆらゆら揺れる。

加賀は元の場所に戻るとゆっくりした動作で竹刀を取り上げた。「試練」と言った自分の言葉がふいに蘇ってきた。

——つまらんことを口走ったものだ。

それを忘れたいかのように、彼は竹刀をめちゃくちゃに振り回した。

学食で昼飯を食べたあと、加賀は竹刀と防具を担いで門に向かった。だが門を出たところで彼は足を止めた。例の朱色のシトロエンが目に入ったからだ。

——そういえば、市街まで送っていくとか言ってたな……。

今日は土曜日だから、先週までなら警察道場へ稽古に行くところだった。いよいよ明日に試合をひかえて、この車に乗ることもなくなるはずだったが、この間の稽古の時に三島亮子が言ったのだった。

加賀は車の中を覗きこんでみたが、彼女の姿は見えなかった。見覚えのあるブラックのサングラスが、運転席の前に無造作に置いてあるだけだ。

彼はその場で十分近く待ったが、それでも彼女は現れなかった。

——しかたのないお嬢さまだな。

防具と竹刀をシトロエンの傍らに置いて、彼はふたたび門の中に入っていった。

おそらく剣道場のほうに行っているのだろうと見当をつけて加賀は歩いていたが、意外にも彼女を見つけたのはテニスコートの前だった。彼が行くと、彼女はちょうど金網から離れて、門のほうに歩いてくるところだった。コートの中では何組かの部員が練習を始めている。その中には若生と華江の姿もあった。あの二人は先の大会で、結局準優勝したのだった。

三島亮子は珍しく思慮深げな顔をしていたが、加賀が来ていることに気づくと、いつもの勝気そうな光を瞳にたたえた。

「はじめて君のほうから迎えに来てくれたわね」

「何をしていたんだ？」

加賀は彼女の肩越しにテニスコートを見ていた。

「別に。ちょっと見ていただけよ。あたしだってテニスぐらいするのよ」

「立派だ」

加賀はまた門のほうに引き返しながら、もう一度コートに視線を向けた。偶然か故意か、たまたまこちらを見ていた若生と目があった。彼の表情を読み取るには、少し距離があり過ぎた。

「思いきっていけば、優勝できるって秋川さんが言ってらしたわ」

シートに腰を落とし、エンジンをかけながら三島亮子は言った。「ただしリキんじゃだめだって」

「秋川さんの予想では君はどうだったんだ。ベスト・フォーまでいったという話だが」

加賀は訊いた。先週の日曜は、男子より一足先に女子の全国大会があったのだが、三島亮子はそこで彼が今言った成績を残したのだった。

「直接は聞かなかったけど、結果が予想をはるかに上回ったのは事実のようよ」

誇らしげに彼女はサングラスをちょっと上げてみせた。

「なるほど、また予想外か」

皮肉を利かせたつもりだったが、亮子はこれには答えなかった。

「ところで例の事件だけど、解決したの？」

しばらくして亮子が訊いてきた。興味があるくせにわざと軽い調子で言うのだ。加賀はじらしてやりたくなった。「例の事件って？」

「例のほら」

フロントガラスのゴミを亮子はワイパーでけちらした。「金井さんが死んだって事件よ。あれ、結局自殺だったの？」

「自殺だったとしたら、どうだ？」

「別に。あたしには関係ないわ。ちょっと訊いただけよ」

「地区予選の決勝で君に負けたよな。それを気にしての自殺だったとしたら？」

一瞬亮子の目が不安定に動いたと加賀は思った。

「仕方がないわ、勝負の結果なんだから。それに金井さんって、そんなにナーバスだったかしら？」

「違うね」

加賀は正面を見たまま言った。亮子がちらっとこちらを見て、口の端を曲げるのが視野に入った。

「一時は他殺かなんて言われてたみたいだけど、そのセンはどうなったの？」

「さあ、どうなったんだろうねえ」

とぼけたのが半分、本音が半分だった。実際加賀にも捜査本部の動きがどうなっているのかまったくつかめていなかった。最近では刑事の姿も見かけなくなった。他にも事件は多い。もしかしたら別のヤマを追いかけているのかもしれない。

「お茶室殺人事件とかいって大げさに取りあげている新聞もあったわよね。でもあの件に関しては、あたしは加賀君に感謝してもらわないといけないと思ってるのよ」

「俺が？」

加賀はくもったガラスに落書していた手を止めた。「どうして？」

「だってあの日は警察の道場に稽古をつけてもらいに行く日だったでしょ？　それで加賀君は、そのなんとかいうお茶会に遅れていったのよ。もし遅れなくて最初から参加していたら、君も容疑者として警察からマークされるはずだったわ」

「だから君に感謝するのか？」

「ふん、それならこういう言い方もできる。茶会に遅れたおかげで俺は波香が死ぬ場面に遭遇できなかった。そのため、一体どういう状況だったのかを人から聞いてまわらなきゃならなくなった。その場に参加していれば身体で体験できたはずなのに……」

「そうよ」

そこまで喋った時、加賀は脳裏に電流が走るのを感じた。急激に思考の世界に入り込んで、亮子が何か憎まれ口を叩くのも耳に届かない。

うっかりしていた……。

加賀は自分自身の頭の悪さを呪った。なんて大馬鹿なんだ。

もし自分が遅れていかなければ、雪月花之式は七人でおこなわれていたはずだった。事実毎年七人でやってきたのだ。六人になったのは、まったく異例のことだった。問題はここだ。七人の予定が六人になったことで犯人の計画に変更はなかったのか？

考えられることは二つだ。

犯人の計画は七人でも六人でも実行可能だった。たとえ変更点があるにしても、それは咄嗟に修正のきくことだった。

そしてもう一つは、犯人の計画は六人でなければ不可能だった。そして犯人は雪月花之式に参加するのは六人だということを知っていた。

加賀は目を開いた。いつのまにか閉じていたのだ。

「おい、止めてくれ」

三島亮子は驚いて目をつりあげた。「急に何言いだすのよ、眠ってたと思ったら」

「降りるんだ、止めてくれ」

一刻も早く推理の続きを始めたかった。推理には紙と鉛筆、そして静かな空間が必要だ。

「だめよ、もうすぐ着くんだから」

「飛び降りるぞ」

「時速八十キロよ。死なない自信があるならどうぞ」

「くそっ」

暴走族めと加賀はフロントガラスにげんこつを浴びせた。

2

試合当日は雨になった。十一月とは思えぬ陽気が続いていたため、とうとう来たかといった感じの長雨だった。

加賀は竹刀と防具を担ぎ、ひとりで日本武道館の入り口をくぐった。森田ら大学の応援組は今朝東京に来ることになっている。

「T大の加賀恭一郎です」

受付で名前を言う。係の学生はちょっと驚いて、声の主の顔を見上げた。名前ぐらいは知っている、というのが学生剣道界における加賀の位置であった。

着替えの前に組み合わせ表を見る。出場人数は四十九名。一回戦不戦勝の者は十五名。だが加賀はそのラッキー組ではなかった。

更衣室で着替えをしていると、肩を叩く者がいた。森田にしては早すぎると思って振り返ると、見覚えのある男が相変わらずの童顔で笑っていた。

「矢口か、久しぶりだな」

M大の元主将だった。顔に似ず、上段からの攻撃的な剣道を得意とする。

「浮かん顔をしとるやないか。今年の優勝をねろとる男が」

「練習不足だ」

「お前がか？　そんなことを言うよって、肝心な日に雨が降るんや。今年は優勝せんかったら、当分『全国』という看板とは縁がないで」

全日本選手権は、出場資格が六段以上となっている。

「先は長い。ゆっくり充電する」

「そんなこと言うて。本当はあれやろ？　例の金井が自殺したことが気にかかっとるんと違うのか？」

気持ちのいい男だが、言葉をオブラートで包もうとしない。

「大阪まで知れわたっているのか」

「びっくりしたでえ。あの気の強い女がなあ。やっぱり全国大会に出られへんかったのが、よっぽどショックやってんやろなあ」

波香は中央では殆ど名を知られていなかったが、加賀とつきあっている者の間では結構人気があった。剣道部員に美人は少ない、というのが彼等の言い分だった。

「まあしかし、ショックな気持ちもわからんではないな。あれだけの実力持っとったんやからな。うちの清水が準決勝で三島亮子とあたったんやけど、相手が金井波香やったら、そう簡単には勝てんかったと後で言うとった」

清水というのは矢口と同じM大の女子主将だ。今大会では堂々の準優勝を射とめている。加賀がそれについて祝福の言葉を述べると、矢口はしかめた顔を振った。

「たしかに結果はよしやけど、内容がいかん。好勝負が期待できるはずの決勝で、あっという間に二本負けや。相手が強過ぎたんなら話もわかるが、別にそれほど力の差があるとも思えんかったしな」

「よくあることだ」

特に剣道のように一瞬の気迫で勝負が決まるものは。

「ようあることや、たしかに。負けたことは何言うてもしょうがない。問題はそのあとや。清水のやつ、見苦しい言い訳を並べよってな」

「ほう、どんなだ？」

言い訳するというのも、敗者にはよくあることだ。

「ありふれたもんや。試合の直前で急に気分が悪なってきたとか言いよってな。気合いも力も入らんようになって負けたとぬかしよった。いさぎよう負けを認めろと怒鳴ったんやが、女っちゅうのは諦めが悪うていかん」

　喋っているうちに腹だたしさが蘇ってきたのか、矢口の声は次第に大きくなっていく。加賀は彼の機嫌がこれ以上悪くならぬうちにと、早々に更衣室をあとにした。

　開会式を終えて選手席に戻ると、森田と五名のクラブ員が待ちうけていた。

「ゆうべはよく眠れましたか？　目が赤いですよ」

「大丈夫だ。たぶんお前よりはよく眠ったと思う」

　とは言え、昨日三島亮子の車の中で思いついたヒントを元に、加賀は昨夜宿でずっと雪月花の謎に取り組んでいたのだった。現段階では、その推理はいきづまっているのだが、彼はこの考えを進めていけば必ず解答に行きつくはずだという確信を得るところまで達している。

「一回戦はA大の山内ですね」

　森田は昨日と変わらず、今日も緊張した顔をしている。

「知っているか？　俺は見たことはないんだが」

「三年です。相手の呼吸に合わせないのが特徴です。あまり合わないので相手がじっくり攻めようとしたところを狙っていきます」

「詳しいな」

「その手でやられました」

　A大の山内はたしかにそういう剣道をしてきた。決して主導権を渡さないぞという気迫に溢れている。加賀は辛抱することにした。こういう場合、相手の気負いを利用するのが最も効果的だ。そして終盤、山内ががむしゃらにメンを打ってきたところを出ゴテに決め、さらにこれで焦った山内が二本目開始後不用意に打ってきたコテを抜いて、きれいにメンを取った。

「なるほど」

席に戻ると、森田が首をひねりながら感心していた。

一回戦を確実にものにしたことで、硬さはかなり取れたようだった。相手に恵まれたこともあって二回戦も簡単に二本勝ちした、というところで昼食になった。

旅館で作ってもらった弁当を食べながら、加賀は隣で喋っている女子部員の会話に耳を傾けていた。彼女らの中のひとりが、二回戦で加賀と当たった選手の、高校の時の後輩だというのが話の内容だった。

「正直言って、どっちを応援したの？」

女子部の主将が加賀の耳を気にした様子もなく尋ねている。その部員は「えー、そんなあ」と言った後、「あの先輩が加賀さんに勝てるわけないと思って見ていたんですけど、もし勝ったら『あたしの先輩なんですけど』って、ちょっといい格好できたかなあという気もしますね」と正直に白状していた。

――ありそうなことだ。

加賀は聞こえないふりをしながら、内心頷いていた。大学の剣道部は、高校からやってきた者が大半だ。当然、試合場でかつての同僚や先輩と出会うことも多いだろう。そんな時懐かしさが手伝って、ついそちらの方を応援したくなるものなのかもしれない。

「あなた、どこの高校だっけ？」

女子部の主将はしつこく訊いている。その部員はためらいがちに自分の母校の名を口にした。加賀は聞いたことのある名前だったが、女子部の主将は知らなかったようだ。「ふうん」と曖昧に相槌を打つと、

「ま、同じ大学に入ったんだから高校は関係ないと思わなきゃね、マジの話」

とそれこそ「マジ」な顔になった。

この女子部の主将の言葉には誰も感銘をうけなかったようだが、この瞬間加賀は、何かが頭にひっかかったのを感じた。それは次第にはっきりした形となって、彼の意識の表面に現れてきた。

「ふん、まさか」

思わず加賀は口に出していた。おしゃべりに夢中の女子部員たちには聞こえなかったようだった。

三回戦は一本勝ち、四回戦は延長ののち辛勝して、なんとかベスト・フォーに残った。ここまでは去年も来たのだった。

「どないした？　えらいモタモタしてるやないか」

控え室で汗を拭いていると、矢口がやって来てひやかした。彼も準決勝進出である。

「金井の怨念とちがうか？」

「かもしれんな」

冗談になっていないぜと加賀は心の中で吐き捨てた。

準決勝の相手は長身の杉野という選手だった。上から上から攻めてくる。加賀も上背がある方だが、つい手元を上げそうになり、そこを鋭くコテを打たれた。旗が一本上がったが、辛うじてきまらなかった。あぶないところだった。

打っては鍔迫り合いという状態が続いた。間をとって跳びこむが攻めきれない。不用意に下がると杉野の跳びこみメンを喰うおそれがある。

延長に入っても、相変わらず何度もつばぜり合いの状態になった。加賀は杉野の目を見た。何をどうするか、策を講じている目つきだった。

――竹刀を巻きにくる。

加賀はそう確信した。相手は往々にして自分と同じことを考えている――。

離れ際、加賀は自分の方から思いきって巻きにいった。杉野はあわてたようだ。手元を中心にバランスを崩し、この試合はじめて隙を見せた。

メン打ちの手ごたえがあった。次の瞬間には三本の旗が上がっていた。

「あぶなかったですね」

選手席では早々に森田が待っていた。緊張した顔は少し青ざめている。「さすがに杉野さんは前回準優勝をしただけのことはありますね」

「簡単には勝たしてくれんな」

汗が目にしみた。

「スポーツ・ドリンク飲みますか？」

「もらおう」

森田はステンレス製のポットを取ると、その蓋をコップにして半透明な液体を注いで加賀に渡した。加賀はまずひとくちで、その半分以上を飲んだ。近年流行のスポーツ・ドリンクは吸収が早いことで重宝されている。

「決勝は矢口さんでしょうか？」

加賀から受け取った蓋を閉めながら森田は訊いた。

「勢いがあるからな、順当にいけば奴だ」

その加賀の目の前でもう一方の準決勝が始められた。矢口は得意の上段で攻める。相手は九州の学生で、加賀も一度対戦したことがあった。真っすぐに打つコテ、メンにスピードがある。試合は相手の素早い攻撃に対し、矢口がメンで出ばなをくじくという形を中心に、比較的静かな戦いとなった。牽制のやりあいで、いやがうえにも緊迫感が盛り上がる。だが全国大会常連の矢口に対して気がはやったのだろうか、次第に九州の選手の動きにタメがなくなってきた。そして不用意に前に出たところを、矢口のコテに押さえられた。

決勝は加賀と矢口の対戦となった。

水を打ったようなしずけさの中、蹲踞して立ち上がる。矢口はスッと中段から上段にふりかぶる。通常この瞬間がしかけるチャンスではあるのだが、うかつには跳びこめない。矢口はこれを誘い水にしている。この時を狙って逆に墓穴を掘った者が、なんと多いことか。

加賀は中段の姿勢から剣先を矢口の左拳にあわせた形、いわゆる平晴眼の構えで受ける。小細工の通用する相手ではないことは、充分承知している。

矢口はいきなり片手メンを放ってきた。加賀はそれをかわすと近間に攻め入った。矢口のコテ、加賀のドウ、どちらも決まらない。

一瞬離れたところで、矢口の片手コテが飛んできた。不充分だが厳しい攻撃だった。加賀は、果敢に跳びこんでは突き技を見せる。しかしどれもあと一歩の詰めに欠ける。そして攻撃の合間を縫うように、矢口は諸手で竹刀をふりおろしてくる。空気を切る音が聞こえそうなくらい早く、そして鋭い。

汗が額から吹き出し、鼻、そして顎へと流れた。

間をつかもうとする矢口に対し、加賀は竹刀を左片手から右片手、また左片手という具合に持ちかえて、それを巧みにはぐらかす。勿論攻撃の機を窺いながら、じっくりと間をつめていく。

打ち間に入ったとみるや、加賀は一気に喉元を狙った。矢口はコテを攻めてくる。そこをドウ、さらに片手ヅキ。矢口の体勢が揺れた。

――もらった。

加賀はコテ、メンと攻めたてた。だが、あとわずかのところで決まらない。さらに出る……。

その瞬間加賀は軽い衝撃を頭蓋骨に受けていた。だが本当に大きな衝撃を受けたのは、その直後だった。

審判三人が旗を上げたのだ。日本武道館をゆるがすような歓声、そしてため息。矢口が小さく右手を上げるのが見えた。

――しまった、やられた。

深追いは禁物と、ずっと用心していたのだった。だが相手が見せたエサに見事にかかってしまった。というより加賀はエサを承知で喰いついたのだ。ものにする自信はあった。しかし今自分は一本取られている。

――なぜ攻めきれなかったのだ?

なぜだ、なぜだ――あらゆるスポーツの選手がそうであるように、全く無意味な自問自答を加賀はくり返した。誰のせいでもない。実力だけだ。そう自分に言い聞かせる。体調も万全だ。そう、先程矢口から聞いたような、突然体調が悪くなるような事態も、今の自分には起こっていない。

その時、またしても頭蓋骨に電流が走った。しかし今度は、その内部に衝撃を感じている。

――もしかしたら波香は……。

「はじめっ」

二本目が始まった。その声で加賀は覚醒した。と同時に矢口は諸手(もろて)メンを打ってきた。閃光の如く速い。さっきはこの一撃を食らったのだ。

――そうか……。

面の中で加賀は呟いた。謎のほんの一端が、今解けたような気がした。よりによってこんな時に。だがこれは波香の無念の思いが自分に届いたのだと加賀は解釈した。

——もし俺の推理が正しいのであれば、波香は死んでも死にきれなかったはずだ。

加賀は素早く下がって間を切った。矢口はちょっと意外そうで、すぐには間を詰めてこない。相手を見合う時間が流れる。

加賀はゆっくりと、そして慎重に腕を上げていった。危険な賭け。だがこれしか手は残っていない。時間は殆どないはずなのだ。

——波香、かならず仇はとるぜ。

上段と上段、いわゆる相上段の形になって場内は俄然盛り上がった。

相上段の場合、竹刀が触れ合わないので間合いをつかみにくい。しっかりと、慎重に間を詰める必要がある。しかし機会が生じれば、相手よりも旺盛な気迫と積極性を持って攻撃せねばならない。加賀は攻めた。片手メン、片手ゴテと放っていく。矢口も時間切れを狙おうとはせず、応戦してくる。タイミングをずらした逆ドウ。剣先を下げてコテ。そこで加賀は思いきって下がった。矢口が出てくる。例のメン打ちにくる。

イチかバチかだった。ひきながらのコテ。手ごたえはあった。しかし相打ちか？

旗が二本上がった。ほぼ同時に時間切れが告げられた。

延長は三分。

加賀は作戦は決めていた。相上段で長びけば、やはり矢口の方に分がある。さっきは捨て身の奇襲が成功したにすぎない。今度はもう通用しないだろう。

——手はひとつだ。

蹲踞から相手の動きを見ながら立ち上がる。最初は中段の構え。

加賀は矢口の目を見た。さきほどは予想外の上段を見せられてさすがに戸惑ったようだが、今は落ち着きを取り戻している。血走った目をした相手よりも、静かな目をした敵の方がこわいのだ。

——迷うな、迷っている時じゃない。

竹刀が合う。審判が今まさに声をかける……。

——勝負。

「はじめっ」

床を踏む音を残して、加賀は一気に跳び込んだ。矢口がまだ上段の構えを取る前だ。彼の竹刀が下がっているのは、この瞬間しかない。

「コテーッ」

その一瞬、加賀の耳には何の音も届いてこなかった。打ち返してくるはずの矢口が、攻めてこない。そして相手の面の奥に、穏やかな笑みを見た時、彼は初めて自分の勝ちを知った。音が耳の奥から蘇ってくる。それは次第に巨大な反響音となって、彼自身を包みこんでいった。主審の旗が高々と上げられているのを見たのは、それから随分あとだったような気がした。

表彰式は厳粛に行われた。「優勝、加賀恭一郎。T大学」と呼ばれて出ていった時も、彼はまだ実感を摑んでいなかった。表彰状を手にしながら準優勝の矢口の表彰を聞いている時、波がうち寄せるように何かが心にこみあげてきた。

盛大な拍手の中、加賀は表彰状とトロフィーを頭上に掲げた。身体は燃えるように熱い。のぼせるような熱さの中で、彼は心でつぶやいていた。

——沙都子、波香に勝たせてもらったぜ。

3

月曜日、『首を振るピエロ』の狭い入り口をくぐったのは、午後二時を少し回った頃だった。背をかがめて入る時、ズキズキと首の付け根が痛んだ。きのうはさすがに飲み過ぎたか、この時間になってもまだアルコールが抜けきらない。

加賀の顔を見るなり、「おめでとう」とマスターが声をかけてきた。そして「朝からずっとお待ちだよ」と奥のテーブルを顎で差した。仲間たちの指定席に、沙都子が一人で座っていた。

「おめでとう、やったわね」

「波香のおかげだ」

「波香の？」

笑い顔を止めた沙都子から目をそらして加賀は「マスター、コーヒーをたのむよ」とカウンターに向かって言った。

「それにしても、あの矢口君に対して上段で攻めるなんてすごいじゃない。作戦？」

だが加賀は彼女の顔の前で右の掌を広げると、「剣道の話はなしだ」と言い放った。

「どうして？　それを聞きにきたのに」

「自慢になる」

「いいじゃない、自慢してよ」

「いや、それよりもっと重要な話があるんだ」

そう言って加賀はさっとあたりを見回した。昼下がりで、そろそろ人が増えはじめているが、彼等の近くの席は空いている。

「前に、波香の兄さんに会ったって言ってたよな」

「言ったわ」

刑事の立ち会いのもとで波香の部屋を見に行ったという話を、加賀は沙都子から聞いていた。

「その時兄さんはこう言ったらしいな、『波香の様子が変わったのは女子個人戦以後だ』って」

「そうよ」

何故突然こんなことを言いだすのかと思っているのだろう。沙都子は不審気に頷いた。

「その話を聞いてから俺なりに考えてもみた。たしかにあの試合以後、波香は剣道に対して何だか情熱を失ってしまったようだった。あいつは妙に冷めたところのある女だったが、チャンピオンになりたいという気は人一倍強かったはずだ。もしかしたら俺以上にね。じゃあ一体あの試合で何があったのか？　残念ながらそこのところが全くわからない。三島亮子に負けたのが原因なら、今まで以上に稽古に精進したはずだ。波香ならそうしたと思う。そうだろう？」

「同感だわ」

「あの試合で何があったか——そこのところがひっかかったまま俺自身も試合に臨んだわけだが、昨日それがわかったような気がしたんだ」

「どんなふうに？」

沙都子が訊くと、加賀は口からちょっと舌をのぞかせて唇を舐めた。

「つまり波香は自分の敗北に対して、疑問を感じ続けていたのじゃないだろうか」

「負けるはずがないってことね。それは思っていたでしょうね」

「いや、もう少し具体的な疑問だ」

そして加賀が少し間を持たせた時、マスターがコーヒーを運んできた。香ばしい湯気がたちのぼる。加賀はカップを鼻先にちかづけて香りをかいだ後、ブラックでがぶりと一口飲んだ。

「波香はあの試合の顚末を、仕組まれたものと考えたんじゃないだろうか」

「仕組まれた？」

沙都子は眉間に皺を寄せて問いかえす。「何をどうやって仕組むの？」

「薬だ」

「薬？」

「試合前に何か薬を飲まされたというわけだ。たとえばそれは、身体がだるくなる薬だったかもしれない」

「まさか……」

「あの試合についてはいろいろな人が批評しているが、大勢の意見は一致している。予想外だ、ということだ。特に波香の動きが後半になって急激に悪くなったことを指摘している人は多い」

「だから薬を飲まされたっていうのは乱暴な推理じゃない？　証拠もないんでしょ」

「類似のケースがあるんだ」

加賀は矢口から聞いた話、つまりＭ大の清水が決勝が始まる前に気分が悪くなり、そのために実力を出せなかったと言い訳していたという話を沙都子にもした。

「清水さんが決勝で意外にあっさりと負けたって話はあたしも聞いてるわ。でも彼女と波香とは何の関係もないじゃない」

「清水の準決勝の相手を知っているかい？　あの三島亮子なんだ。波香は三島亮子との対戦で実力を出せなかった。そしてＭ大の清水は、三島との対戦直後体調の変化を訴えている。これを偶然と受け流せるかい？」

沙都子は軽く腕を組むと、古典的名探偵がするように、人差し指と親指を顎にあてた。

「それぞれの試合で、三島亮子が各対戦相手に毒を盛ったって言うわけ」

『毒を盛る』などという古くさい言い方を沙都子はした。

「波香の時は見事に成功した。ところが清水の場合は、薬の効き目があらわれるのが遅れたというところじゃないのかな」

「でもどうやって薬を飲ませるのよ？」

加賀は「そこなんだ」と言ったあと、少し間を取るためにコップの水で唇を濡らした。

「あの試合以後、波香がクラブに顔を出しては、妙なことを調べていたということは話したよな」

「前に聞いたわ」

「履歴書はないかと聞いてみたり、一年生部員をつかまえて変なことを尋ねてみたり、とにかくわけのわからないことだらけだ。だがここでひとつ仮説をたててみると、これが実に筋の通った話になることに気づいた」

「何なの？　もったいぶらないで、早く教えてよ」

もったいぶるわけではないのだが、カラカラに乾いた喉を潤すために加賀はコーヒーを流しこんだ。喉が乾くのは、やや興奮気味なことと、昨日の酒が残っている影響だろう。

「あの一年生部員がS高出身だってこと、そして三島亮子もS高の出だということを思いだせば、この仮説にいきつくと思う」

呆然としながら沙都子は加賀の顔を見かえした。

「三島亮子がかつての後輩に、八百長を手伝わせたって言うの？　それで波香は手先となった者を探しだすためクラブ名簿からS高出身者を調べあげたって」

そう言ってから彼女は、何かを思いだしたように、はっと息を飲んだ。

「何か思いあたったようだな」

加賀は沙都子の反応を愉しむように上目遣いで見た。

「たしか加賀君にもしたわよね、波香の兄さんから聞いた話。ほら、彼女のお父さんがあの試合を見て、『あれは八百長だ』っておっしゃってたってことよ」

加賀は指を鳴らした。

「それだ。実は俺もその話を思いだしたんだ。それで今日ここへ来る前に波香の家に行って、親父さんに話を聞いてきたんだ」

「お父さんに？」

「ああ、会って話をしてみて、ますます自分の推理に自信を深めたってわけだ」

加賀はコーヒーのおかわりを注文すると、その時のことを喋りはじめた。

朝、駅についたのは十一時頃だったが、加賀は大学とは反対の方向の電車に乗った。波香の実家に行くことは、昨日東京から帰る電車の中にいた頃から決めていた。

波香の実家は加賀の家からでも一時間、T大前駅からだと三本の電車を乗り継いで約二時間はかかる。これだけ距離があると、波香の性格から考えても自宅通学の案は出なかっただろう。

『金井工務店』という看板の上がった二階建てのビルが波香の父親が経営する建築事務所で、ちょうどその裏に金井家はあった。加賀が行くと、母親は一瞬意外そうな表情を見せたが、すぐにうれしそうに応接間に通してくれた。お父さんにお会いしたいのですがと彼が言うと、もう少ししたら食事に帰ってくるはずだということだった。なんなら電話して呼んでもいいということだったが、加賀はそれは遠慮した。

昨日の試合での上出来の結果について波香の母親と三十分ほど喋っていると、玄関が開く音がして波香の父――金井惣吉が帰ってきた。母親が行って加賀の来訪を告げると、惣吉は家中に響くような声で喜びを表すと、勢いよくドアを開けて応接間に入ってきた。

「お邪魔しています」

「おめでとう、よく来たな」

惣吉は事務所のジャンパーを着たまま、ずんぐりと大きな身体をソファに沈ませた。五分刈りの頭に白髪は増えたようだが、葬式で会った時に比べればはるかに顔色はいい。

「ようやってくれた。今度は全日本選手権を目指さにゃならんな」

「ええ、がんばります」

加賀は高校の頃、この惣吉から手ほどきを受けたことがあった。加賀の才能に目をつけたのか、惣吉は随分熱心に指導してくれたものだ。それだけに今回の優勝は、彼にとってもうれしいニュースのはずだった。

しばらく試合の話をした後、加賀は「波香にも見せたかった」と微妙に話題の方向をずらした。惣吉はやはり「うむ」と声を落とした。顔に刻まれた皺が、この時だけひときわ深く見えた。

「その後、警察の方から何か言ってきましたか？」

惣吉は小さく顔を横に振った。

「いろいろ調べとるようだが、今ひとつ何もわかっとらんようだなあ。他殺の可能性もあるという話だったが、そうすると相原さんだとか藤堂君を疑うということになる。まさかあの人らが波香を殺すわけがないからねえ」

加賀は返答に詰まった。これだけの信頼を裏切った者が、その仲間の中にいるというのが彼の推理なのだ。

「ところでこれは相原さんから聞いた話なのですが」

加賀は惣吉が『八百長』という言葉を口にしたということについて訊いてみた。惣吉はジャンパーのポケットから煙草を取り出すと、不機嫌そうにその一本に火をつけた。

「八百長というわけじゃないいんだが、どうも納得できん試合内容だったんでねえ」

「と言いますと?」

「加賀君もわかったと思うが、あの試合では相手の三島は相当疲れとった。まして三島は動きまわって勝機を見いだすのが身上だ。波香はじっくり腰を据えて、相手が疲れたところで隙をつければ、何の小細工もせんで勝てたはずなんだ。ところが波香はその隙をつけなかった。いや隙がないんじゃない。絶好のチャンスという時でも打っていかなかったんだ。あんな恥ずかしい試合は八百長と思われても仕方がない。そういう意味で、あんな言い方をしたんだ」

喋っているうちに口惜しさが蘇ってきたのだろうか、惣吉はまだ三分の二以上残った煙草を、灰皿の中でひねり潰した。波香がよくやった癖だと加賀は見ていた。

「さすがは金井六段だ。よく見ているものだ」

それに娘のことだからなと加賀は付け足した。

「じゃあ、この一件は加賀君の推理どおりだったとして」沙都子は何も貼っていない壁に目を向けて言った。「誰が薬を入れた犯人だと思っているの？それから、祥子や波香が殺された事件とどう関わってくるのかしら？」

痛いところをつかれて、加賀は口の端を曲げた。

「問題はそこなんだ。まずはその犯人を探しだすのが先決だとは思っている。だが俺は、一連の事件と必ずどこかでつながっていると信じているんだ」

「難問は依然解けず……ね」

と沙都子も目を伏せた。

『首を振るピエロ』を出て四講目を受けた後、加賀は道場には寄らずに珍しく真っすぐに駅に向かった。今日、必ず寄ろうと心に決めていた場所があった。

その目的地に行くには、電車を二本乗り換え、さらに降りた駅からバスに乗らねばならなかった。

入り口で線香を買い、手桶に水を汲んでから、加賀は墓地の中を静かに歩いた。夕焼けで西の空が真っ赤に染まり、大小様々な墓石の影が怪しく揺れた。今日は月曜日だからだろう。墓参りに来ている人影はまったくなかった。

——たしかこの辺りだったはずだ。

加賀が波香の墓参りに来るのは二回目だったが、前は沙都子に連れてきてもらったのだった。しばらく歩き回っているうちに、見覚えのある墓石に出会った。二メートル以上ありそうな、立派な墓石だ。これを右に曲がればいいはずだと、記憶が戻ってきた。だが曲がる直前彼は足を止め、咄嗟に身を隠していた。波香の墓の前に、よく知っている人間の姿を認めたからだった。若生と華江だ。

すすり泣く声が聞こえた。華江だろう。泣きながら彼女は何か言っているようだったが加賀には聞きとれなかった。

「気にするなよ」

若生の声ははっきり聞こえる。「波香はそんな女じゃないさ」

また華江のしゃくりあげるような声。これも聞こえない。「行こう」と若生。

足音が近づいてくるのを感じて、加賀はさらに深く身を沈めた。彼が息をひそめて見つめる前を、華江の身体を若生が支えるようにしながら二人は通り過ぎて行った。華江の荒い息遣いが、加賀の耳にも届いてきた。

二人が去った後、加賀は波香の墓の前に立った。今火をともしたばかりという感じの線香が数本、細い煙の筋を描いていた。

加賀は自分も水をやり、線香を立てて手を合わせた。全国大会優勝の報告、これが今日ここに来た目的だった。

――それにしても謎が多すぎるぜ、波香。

手を合わせながら、加賀は一連の謎を回想していた。

――お前、祥子の事件について何か知っていたのか？

犯人、動機、犯行手段、全て未解決のままだ。特にアパートの出入り方法がわかっていないのが、手間取っている原因だ。

――次にお前の事件だ……。

これも犯行手段が不明な点が特徴だ。これが未解決なため、いまだ自他殺の判定さえなされていないという状態だ。それに『八百長事件』が関係しているのかどうかということも確認しなければならない。

「何とか言えよ」

加賀は墓石に呟きかけた。波香は何かを知っていたはずなのだ。だがもちろん今は、彼女にそれを答えることはできない。

「今度くる時は事件解決の時、といきたいもんだな」

加賀は手桶に残った水を、思いきりぶちまけた。


家に着いたのは七時前で、あたりは充分暗かったが、加賀家の玄関灯は相変わらず消えたままだった。いつもと同じように手探りで室内に入って、蛍光灯のスイッチを引っ張ると、これまたいつもと同じように卓袱台の上に白い紙がのっていた。いつもと違う点は、その紙に書いてある文字の量が多いということだった。

『署から呼ばれたので出かける。泊りになるかもしれぬ』

これが書き出しだった。何が「泊りになるかも」だと加賀は舌を鳴らした。こういう時に帰ってきたためしがないくせに。

だがその後を読み始めた時、彼は文句を言うのを忘れていた。そこには次のように続けてあった。

『恭一郎より与えられていた宿題であるが、今のところまだ解けてはいない。ただ自分なりに思いついたことがあるので、ここに書き留めておく。

自分は雪月花に関しては経験がないが、茶道を習いに行っていたところで、何度か花月之式をやったことがある。恭一郎も知っていると思うが、花月の場合は茶をたてる者（花）と飲む者（月）だけを花月札で決めて取り行われる。参加者は五人で、札は花、月、一、二、三の五枚だ。手順は雪月花と同じで、その前の回に花も月も当たらなかった者が折据の中の札をひく。つまり折据の中には、花と月の他に番号札が一枚入っているわけだ。したがって先の事件の時と違い、札をひいたからといって必ず何かの役に当たるということはない。

実は昔この花月において、意識的に特定の人物に、最後まで花も月も当たらないようにたくらんだことがある。これは仲間の一人に手品好きの男がいて、その者の発案で始めたことだ。たしか何かの余興だったと思うが、なぜこんなことをしたのかは、はっきりとは覚えていない。ただ師匠がなかなかきれいな未亡人で、その師匠に手を出そうとしていた男に嫌がらせをするのが主な目的だったように思う。何しろ、自分も若かった。

さてその悪戯であるが、見事に成功した。標的になったその男は、ひけどもひけども番号札ばかりで、一向に茶をたてる役も飲む役も回ってこなかったのだ。我々は茶会が終わってから大笑いしたものだった。

ところでこの種明かしだが、実にたわいないものであった。以下にそれを述べるが、今回の謎を解明する役に立つかどうかはわからぬ。しかし、花月札によって決定されるべきものを操作できるとすれば、このような方法しかないのではないかと自分は思う』

加賀は腰を下ろすことも忘れて、その内容にひきこまれていた。ここに書かれている手品の種とは、父も指摘しているように大層な仕掛けでもなんでもない。むしろ幼稚な方法だ。だが今度の雪月花の事件を考える時、こういう捉え方をしたことは一度もなかった。

――それにしても……。

紙を持つ手を震わせながら加賀は思った。

――親父もつまらないことをしていたんだな。

彼は父からの手紙を持ったまま電話にとびつくと、急いでダイヤルを回した。コール・サインが、一回、二回……はやる気持ちを押さえるのに苦労した。

相手が出た。若い男の声だ。こちらの名前を言う。相手はそれだけで、誰を呼び出せばいいのか悟ったようだ。

「もしもし」

その声を聞くやいなや、加賀は一気にまくしたてていた。

「沙都子か、俺だ。相談したいことがある。明日会いたい……朝だ。九時がいい……ピエロ？　いや、その後行きたいところがあるから便利のいい場所がいい。そうだ、前に行った店だ。『記憶』とかいったな。……何？　用件？　会ってからだ。雪月花の謎に関してといえば充分だろう……」

4

『記憶』では五分ほど待った。沙都子が遅れてきたのではない。加賀がそれだけ早く着いていたにすぎない。

沙都子はグレーのブルゾンに黒のレザーのタイト・スカートという姿で現れた。さりげなく巻いたマフラーがやけに軽快で、加賀は思わず、「スポーツ観戦にでも行くつもりなのか？」と軽口を叩いていた。

「面白い話が聞けるってことだったわね。あっ、あたしミルク・ティー」

肩からバッグを下ろしながら、彼女はウェイターに注文した。

「面白くなるかどうかはこれからだ。そのきっかけを摑んだってところだな」

そして彼はスタジアム・ジャンパーのポケットから、二つ折りにした紙をひっぱり出した。

「あの事件にそのまま適応できるかどうかは不明だが、こういう方法があるということがわかった」

彼は紙を開いて沙都子に見せた。それは昨日、父が書き残しておいた手紙だった。

『実は折据の中はすべて番号札だったのだ。標的となった男以外は全員グループで、各自がそれぞれ花と月の札を持っていて、花と月の名乗りをあげる人間の順番をあらかじめ決めておいたというわけだ。その男もまさか、全員がグルで、しかも花月札がそんなに何組も用意されていたとは思わなかっただろう』

沙都子は顔を上げることで、読み終えたことを示した。その目の輝きはあきらかに先程までとは違っていた。

「盲点だろ？」

加賀は訊いた。彼女は手紙を返しながら頷いたが、

「でもこれをどうやって雪月花之式に応用できるかしら。ここに書いてある手品は、花月札のほうではなく、番号札をひかせる方法だわ。それに例の事件では、全員がグルなんてことは絶対にありえないわ。だってあたしは無関係なんだもの」

と反論した。当然の意見だった。

「たしかにここにも書いてあるように、これをすぐに適用できるかどうかは不明だ。雪月花之式ははるかに複雑だし、犯人としては、最終的に毒を飲ませる必要があるわけだからね。だがあの時犯人は、必ず波香に『月』の札をひかせる必要があった。任意に札をひいていくあのシステム

から考えて、彼女に必ず特定の札をひかせるなんていう方法はほかにはないと俺は思う。つまり彼女が札を取る時、折据の中の札はすべて『月』だった」

父からの手紙を読んだ時、なぜこのことに気づかなかったのだろうと加賀は自分のふがいなさに腹をたてたのだった。札は雪・月・花、そして番号札しか存在しないと決めてかかっていたために、そんなふうに思考がはたらかなかったのだ。

沙都子は頭を整理しようと努力しているのか、両手で顔を覆うと不規則な呼吸音をたてていたが、やがて息を整えると、「だけど問題は多いわ」と風邪をひいたような声で言った。そしてさらにその問題点を彼女は指摘しようとしたが、加賀はそれをさえぎって、

「わかっている」

と答えた。「沙都子の言いたいことは俺だって承知しているさ。残念ながら今のところは満足のいく解答は出せない。だけど推理の方向としてはこれしかないと俺は思うんだ。と言うより、とにかくひとつ方向を決めてかからないと何も進んでいかない」

沙都子は加賀の言葉にすぐには答えようとはしなかった。ミルク・ティーに口をつけ、そしてまた考える。これを二、三度繰り返した後、

「それで……どうする気なの？」

と目だけを動かして加賀を見た。彼は「高校に行く」と答えた。

「高校？　何しに？」

「茶道部に行ってみるんだ。沙都子も久しぶりだから行ってみたいだろう。俺も実は卒業後、道

場には何度か足を運んだが、茶室をのぞいたことはないんだ」

「しつこいようだけど、何しに茶道部に行くわけ？」

沙都子の声が少しカン高くなった。それを合図みたいにして加賀は表情を強ばらせた。

「もし犯人が花月札を別に何枚か用意していたとしたら、一体どこで入手したと沙都子は思う？」

「札の入手先？　そりゃあ、茶器の店じゃないかしら」

「そうかな」

加賀は小さく首を傾げた。「俺が犯人なら、そうはしないな。花月札を買いに行く客なんて月に何人いると思う？　簡単に店員に顔を覚えられる可能性がある。つまり買うという手段はこの際使えないわけだ」

そこまで喋った時、沙都子は「わかったわ」と手を叩く動作をした。

「それで茶道部に用があるわけね」

「そういうことだ」

「ついでに、なぜあたしを呼び出したのかもわかったわ。茶道部員に顔が効くからと考えたんでしょ」

「それは想像に任せる」

加賀はレシートを持って立ち上がった。

加賀や沙都子が通っていたのは、県立R高校という、地元ではかなり有名な進学校だった。フランス人が設計したというその校舎は、全面ガラス張りで、団地が立ち並ぶ中にあって異彩を放っていた。

「なんだか照れくさいわね」

沙都子は門を入る時、鼻の上に皺を寄せた。

ちょうど昼休みらしく、校内では制服姿の生徒たちが、様々に自分たちの時間を楽しんでいるところだった。そろそろ北風が冷たくなる時期だというのに、グラウンドでは所狭しと走りまわっている者がいる。少し前までは自分たちもあんなふうだったのにと、加賀は思った。今は異生物を見るようだ。

茶道部の部室は、文化クラブハウスという建物の中にあった。戸を開けると中には畳の部屋があって、簡単な床の間もついている。そこでは三人の女子生徒がトライアングルの形に座って弁当を食べていた。加賀は昔似たような場面があったことを思いだした。あの時ここに座っていたのは、沙都子と波香と祥子の三人だった。「何の用？」——こう訊くのはいつも波香だった。そして後の二人は露骨に邪魔者を見るような目つきをするのだ。だが今は、そのうち二人がこの世にいない。

三人の女子生徒はいっせいに彼等の方を見た。うち一人は、箸に挟んだコロッケを今まさに口に入れようとしているところだった。

沙都子はやわらかい喋り方で自分のことを紹介した。三人を安心させようと努力していることが加賀にはよくわかった。その努力の甲斐あってか、彼女らは二人を受けいれるように場所を開けてくれた。二人は入り口のところに腰を下ろした。

沙都子はクラブの練習のことなど、当たり障りのないことをいくつか質問した後、

「ところで雪月花の練習はしている？」

と何気なさそうに訊いた。自然な展開だと、横で聞いている加賀も思った。

「えー、雪月花ですかぁ」

一番右に座っている、長い栗色の髪の女生徒が言った。先程からの話では、彼女が現在の部長らしい。彼女は、自分ひとりで答えるのはいけないことのように後の二人の方を見ると、「最近したっけ」とささやいた。後の二人は声を出すのは任せたという感じで、首を振った。

「でも道具は一応揃っているんでしょ？」

「揃っているはずですけど」

「それを誰かに貸したことはない？　最近だけど」

栗色の髪の娘はふたたび他の二人の意見を窺（うかが）った後、「ないと思いますけど……」と答えた。語尾がはっきりしないのが、この娘の話し方の特徴だ。いやそれとも、この年代の頃はみんなそうなのか。

「ちょっと見せてもらえないかな」

横から加賀が口を出した。突然のことだったからだろう。三人の顔が一度に強ばってしまった。だが彼は構わず続けた。「見たいんだよ」

栗色の髪の娘は一瞬躊躇した様子だったが、沙都子が「お願い」と言うとすぐに腰を上げた。部屋の横が押し入れになっていて、茶器の類はすべてそこに入れてあるはずだった。栗色の髪の彼女はその中を探っていたようだが、やがて見つけたようだ。だがそれを取りだしていた彼女は、小声で「あっ」と漏らした。

「どうしたの？」

他の二人のうち一人がはじめて声を発した。栗色の髪の彼女はなんだかひどくあわてた様子で、なおも押し入れの中を見つめている。

「どうかした？」

これは沙都子だ。すると女生徒はやや顔を紅潮させて、「ないんです」と辛うじて聞こえる程度の声で答えた。

「ない？」

加賀の言い方が厳しかったからだろう。彼女は身体をびくりとさせた。

彼女は盆に三つの折据をのせて戻ってきた。その三つには、どれも一様に埃がうっすらとかぶっていた。南沢先生が顧問の頃はこんなことはなかったなと加賀はそれを見て感じた。

「札もこの中に入れてあったはずなんですけど、今見たらないんです」

「ちょっと見せて」

加賀は三つの折据を見た。なるほど中には何も入っていない。通常は雪・月・花、そして六枚の番号札が収められているはずだった。

「もしかしたら」

一番左に座っていた女生徒がおそるおそるといった感じで口を開いた。丸顔の娘だ。「この間、窓ガラスを割られた時……」

他の二人が何か思い当たったように息をのむのがわかった。

「窓ガラス？　割られた？」

沙都子は三人を順々に見た。「どういうことなの？」

すると栗色の髪の彼女が、おそらく教師から叱られている時もこんな顔をするのだろうと想像させるような表情をして、

「何日か前の朝ここにきたら、そこの窓ガラスが割られていたんです。それで泥棒が入ったのかと思って調べたんですけど、特に取られた物もなさそうだったので、たぶん誰かの悪戯だろうということになって……」

と最後は消えいるような声で話した。加賀は窓を見た。そこにはもう割れた跡はないが、たしかにその中の一枚は他に比べて新しいようだ。

「花月札がなくなっていることには、その時には気づかなかったのね？」

沙都子の質問に彼女は力なく頷いた。「だって盗むといったら、茶器だとか茶碗だとかだと思うでしょ……」

「それはいつのことなのかな？」

「先月だったと思います」

「正確には？」

彼女はあとの二人と相談した後、「十月の最後の水曜日でした」と珍しくはっきり答えた。「だから割られたのは火曜日の夜だと思います」

加賀は沙都子と目を合わせていた。これは重大な鍵になる。もし盗まれた花月札が雪月花のトリックに使われたのだとしたら、犯人には十月最後の火曜の夜のアリバイがないということになる。

「ありがとう、参考になったわ」

沙都子は思わずそう口に出していた。しかし女生徒たちにとっては、一体何の参考になったのか想像もついていないことだろう。突然クラブのＯＢと称してやってきて、妙なことばかり質問して帰ったのだから。

「早速全員のアリバイを調べなきゃな」

「嫌な仕事だわ」

「俺がやる」

だが彼等はすぐにその嫌な仕事にとりかかるわけにはいかなかった。クラブハウスを出たところで、例のグレーのスーツを着た佐山刑事が待ちうけていたからだ。

5

「いつから付けていました？」

高校の近くにある喫茶店に入るなり加賀は訊いた。必要以上に明るく、白っぽい壁が気恥ずかしいような店だ。しかし加賀も沙都子も、昔はここの常連だったのだ。

「前からだよ」

当然じゃないかという調子で佐山は答えた。彼は壁際に座っている。壁には貼り紙がしてあって、そこにはいかにも高校生を対象にしたといった感じのパフェやクレープの名前を青やらピンクやらのマジック・インクで書いてあった。そのカラフルな色彩と刑事のくすぶったようなスーツは、お世辞にも似合っているとは言えなかった。

刑事は続けた。「付けていたと言っても、君の方ではなく相原さんの方だけどね」

「雪月花之式に出ていた人全員に、尾行がついているんですか？」

すると佐山はたのしそうに沙都子の方を向くと、「もし他殺だとしたら全員文句なしに容疑者ですからね。当然です」と言った。

「当然でしょうね」

加賀は刑事の目を真正面から見た。「で、どうなんです。怪しい者はいましたか？」

「いない」

刑事は首を振った。「まともな収穫を得た捜査員はなし、という状況だね。私を除いては」

「今日、その収穫があったというわけですか」

「その通りだよ。では話していただきましょうか、何のためにここまで来たのかを」

刑事はそう言ってコーヒーをひと口飲んだ後、「なんて薄いコーヒーだ、高校生向きだな」と不平をこぼした。

加賀は、犯人が花月札を操作することによってトリックを作りだしたと考え、そしてそれに使った札は母校の茶道部から持ち出したものではないかと推理してここまできたのだと手短に説明した。本意ではなかったが、隠したところで意味がないことは明白だった。茶道部に行けば、加賀たちが何を調べたのかはすぐにわかってしまう。

加賀の話を聞いて、刑事は少なからず驚いたようだ。

「花月札を操作したトリックねえ。なるほど。それで、うまくいくのかい？」

「わかりません」

と加賀は答えた。「しかし、高校の茶道部から花月札が盗まれたのはたしかです」

「そのようだね……わかった。我々の方でもう一度正式に当たってみよう。茶道部の部室に賊が入った時のことから調べる必要がある」

佐山は素早い手つきで手帳に何か書きこんだようだ。『R高校茶道部に聞き込み』とでもメモしているのだろう。

「こっちから質問してもいいですか？」

加賀は訊いた。断られても粘るつもりだ。だが佐山は手帳を閉じるとあっさりした口調で、

「どうぞ」と受けた。

「佐山さんが雪月花の方にもからんでいるということは、警察は波香の事件と祥子の事件は関連

があると見ているようですね」

　刑事は肩をすくめた。「君たちはそう思っていないのかい？」

「どういう関連ですか？」

「関係者がごく限られた人間だということだ。それ以外の関連が見つかれば事件は解決する。少なくとも私はそう思っている」

「波香の自殺説はどうですか？」

「有力だね。最有力と言ってもいい。ただこのセンを確実にするには二つの問題を解決する必要がある。ひとつは何故自殺の演出にあんな凝ったことをしたのかということ、そしてもうひとつは、白鷺荘殺人事件における彼女の役目だ。彼女が犯人だという確証でも見つかれば、本部の意見は自殺説にぐっと傾くだろうね」

『本部の』というところを佐山は強調したと加賀は感じた。自分の意見は別だとでもいわんばかりに。

「波香の部屋から砒素化合物が見つかったという話ですが」

「早耳だね。だけどそこまでさ。彼女がなぜそんなものを持っていたのかは皆目見当がついていない。これまた自殺の手段として用意したのではないか、というのが有力だが」

「波香の自殺説以外はどうなんですか？　つまり他殺の可能性ですね」

　佐山は煙草を一本取り出すと、店の備えつけのマッチで火をつけた。

「さっきも言ったように収穫はなしだよ」

「有力容疑者は誰ですか？」

その問いに対して刑事は、「全員だ」と面倒臭そうに答えた。

「全員が怪しく、またある意味では全員が怪しくない。なぞなぞ遊びは別にして、とにかく閉ざされた部屋の中の毒殺事件なのだから、そこに居た全員が怪しいのはたしかなんだが、動機の点から見ると誰ひとりとしてその可能性を持っていない。今まで我々が調べた範囲ではね。ただこの矛盾を解決する案がひとつだけある」

「祥子を殺した犯人がこの中にいて、そのことを波香は知っていた……」

「さすがだね」

と佐山刑事は乳色の煙を天井に向かって吐き出した。「それで犯人は金井さんも殺したという推理だ」

「動機について言えばそうでしょうね。しかし方法論から言うとどうなのです？　警察側では波香に毒を飲ませる方法について、少しはメドがついているのですか？」

わざと挑戦的な言い方を加賀はした。だが佐山は刺激を受けた様子もない。

「捜査本部では、方法から考えるとやはり一番怪しいのは相原さんだという説が強いね。芸がないようだが」

「芸がないですね、たしかに」

加賀はあきれたという感情をわざと強調して言いながら、横目で沙都子を見た。彼女は先程から黙って二人のやりとりを聞いていたが、今の会話ではさすがにうつむいてしまったようだ。

「しかし、彼女が祥子を殺した犯人でそれを波香に知られたから、という推理は成立しませんよ。白鷺荘事件において、彼女にはアリバイがある」

「『バーボン』という店で飲んでいた、という話だったね」

「確認したんでしょう、勿論？　ウラを取るっていうんでしたね」

「確認済みだよ。だからこうして見ているだけで、手も足も出せないでいる」

「アパートの出入り方法はわかりましたか？」

「目まぐるしく質問してくるね。こんなのははじめてだ。えーと、例の密室ね。君は解けたのかい？」

加賀は首を振って、「隠してるわけじゃないですよ」とことわった。刑事は苦笑した。

「そんなこと言ってないさ。解けたのなら教えてもらおうと思っただけさ」

「なるほど、よくわかりました」

「じゃ、この辺で」

佐山はレシートを持って立ち上った。「これからも情報交換はフェアにいくとしよう。君たちの力を借りなきゃならないことも多いんでね」

「本当にフェアなんでしょうね」

加賀が彼の背中に言うと刑事は向こうを見たまま、「信じてもらうしかないね」と答えた。そして刑事は店を出ていったが、やがてすぐに戻ってくると入り口のところから顔だけ覗かせて言った。

「忘れていた。全国大会優勝おめでとう」

この日家に帰ってから、加賀は一人で雪月花の謎に挑戦していた。机の上には一枚の紙、そこにはこのように書いてある（図14）。

1、波香、沙都子、藤堂、若生、華江、先生の順に座る。
2、折据が回される。藤堂が『花』を引く。
3、藤堂が茶をたてる。座る順は、波香、沙都子、先生、若生、華江になる。折据が回る。沙都子が『花』、先生が『月』、華江が『雪』を引く。
4、沙都子が茶をたてる。座る順は、波香、藤堂、先生、若生、華江に変わる。折据が回る。波香が『月』、藤堂が『花』、若生が『雪』を引く。

——そしてこの後、事件が起きたんだ。

波香のところに折据が回った時、中身の札はすべて『月』の札にすりかえられていた、というのが加賀の推理であった。

——もしそうなら、波香の後に札を取った藤堂も若生も、『月』を引いたということになる。だからと言ってこの推理が成り立たないわけではない……。

藤堂と若生が共犯なら、という仮説を加賀はたてた。二人とも『月』の札を引いておきながら、『花』、『雪』などと名乗りをあげるのだ。まさか嘘の名乗りを上げているとは誰も考えない。

——問題は、いつ札をすりかえるか……だ。

図14　加賀恭一郎のメモ

(1)順に座る

(2) 折据が回される

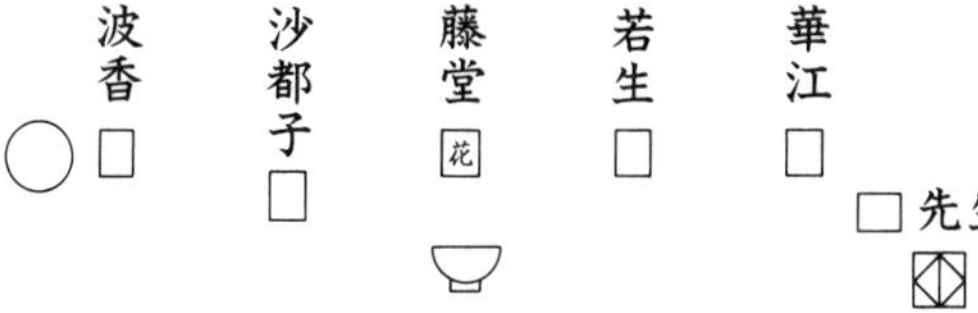

(3)藤堂、茶をたてる。折据が回る

(4)沙都子、茶をたてる。折据が回る

波香の前に、折据に触った者を加賀は考えてみた。藤堂か若生なら筋が通るのだが。

——違う……。

加賀はメモを前に頭をかかえこんだ。波香の前に折据に触っているのは沙都子なのだ。『花』に当った彼女は、その札を番号札と替えるため、折据の中を探ったことになる。

可能性は二つだった。

沙都子と藤堂と若生が共犯だった場合、そしてもうひとつは、花月札を操作したという推理そのものが間違っている場合。

いや札を操作したのは確実だと加賀は思った。事実高校の茶道部から札が盗まれているではないか。偶然にしては出来すぎている。

ではやはり三人が共謀して……いや、そんなはずはないと加賀は頭を振った。沙都子が波香を殺すはずがない。それだけは信じたい。

——答えが、ない。

加賀は畳の上で大の字になった。

数日後の夕方、何日ぶりかで加賀は若生と華江のペアに会った。『首を振るピエロ』のカウンターで、二人はホット・チョコレートを飲んでいたのだった。

「僕たちを避けているのかと思っていたが」

若生は加賀が座るスペースをとるために席を詰めながら言った。「マスターの話では、ここへは変わらず顔を出しているらしいから思いすごしのようだな」

「何故避けるんだ？」

加賀は若生の隣に座ると、ホット・ミルクを注文した。

「加賀は僕たちを信用していないって話だ」

「誰の話だ？」

この質問には直接答えず、若生はマスターの後ろに並んでいるウイスキー・ボトルをながめながら、「刑事が来たんだ」と言った。

「妙な日のアリバイを訊かれたよ。先月の第五火曜日の夜」

十月は五回も火曜日があったのかと加賀は思った。

「高校の茶道部に泥棒が入ったんだってな。盗まれたのは花月札。で、犯人はそれを使って波香に毒を飲ませるトリックを作ったっていうのが加賀の推理だそうじゃないか」

そうか、佐山刑事から聞いたのか。

「可能性を考えたまでだ」

「波香は自殺だ。それ以外に可能性はないよ」

「それを誰が証明できる？」

「物質的な証拠が欲しいなら出してもいい。たとえば、その花月札が盗まれたって夜だ。僕と華江はテニス部のメンバーと大学の合宿所でミニ・キャンプをしていたんだ。その週の日曜には試合が控えていたから最後の追込みさ。他の者に気づかれずに合宿所を抜け出して、R高校で泥棒した後また戻ってくるなんてことが可能かどうか、他のメンバーに訊いてもらえばすぐにはっきりするだろう」

若生と華江にはアリバイありか、と加賀は冷静な目で若生のよく動く口を眺めていた。

「だいいち花月札を何枚か用意しただけで、どうやって波香に毒を飲ませることができるんだ」

「若生君、もういいじゃない」

彼の声が次第に大きくなってきたのを気にしたのか、華江が若生の肩に手をおいた。「加賀君は客観的に言っているだけなのよ。波香が自殺なんて信じられないって若生君だって言ってたじゃない」

沈黙が少し流れた。若生はヤケ酒をあおるようにコップの水をのみほした。

その夜沙都子から電話が入った。「もしもし」という声から元気がなかった。

「今日、刑事から呼びとめられたわ」

「アリバイか？　第五火曜日の」

「あたしにはそんな夜中のアリバイなんてないから困ったわ。でも他の人は結構証明できたみたい」

「若生と華江にアリバイがあることは知っている」

「藤堂君にもよ。研究室で一晩中教授や他の学生と一緒だったんだって。だからアリバイがないのはあたしと……」

「先生か」

バカな、と加賀は内心で吐き捨てた。

「ねえ加賀君。あれからいろいろ考えたんだけど、花月札をどう操作してみても、他人に自分の思いのままの札を引かせるなんてことはできないわ。加賀君言ったわよね、波香のところに折据が回った時、中身はすべて『月』の札にすりかえられていたんだって。でも最後に折据をさわったのはあたしなのよ。あたしを信じてもらえるなら、折据の中身をすりかえるなんてことはできなかったわ、誰にも。それに毒を入れる方法。今日、佐山刑事も言っていたけど、毒がどういう経路を辿って茶碗の中に入ったのかは未だに不明なんだそうよ」

「だから？」

加賀は訊いた。だから何が言いたいんだ。

「波香は自殺かもしれないって気になったのかい？」

「違うわ」

受話器から聞こえる声のボリュームが乱れた。沙都子が顔を振ったのかもしれない。「波香は自殺なんかしないっていう気持ちに変わりはないの。でもだからって、波香を殺したいと思っている者がいて、その人の計画どおり殺されたんだって考えていいものかしら？　あたしはなんだか、根本的に考え方を変えないといけないような気がする……」

6

波香が死んでから一ヵ月以上が過ぎた。十二月のある日、加賀はシトロエンの助手席でこの冬はじめて舞う粉雪をながめていた。

「スーツぐらい着てくるものよ」

三島亮子はイコライザーを調整しながら言った。彼女の方は純白のドレスだ。どういう名前のドレスなのか、加賀は知らない。だが自分に想像できる価格でないことだけはたしかだと思っていた。そして彼は相変わらずスタ・ジャンだ。これしかないんだ。つっぱっているわけじゃない。

「いいけど、君らしくて」

亮子は右横顔に笑みを浮かべた。加賀の好きでない表情だった。

毎年暮れに行われる地元剣道家たちによる懇親会に、加賀は招かれながらも一度も出たことがなかった。こういう会というものは、ちょっと名の知れた者同士が集まってマスターベーションするようなものだと思っているからだ。剣道に限らずすべてのスポーツは、大多数の無名選手が底辺を支えていてくれているからこそ存続している。それを忘れて何が懇親会だ。

だが彼は今年は出席せざるをえなかった。全国大会優勝ということで、彼は今日の会には最も必要な人間だったからだ。警察の道場で稽古をつけてもらった秋川を通じて頼まれては、さすがにことわりきれなかった。

「剣道家の懇親会っていうと、どこかの料亭でやるんだと思っていたが」

場所は一流ホテルだった。立食パーティだとついさっき亮子から聞かされたのだった。

「コンパニオンも出るそうよ」

だから派手なドレスを着て競おうってわけか、とこれは喉から外には出さなかった。

加賀はチャンスがあれば亮子から、波香に勝った方法を聞きだすつもりだった。彼は亮子がなんらかの手段で試合直前に波香に何か薬を飲ませたと推理している。問題はその手段だ。勿論自分で手を下すはずがないから誰かに命じたことになる。それが誰か？

だが単に詰問しただけでは否定されればそれまでだ。逆に警戒されて、しっぽを摑みにくくなるだろう。なんとか巧く白状させる手はないものか——加賀はさっきからそのことばかり考えていた。

信号にひっかかることもなく、朱色のシトロエンは某一流ホテルの前に着いた。そして車が停止すると同時に会の世話役らしい男が寄ってきた。世話役はポマードの臭いをぷんぷんさせながら近づいてくると、まず三島亮子に見えすいたお世辞を長々と述べた。どうやら三島グループの勢力は剣道界にも及んでいるらしい。世話役は亮子に見せた愛想笑いのツケを取りかえすかのように、胡散臭そうに加賀を見た。

「加賀恭一郎クンよ」

妙に鼻にかかった声で亮子は紹介した。まるで自分のとっておきの宝石を披露するように。

少々うすよごれてはいるが。

世話役はしばらくしてその名前に反応した。しかし、物珍しそうな視線に変わっただけだった。

パーティ会場はもうすでに相当盛り上がっていた。胸にリボンを付けた者同士が談笑する姿があちらこちらで見られる。今日のこの場に招待されたことを、お互いでおだてあっているのだろうと加賀は冷めた目で見ていた。

三島亮子はここでもプリンセス気取りだった。彼女は立っているだけで、挨拶に来る男が後を断たないのだからつけあがるのも無理はない。挨拶に来る者の中には、学生もいれば腹の出た中年男もいた。

「あの試合は見事だった」

三島亮子に挨拶したついでに、加賀に声をかけていく者も少なくはなかった。この、剣道家にしては小柄で青白い男もそのひとりだ。「相上段の勝負、見応えがありました」

「ありがとうございます」

しかしこういう男は、たいてい余計なことも喋っていくものなのだった。

「ただ僕ならああはしなかったな。霞に構えて、じっくり相手の動きを見たね」

こんな時加賀は、「そうですね、あなたが矢口と対戦する時はそうして下さい」などと言って相手を不快に陥れていた。そのせいか、全国大会優勝者という金看板のわりには近寄ってくる者は少なかった。

「機嫌が悪そうじゃないか」

水割りのグラスを片手に話しかけてくる者がいた。初めて見るスーツ姿ですぐにはわからなかったが、目の鋭さは変わらない。

「秋川さんは良さそうですね」

「君と同様、こういう所よりも道場の方が落ち着く。剣道は格闘技だ。いがみあう必要はないが、仲よく酒を飲むってのはどうも性に合わない」

「同感ですね」

加賀は三島亮子の方を見た。とても剣道をしそうに見えない太った男が、ハンカチで汗をぬぐいながら愛想笑いをしている。

加賀はスモークサーモンを口に運びながら呟いた。「まるでスターだ」

「三島グループのトップクラスだからな、彼女のお父上は。今頭を下げてる太っちょは系列会社の重役で、ゴマをするために自社の剣道部に力を入れてるって話だ。重役とはいっても三島一族じゃないから、いつ首を切られるかわからないって立場さ。ほうら、こっちへ来たぞ」

加賀も秋川と同様知らん顔をしていたが、太っちょはかまわず二人の前に立ちふさがった。

「これはこれは昨年の全日本チャンピオンと今年の学生チャンピオンじゃないか。二人が並ぶとさすがに壮観だねえ」

太っちょは二人が顔をそむけるのも気にせず、内ポケットから名刺を出してきた。

「私はこういう者なんだがね、うちの会社の剣道部の、まあ世話役みたいなことをやっとるんだよ」

なんの世話役だと加賀は興味のない目を名刺に落とした。細田則夫、あより名が体を表しているとはいいがたい。で、どこの会社だ……。

「地元にこれだけの実力者が揃っているんだからねえ、これは幸運といわなきゃならんだろうねえ。是非うちのクラブの方にも来て、稽古をつけてやってくれないか。なに、無料奉仕をしてもらうつもりはないんだよ。来てもらえるとなれば、それ相当のお礼はさせてもらうよ……あ、ちょっと加賀くん」

細田の饒舌を無視して、加賀はすごい勢いで会場を横切っていた。彼が向かっていったところでは、三島亮子が数人の学生に囲まれながら全国大会での話を披露していた。加賀はその学生たちをかきわけると、亮子の腕をつかんだ。「ちょっと来るんだ」

「痛いわね、何するのよ」

彼女は眉をひそめて彼の顔を見上げた。だがその眼光に押されて、言葉を詰まらせた。

「いいから来るんだ、話がある」

加賀はさらに彼女の腕を引いた。だがそれを横からさえぎる者がいた。K大の児玉という男だった。「おい、やめろ。相手は女性だぞ」

「話があるんだ、邪魔しないでもらいたい」

「話ならここでしてよ」

「あんたのためを思って言ってるんだ。人目のないところへ行くか、この腰巾着どもをおっ払うかしてもらいたい」

「調子に乗るなよ加賀」

児玉は加賀の襟首をぐいとつかんだ。すごい力だった。「ちょっと名前を上げたからって図にのりやがって」

加賀は睨み返した。右手は依然、亮子の腕をつかんだままだ。

「引っ込んでろ、おまえなんかに用はない」

児玉の顔が仁王のように歪んだと思った瞬間、加賀は後方のテーブルのところまで飛ばされていた。顔面へのパンチを咄嗟に左手でブロックしたのだが、その勢いを殺すことはできなかったようだ。

児玉はさらにとびかかってきた。テーブルがひっくりかえり、食器が落ちる音がした。女の悲鳴、男の怒鳴り声。

俺はこんなことをしたいんじゃないんだ。そう思いながら加賀は拳を振っていた。

7

「バカねえ」

まるでいたずら小僧を見る女教師のような目を沙都子は向けた。加賀はブルゾンの襟を立てて、その中に顔をうずめていた。腫れはひいたが、傷口はまだ生々しい。こうして電車に乗っても、なるべく人と目を合わせないようにしていた。

「大立ち回りを演じたって聞いたけど、どうしてそんなことになったの？」

「いきがかり上だ」

喋るだけでも頬のあたりがズキズキした。

「加賀君が衝動的に動くなんて珍しいじゃない。理由を話しなさいよ」

「…………」

それはまだ話せる段階ではないのだった。すべてが頭の中で整理されてから、と加賀は考えていた。しかし果たしてそんな時が来るのだろうか？

「勝手ね。何も教えないくせに、こうしてつきあわせるんだから」

「南沢先生の家に行くが、一緒に行くかいと尋ねただけだ。ついてきたのは沙都子の意志じゃないか」

「思わせぶりな言い方をしたわ。まるで重大な意味を持っているみたいに」

これに対しても加賀は沈黙を答えの代わりにした。重大な意味……それはそうかもしれないのだが。

南沢邸は、最近の寒さでまるで時間までが凍りついてしまったかのように森閑としていた。前栽（せんざい）のドウダンツツジもすっかり枝だけになってしまい、加賀はなぜか古いモノクロ写真を見ているような気分を味わっていた。

格子戸を開けて二人を迎えた南沢雅子は、以前にもまして小さく見えた。更に白く枯れて……。

「いらっしゃい」

彼女は皺の深くなった口元に笑みをたたえて二人を見上げた。「お邪魔します」加賀は言った。笑っているのは口だけだと思いながら。

雅子は二人を応接間に通そうとしたが、加賀は彼女の背後から声をかけた。

「先生にたてていただいたお茶を、久しぶりに味わいたいと思ってきたのですが」

雅子は廊下の途中で立ち止まった。「そうなの？」

「そうなんだよな」

加賀は隣の沙都子に同意を求めた。沙都子もすぐに、「そう言えば随分前ですもの」と答えた。

「和室はもう使っていいんでしょう？」

加賀が訊いたのは、事件直後は現場保存ということで使用禁止になっていたからだった。南沢雅子は頷いた。「じゃあ久しぶりにたてましょうか」

加賀と沙都子はよろこびの声を上げた。

波香が死んだ例の部屋で、加賀と沙都子と南沢雅子は三人だけの茶会をはじめていた。まず道具を準備するところから。加賀は炊事場と部屋を何度も往復する雅子に訊いた。

「あの時の道具はないのですか？」

「あの時？」

「雪月花に使った道具です」

ああ、と彼女は頷いた。そして彼に寂しそうな顔を向けると、道具はまだ返ってこないと言った。警察に持って行かれたままだという話だった。

「道具全部ですか？」

「そうよ」

「あの上等の茶碗もですか？」

「それほど上等でもないのだけれど、そうよ」

「その茶筅も、あの時のものではないんですね？」

加賀がこう尋ねた時、南沢雅子は一服目の点前にかかっていた。茶碗の中で茶筅を振り終え、その茶碗を沙都子の方に差し出した後、「あの時の道具にこだわっているようね」と彼女は加賀に訊いた。彼は小さく頷いた。

「道具のひとつぐらい、ここに残っているかと思ったものですから」

この年老いた恩師がどんな反応を見せるか、加賀は全神経を集中させて観察した。雅子は無表情だった。沙都子が茶を飲み干し茶碗を返すまでの間、背筋を伸ばした姿勢で、じっと視線を斜め下に注いだままだった。だがこれがこの人の反応なのだと加賀は思った。

この後は今年一年間を振り返った話題に移っていった。いろいろあったわねと恩師が言い、いろいろありましたと教え子は受けた。だがお互い、肝心な部分には自分から触れようとはしなかった。

「いよいよ卒業なのね」

雅子は二人をじっと見比べてから、まるでため息をつくように言った。「卒業してもあなたたちの仲は壊さないようにしてちょうだいね。私のようなおばあちゃんのことは放っておいていいから」

「卒業してもお世話になりますわ、先生」

沙都子が言った。そうかもしれない、と加賀は思った。だが、『あなたたち』というのは誰と誰のことを指すのだろう？

「もう一服いただけますか？」

加賀が言うと、南沢雅子は何かを思いだしたように小さく手を叩く仕草をした。

「友達から貰った珍しいお茶があるのよ。それをたててみるわ」

彼女が腰をあげようとするのを見て、沙都子が先に立ち上がった。「いいですわ、先生。あたしが持ってきます。いつものところですね？」

「わかるかしら」

そう言いながら雅子は茶の銘柄を沙都子に教えた。そういうことについて加賀は全く知らなかったが、沙都子はすぐにピンときたらしい。歓声をあげていた。

沙都子を待つ間、雅子は茶碗を濯(すす)いで次にたてる準備をしていた。その相変わらず無駄のない動きを見て、加賀は少しの間口を閉ざしていた。空気の流れが止まり、音が抜きとられたような空間の中で、二人の間を何秒かが過ぎた。

加賀は正座の姿勢のまま、首だけを恩師の方に向けた。軽く呼吸を整える。

「先生は御存知だったんですね？」

声を落としたつもりだったが、予想以上に空気が震えた。しかし南沢雅子は、まるでこの質問が聞こえなかったかのように身じろぎひとつしなかった。手を動かすリズムも乱れない。

「事件の数日後、先生は全員を集合させましたよね。仲間で疑い合うのは悲しいことだとおっしゃって。今から思えば、あの集合の意味をもっと考えるべきでした。もっともあの時に考えていたとしても、理解できたかどうかは怪しいのですが」

雅子の手が止まった。だがそれは加賀の言葉に対する反応ではない。茶碗を拭き終えたのだ、彼女はきれいになった茶碗を置くと、

「わたしは何も知りません」

と穏やかな笑みを目元に浮かべた。作り笑いでない、本当の優しさから成るその表情を見て、なぜか加賀は一瞬震えを感じた。彼女は続けた。

「だけど加賀君がそう言うのですから、もしかしたら知っているのかもしれませんね。でも自分では気づいていないようだわ。そしてこれからも気づくことはないでしょう」

「真相を知りたいとは思われないのですね？」

「真実というのは、いつの時でもつまらないものです。タカが知れているとわたしは思っています」

「嘘に支えられることに価値があるんでしょうか？」

「嘘か本当か、一体誰が判定できるのかしら？」

その時すっと襖が開いて、沙都子が戻ってきた。「御苦労さま」と雅子。二人の静かな論争はここまでとなった。

沈黙が茶室を支配する。茶碗と茶筅のこすれあう音が心地よく響いた。

「どうぞ」

出された茶碗に加賀は手を伸ばした。一口啜ってから、「うまい」

「加賀君は」

新しい茶に対する彼の感想に満足そうにしながら、南沢雅子は言った。「相原さんの家に挨拶に行くのは卒業してからですか？」

二口目を味わっていた彼は茶碗から顔を上げた。そして隣の沙都子を見た。彼女は知らない顔をしている。彼は答えた。

「自分の希望がこうだと言ったまでです。彼女にそれを要求したのではないし、回答を求めたのでもありません」

「回答は出すわ」

沙都子が言った。「卒業までには必ず」

「卒業まで……か」

加賀はため息をついた。「まるで何かいいことでもあるみたいに思っているんだな。卒業したら過去が消えるとでも考えているのかい？」

「さっきあたしがお茶を取りに行った時、先生と何か話していたようね」

南沢邸から帰る電車の中で、沙都子は訊いた。「何を話していたの？」

「別に。いろいろさ」

「言いたくないってわけ？」

横から彼女は加賀の顔を覗きこんだ。彼はその視線を防ぐように瞼を閉じる。彼女は「まあ、いいわ」と向きなおった。

「でもこれだけは教えてよ。今日、先生の家に行ったのには何か目的があったんでしょう？　その目的は達したの？」

加賀は目を閉じたまま、「それはまだわからない」と答えた。

それからしばらくの間、二人は無言のまま電車の振動に身をまかせていた。加賀は車内に吊ってある、女性用ファッション雑誌の広告をぼんやりと眺めていた。日本人離れしたプロポーションの女性が、冬物のワンピースを着て笑顔をふりまいている。

「そうか」

加賀は思わず言葉を漏らしていた。沙都子が顔を上げる。「何？」

「波香が死んだ後に沙都子が彼女の部屋に行った時、彼女のタンスの中を見て首をひねったって言ってたよな。ほら、雪月花の日にどうして新品のワンピースじゃなくて古いブレザーを着て行ったんだろうって」

「ああ」

沙都子は遠くを見る目つきをした後、二、三度頷いた。「どうも不思議だったのよね。彼女、結構スタイリストだったから」

「その理由がわかった」

「わかった？　どうしてなの？」

「ポケットさ」

「ポケット？」

「波香はあの日、どうしてもポケットの付いた服を着て行かなきゃならなかったんだ。俺はよく知らないけど、おそらくその新品のワンピースにはポケットは付いていないんじゃないかい？」

「まあ、普通はそうね。でもそれがどういう関係があるの？」

「それがキー・ポイントなんだ。これを説明するには雪月花のトリックから解説する必要がある」

沙都子は普段でも大きな目を、さらに見開いた。「解けたの、あのトリックが？」

「一応は」

「ずるいじゃない、隠してるなんて。あたしにも知る権利があるのよ」

「いや、まだ話せる段階じゃないんだ。最後の詰めが残っている。これがはっきりしないうちは、ただ単なる推理ゲームに過ぎないんだ」

「そんな……」

「はっきりしたら必ず連絡するさ。今度電話する時は、全ての謎が解けた時だと考えてもらってかまわない。それまでは決して電話しないさ。正直言って、沙都子の家に電話するのは苦手だしな」

沙都子が何か反論しようとした時、電車はちょうど彼女が降りるべき駅に到着した。彼女は膨れっ面をして立ち上がりながら、「いつごろになるの?」と訊いた。

「卒業までには必ず」

そして加賀はにっこりと笑って見せた。沙都子は彼の方を睨みつけながら車両から降りた。

沙都子が降りた駅から二つ先の駅で加賀は降り、他の線に乗り換えた。こちらの方はちょっと混んでいる。彼はぐるりと見渡した後、結局ドアの近くに立っていることにした。

電車のドア付近というのはどうしてこんなに人気があるのだろう。後から駆け込んできた若い男も、座れないと分かると、またドアの近くに戻ってきた。黒縁眼鏡の顔色の悪い男だったが、加賀はその男の顔を見て、「あっ」と声を出していた。同時に男も気づいたようだ。

「剣道部の加賀君だね?」

この細い声にも聞き覚えがある。「君は藤堂と同じ研究室の……」

そうだった。金属工学科の研究室で、白衣を着ていた男だった。男は動き出す電車にバランスを崩しながら、寺塚と名乗った。

寺塚は加賀が全国大会で優勝したということを知っていて、しきりにそれに関する質問をしてくる。まるで話上手とは相手の自慢話を聞くことだということを心得ているかのようだ。

話題が途切れた時、加賀はもっと他に共通の話がないものかと考えてみた。おだてられるのは気分がいいが、あまり過剰気味だとからかわれているような気になってくる。勿論この気の弱そうな男に、そんな悪気はないのだろうが。

寺塚と会った時のことを思い出した。研究室で、加賀は藤堂を待っていたのだった。その時何か……そうだ、動力もないのに回り続ける二つの滑車を見て、それについて尋ねたのだ。そういえば、あの仕掛けについてはまだ聞いていない。

「ちょっと教えてほしいんだけどね」

加賀が問いかけると、寺塚はうれしそうだった。

その夜、相原家の電話が鳴った。夜の十一時過ぎだ。加賀君という人から電話よという義母の声に、沙都子は部屋から飛び出してきた。よほどあわてていたのか、ガウンの袖に腕も通していない。受話器をひったくるようにして取ると、「あたしよ」と息のきれた声を出した。

「俺だ」

加賀の方は落ち着いていた。「卒業まで待たなくていいようだぜ」

第五章

1

T大金属材料研究室。

論文は九割がた出来あがった。あとはまとめと補足資料を過不足なく添付すればいい。

藤堂正彦は椅子に座ったまま大きく伸びをした。身体の軋む音が聞こえそうだ。ここにいると落ち着くのだが、書き物をするのについ時間を忘れてしまう。

「四時か」

白い壁にかかった、ただ丸いこと以外には何の取り柄（え）もない掛け時計を見て彼はつぶやいた。その声が響きそうなくらい研究室は静かだ。

藤堂は窓際に歩み寄ると、ブラインドの隙間をこじあけて外の様子を見た。昼間でもブラインドをぴっちりと閉めて、蛍光灯の下で作業するのが彼の習慣だ。そうしないと気分が落ち着かないのだ。

窓の下の空き地では、何人かの学生が三角ベースのソフトボールをして遊んでいた。彼らの服装は皆バラバラで、ラグビーのジャージを着ている者もいれば、柔道着姿の学生もいた。おそらくそれぞれのクラブ活動が始まる前のひとときなのだろう。応援団の格好をした男がヒットを打った。

——ああいう、時の過ごし方も、ある。

藤堂はブラインドから手を離すと、机の上に視線を落とした。グラフ用紙とレポート用紙の山。一瞬それらのすべてが彼の頭の中で空白になった。

ドアが開いた。こちらの様子を窺うようにまず顔を覗かせる。この男のこういうところが嫌いだと藤堂は思った。

「あまり静かだからいないのかと思った」

寺塚は少し吃った。

「休憩していたんだ。何か用かい？」

「用ってほどのことはないけど……松原教授が、なんとかレポートは年内にまとめるようにとおっしゃっていた」

「言われなくても分かってるさ」

藤堂は苛立ったような言い方をすると、乱暴に椅子に身体をあずけた。その彼に寺塚は言った。

「教授のお気に入りだからな、君は。来年の国際会議も君を連れていくつもりだっていうじゃないか」

「まだ、わからんさ」

藤堂は口を曲げた。そう、まだわからないのだ。最後の審判はまだ下されてはいない。

寺塚は「これかい？」と言って、やや照れたように笑いながらそれを持ち上げた。「いたずらで作ってみたんだ。低俗なおもちゃさ」

それは針金で出来た人形だった。頭は粘土。だがまだ目も鼻もない。

「さっき作っていたのはそれか……」

何に使うつもりだろうと思って、その材料を見ていたのだった。

「今から顔を描こうと思っているんだ」

「そんなもの、どうするんだ？」

「人にあげるんだ、今日はクリスマスだろう」

クリスマスか――。藤堂は去年の今日を思い出した。祥子と二人でフランス料理の店に入って、ワイン・パーティをした。彼女からのプレゼントは手編みのセーターだった。そういえばあのセーターは一体どこにしまったのだろう？

「そんな人形、誰が喜ぶものか」

「いいんだ」

寺塚は針金人形を持って隣の部屋に消えた。と、同時ぐらいに入り口からノックの音がした。

「どうぞ」と答える。加賀恭一郎の翳りのある顔がドアから現れた。

「忙しそうだな」

加賀は藤堂の机の上を見て言ったようだ。

「卒業までのラスト・スパートさ」

藤堂が答えると彼は、「卒業ね」となんだかつまらなそうに部屋の白い壁を見回した。

「お前の方はどうなんだ？　卒論は仕上がったのかい？」

すると加賀は鼻からふっと息を吐きだして、「俺たちのは文字が埋まっていればいいのさ」と自嘲的な笑いを浮かべた。それからまた真顔に戻ると、

「今晩、空いてないか？」

と訊いた。「忘年会を兼ねて、クリスマス・パーティをやろうって沙都子が言ってる」

「突然だな」

藤堂は脇に貼ってあるカレンダーの方に顔を向けた。「何時からだ？」

七時、と加賀は言った。

「了解、なんとか都合をつけよう。プレゼントは持っていかなくていいのかい？」

「身ひとつで結構だ」

「場所は？」

「ピエロ」

「またあそこか」

「あそこでないとだめなんだ」

じゃ後で、と言って加賀は部屋を出ていった。

2

壊れて扉が閉まったままの鳩時計が、いつの間にか五時を指していた。マスターはカウンターの中で相変わらずグラスを磨き、隣のテーブルの四人組はスキーの計画をたてているようだった。イブだというのにこの店の客足はいつもと同じだ。内装も同じだし、特別メニューが用意されているわけでもない。

若生は空になったコーヒー・カップを掌の中で弄んでいた。ついさっきまで暖かいモカの香りで満たされていたはずだったが、今はもう冷えきってしまっている。

「華江はどうすればいいと思っているんだ？」

カップの底に話しかけるように若生は言った。

「どうすれば……って」

華江は薄紫色のハンカチを持った手をテーブルの上に置いている。先程からずっと同じポーズだ。「わからないわ。どうすべきだと思う？」

「どうすべき……か」

若生は深いため息をついた。「その答えはもう出ていると思うんだ」

「どんなふうに？」

「それはつまり」

若生はカップを持っていないほうの手、つまり右手の拳でテーブルを軽く叩いた。そして数秒言葉を詰まらせてから、「すべてを打ち明けるべきだ、というふうにさ」

「だめよ」

華江はハンカチを握りしめた姿勢のまま、強い口調で言った。「そんなこと……それだけはできないわ」

「でもこのままじゃ僕の気が済まない」

「すべてを打ち明けたからって、何かが変わるわけでもないじゃない」

「そうしてみんなを裏切ったまま、平気な顔して社会に出ていくのかい？」

「卒業すればみんな忘れるわ。あたしたちのことだって……。ねえ若生君、ふたりのことを考えて。そんなことをしたらあたしたち、結婚できなくなる」

『結婚』と言った自分の言葉で華江は胸を詰まらせたようだ。若生は両肘をテーブルの上にのせると掌を組み、親指で目頭を押さえた。

その時狭い入り口をくぐって入ってきたのは、黒縁の眼鏡をかけた顔色の悪い男だった。どういうわけかその男は白衣を羽織っていた。理工学部の学生らしい。

白衣の男は若生たちのテーブルに一番近いカウンター席に腰をのせると、やや吃りながらブルー・マウンテンを注文した。その風貌とオーダー内容があまりにも違っていたからか、スキーの相談をしていた連中が含み笑いを漏らした。だがマスターは無表情のまま、「いつものやつね」と受け答えた。

「今日はまだ仕事があるの？」

コーヒーミルで豆をひきながらマスターが尋ねると、学生は「そうなんだ」と顔をしかめた。

「うちの教授はね、四年生は使い捨てだと思っているんだ」

あはは、とマスターは笑った。「紙おむつみたいだね」

「冗談じゃないんだよ、本当にそう思ってるんだ。だから病気で休んだりすると、ものすごく機嫌が悪いんだ。休んだ次の日にその教授と顔を合わせたりするとき、体調はどうかなんてことは一切訊かないでさ、遅れた分をどうやって取りかえすつもりなのかをたしかめるんだ」

「すごいね」

「すごいんだ。理工学部のボスだしね。目をつけられたらおしまいだよ」

「君はお気にいりかい？」

すると白衣の学生は、とんでもないというように首を激しく振った。

「無視されてるくちさ。同じ研究室に秘蔵っ子がいるんだけど、あれはあれで大変なんだろうな。仕事は完璧でなくちゃいけないし、殆ど大学に泊りこみさ」

ブルー・マウンテンが彼の前に出された。彼はカップを鼻に近づけてまずその香ばしい匂いを楽しむと、ブラックで一口啜った。

「そうだ、もう少しで忘れるところだった」

彼は白衣のポケットを探ると、何やら金属で出来た物を取り出してきた。「クリスマス・プレゼントだよ、マスター」

彼はそれをカウンターの上に置いた。それは、金属製の人形に簡単な服を着せたものだった。マスターはそれを手に取ると、「あはは、ピエロだ」と喜んだ。

「ピエロに見えれば大成功だ」

「見えるよ。なかなかいい。どうしてこれを？」

「うん、ちょっとね」

学生は言葉をにごしてコーヒー・カップに口をつけた後、「評判が良ければ大量生産しようかな」と小声で呟いた。

「何処に置けばいいかな？」

マスターが人形を持ったまま店内を見回した。棚らしきものは何ひとつない。

「とりあえず今日はここに飾っておくか」

結局マスターは、カウンターのサイホンの隣にその人形を置いた。

「うちの店の名前にぴったりだ」

人形を置く角度をいろいろと調整した後、マスターは満足そうに目を細めた。

「そのうちに、もっとぴったりになるよ」

「どうして？」

「どうしてもさ」

学生は鼻をぴくぴくと動かした。

3

沙都子は駅前の本屋で茶器に関する本を立ち読みし、その隣のジーンズ・ショップを覗いた後、『首を振るピエロ』に向かった。七時十分前だった。T大通りをゆっくりと上りながら、沙都子は何とか心を静めようという空しい努力を繰り返していた。加賀から電話をもらった夜から、ずっと興奮状態は続いているのだ。講義をうけている時も、夜中ふとんにはいっている時も、今日のことが頭にこびりついて決して離れることはなかった。

沙都子は仲間たちの顔をひとりひとり思いだしていた。それぞれの顔には、またそれぞれの出会いがオーバーラップしてくる。様々な過去がからみあっている中で、出会いというものは異常なくらい美化されて心に迫ってきた。だが今日は、それも含めてすべての思い出から目をそらさなければならない。

「ほかにもっといい方法はないの？」

加賀と話した時、沙都子は訊いた。願うような気分だった。

「どんな方法でも、出る結果は同じだ」

それが答えだった。そうなのだろう、おそらく。

不気味な表情のピエロの看板は、相変わらず傾いたままだった。沙都子はドアを開ける前に、深呼吸をひとつした。

これが最良の方法だとは思っていない。第一、最良の方法なんて存在しないのだ。

加賀は藤堂と別れた後、社会学部の研究室に戻り、自分でもあまりいい出来とは思っていない卒業論文の仕上げにとりかかっていた。だがペンはなかなか進まない。この後に控えている一幕のことを考えると、さすがの彼も精神が集中できないのだった。

推理にはまちがいがない。

何度も試行錯誤し、出来上がった推理のチェックも入念に行った。その結果、どうにも否定しようのない一本の筋が見えてきたのだ。それは加賀自身も信じたくはない内容ではあったが、もはや信じざるをえない状態にきていた。

真実を追求することにどれだけの意味があるか――それは加賀にもわからないことだった。恩師・南沢雅子が言うように、真実にはそれほどの価値はないのかもしれない。価値ある嘘というものも、あるいは存在するのかもしれない。だが加賀はこのままには出来なかった。友人の仇を取る、というのではない。理屈抜きに真実を知りたい、というのとも違う。まして正義感などというものは、最もふさわしくない言葉だった。強いて言えば、これが自分たちの卒業の儀式なのだと加賀は思った。長い時間をかけて、いずれ壊れてしまう積木を組み立ててきたのであれば、それを壊してしまってこそ、自分たちが生きたひとつの時代を完成させることができる。

加賀は諦めたようにペンを置くと、片付けをして部屋を出た。腕時計の針は六時半を指している。彼は門に向いていた足を方向転換して剣道場に行くことにした。クラブの練習は今日から休みに入っている。

誰もいない道場に立ち、彼は木刀の素振りを始めた。自分たちが育ててあげてきた何かを、彼は空中で何度も斬った。

加賀がクリスマス・パーティを提案するような男ではないということは、藤堂はもう何年も前から知っている。全員を集め、何かを——おそらく一連の事件に関する何かを——あの男はやろうとしているのだろうと藤堂は思った。

だが祥子の事件を、あの男はどのように推理したのだろう——。

自殺か他殺かについては加賀はかなり早くから他殺説を押しているようだった。たしかに客観的に考えれば、妥当な推理なのかもしれない。しかし誰かが誰かを殺したという以上は、納得のできる動機が存在しなければならない。

祥子を殺すような動機など誰も持ってはいない——藤堂は拳を握りしめた。それでも加賀は誰々が犯人だと断言できるのだろうか？　恋人だった自分ですら知らない動機をどこからか見つけてきて……。

雪月花之式にしてもそうだと藤堂は思った。

何も知らない人間を殺すのが目的で、意識的に毒を飲ませる方法というのも、もしかしたら存在するのかもしれない。しかしその方法とは自分が考える限り、何人かが共犯で行わなければ実現不可能なはずだった。一体、誰と誰が共犯だというのだろう？

藤堂は研究室を出た。果たして加賀が何をするのかという不安と期待で、ドアを閉める手が少し震えた。


若生と華江のふたりは、六時前に一旦『首を振るピエロ』を出て、学内やらT大通りやらをぶらぶら歩いてからまた戻ることにした。

「歩きながら考えよう」

まるで素晴らしい思いつきであるかのように二人はそれを実行に移したのだが、何の結論もでないということに変わりはなかった。

「とにかく今日は言わないで」

『首を振るピエロ』の前まで来た時、華江は懇願するように若生を見上げた。彼は眉間に皺を寄せた。

「話すとすれば今日しかないと思っていたんだけど」

「お願い」

華江は顔を若生の胸にうずめた。若生は彼女のほそい肩に手を置いた。

若生と華江が入ってきて、全員集合となった。マスターに確保してもらってあった、いつも通りの奥のテーブルに二人が腰を下ろすのを見届けてから、ワインがグラスに注がれた。

いる人間が、自分のほかにもいるはずなのだ……。

ついに幕は切って落とされた——加賀はワイン・グラス越しに皆の顔を窺った。そう思って

加賀がグラスを掲げた。他の四人もそれに倣う。「乾杯」、そして「メリークリスマス」。

「俄クリスチャンのために乾杯」

4

ピエロの人形に気づいたのは沙都子だった。「何かしら、あれ？」

その声に全員がカウンターの上を見た。

「人形のようね」

「ピエロのつもりらしい」

加賀は立ち上がって歩み寄ると、その粗雑な作り方をされた人形を手にとった。

「身体は針金で出来ているんだな。顔は粘土だ」

彼はそれをテーブルの仲間たちの方に向けた。「下手くそな出来だ」

「昼間、マスターと話していたどこかの学生が持ってきたみたいだよ」

若生が言った。横で華江も頷く。やがてマスターが戻ってきて、馴染みの客のひとりがプレゼントしてくれたのだと言った。

「『首を振るピエロ』ってわけだ」

「そうらしいんだけどね」

マスターは何か言いかけたが、やめてしまった。

パーティは続き、ワインからウイスキーに移っていた。今年の反省、来年の抱負。祥子と波香の名はタブーであるかのように誰も口に出さない。

「藤堂君の来年の抱負は？」

沙都子は彼の水割りを作ってやりながら訊いた。「やっぱり研究？」

「……そうだね」

と彼は答えた。夢からさめたようにタイミングのずれた答え方だった。「そうだと、いいね」

「そうだと……って？」

沙都子からタンブラーを受け取った彼は、一口でその半分以上を飲んだ。「悪いけど、今日はこの辺で失礼するよ」

「まだ早いぜ」

加賀が驚いた様子を見せたが、藤堂は無表情のままコートに腕を通した。

「沙都子と話していたら、やり残した仕事を思い出したんだ。それを早く終えられたら、また来るよ。今夜は何時ぐらいまでここにいるつもりだい？」

加賀は扉の壊れた鳩時計に目をやった。「まあ、十一時ってところかな。沙都子と華江はもう少し早いかもしれんが」

「それまでには顔を出すよ」

藤堂はマスターに軽く手を振ると、加賀たちの方は振りかえらずに、腰をかがめてドアを出ていった。ドアを開けた時に入ってきた風に、白い物が混じっているのを見て、店内の客から歓声があがった。

「さて……と」

加賀はオン・ザ・ロックを口に含むと、ジャンパーを手に取った。「若生、行くぜ」

「行く？」

突然の指名に若生はきょとんとした。「どこへ行くんだい？」

「いいから来るんだ」

加賀は若生のブルゾンを取ると、それを強引に彼に持たせた。「ついてくればわかる」

「ちょっと、どこへ行くのよ？」

華江がわめいた。「あたしも行くわ」

「あなたはここにいればいいの」

引きとめたのは沙都子だった。彼女は華江の腕をしっかりと摑んだ。その力の強さに華江は何も言えなくなった。沙都子はテーブルの上に視線を向けたまま、「男は男、女は女よ」と言った。

「加賀と沙都子とで何かたくらんでいるんだな。説明してくれよ」

「説明は後だ、時間がない」

若生の返答を待たず、加賀は店を出た。外の空気はさらに冷たくなったようだ。加賀に続いて若生も出てきた。もう何も訊いてこなかった。

降りだした雪は路面に達しても溶けずに、T大通りを徐々に白く染めていった。その上につけられた足跡の数も、今はまだそれほど多くはない。

加賀は迷わず駅に向かって歩きだした。ひとつの賭け。だが迷っている余裕はなかった。時間は確実に残り少なくなってきているのだ。

不安そうな若生を従えて、加賀は駅前に来た。だが彼は駅を通り過ぎてさらに進んだ。

「駅に入るんじゃないのか？」

後ろから若生が問いかけた。加賀は「もう少しだ」とだけ答えた。

彼は途中で細い道に入っていった。街灯もない暗い道だった。雪はそこにも公平に降っていたが、殆ど人が通らないぶんだけ積もり方もはやかった。

何か大きな建物の後ろに来た時、加賀は足を止めた。そして慎重に一歩一歩踏み出していく。それは雪で道が滑るという理由からだけではなかった。

「まだ来ていないようだ」

加賀は独り言を言った。「誰か来るのか？」と背後から若生が訊いた。加賀は答えなかったが、若生も答えを期待していなかったのか、繰り返しては訊いてこなかった。

隣の建物の陰に二人は身を隠した。加賀の行動から、若生も目的を薄々感付いたようだった。彼は灰色の建物を見上げると、「ここは白鷺荘なんだな」と呟いた。

「…………」

「そして来るのは……藤堂か」

加賀は答えなかった。目だけが白鷺荘の壁に釘付けになっている。

「そうか……藤堂が犯人だったのか」

「まだわからんさ」

心にもないことを加賀は言った。ばか、何を言ってるんだ——。

「何故なんだい？」

若生の言葉が白い息となって加賀の目の前を通り過ぎた。それに対して何か答えようとした時、サクッと雪を踏む音が聞こえた。加賀はハッと息をのんだ。

黒い影がゆっくりと近づいてくるのが見えた。長身に、トレンチ・コートを羽織った影だった。

影は白鷺荘の壁の横で立ち止まった。すりガラスの前だった。

——やはり、

加賀は絶望と満足感が絡みあったような気分を味わっていた。やはり推理に間違いはなかった。

通りの方を車が通過し、ヘッドライトの光が一瞬だけその影の横顔を照らした。青白く、そして最近随分痩せた、藤堂の神経質そうな表情が浮かび上がった。

藤堂はコートのポケットから何かを取り出した。それは加賀たちの距離では判別できないものだったが、掌に入るくらい小さいものだった。

それがライターだとわかったのは、彼が暗闇の中で火をつけた時だった。小さい炎だが、それは藤堂の横顔を一層はっきりと照らしだした。加賀の横で若生が唾を飲みこむ音が聞こえた。

藤堂は火のついたライターを窓の中心——二枚の窓ガラスが重なっているあたり——に近づけた。そしてしばらくそのままの姿勢を続けている。時間にして一、二分といったところだろうか。

やがて彼は火を消して、ライターをコートのポケットに戻した。あたりは再び闇に包まれた。若生にとっては驚くべきこと、加賀にとっては予想通りの事が起きたのは次の瞬間だ。藤堂が窓に手をかけ、それに力を加えると、音もなく鉄サッシの窓が開いたのだ。若生は思わず声を出しそうになって口を手でふさいだが、もはやその必要はなかった。加賀が飛びだしていたからだ。

「そのためのライターだったのか」

加賀の声に藤堂は凍りついたように身体を止めた。開いた窓ガラスに手をかけたままの体勢だった。「不思議だったんだ。煙草をやらないお前がライターを持っていることが」

藤堂はゆっくりと加賀の方をふりかえった。先程から降り続けている雪と同じくらい白い顔だった。

「そうか……」

彼は声を絞りだした。「あの人形は加賀の差し金だったってわけか」

「寺塚君に頼んでな、一芝居うってもらったんだ」

「なるほど」

藤堂は窓ガラスを静かに閉めた。ガラスに彼の手の跡がくっきりと残った。

「どういうことなんだい？　僕にも説明してもらえないかな」

若生は加賀と藤堂の顔を交互に見た。加賀は「もう少し経ったら、もう一度窓に手をかけてみたらいい」と言ってから、藤堂に「どれぐらい待てばいいかな？」と訊いた。藤堂は両手をコートのポケットにつっこんだポーズのまま、「この気温だからな、もういいはずだ」と答えた。

「いいらしい」

加賀は若生の方に首を曲げた。「窓を開けてみろよ」

奇妙なやりとりに戸惑いながら、若生は言われたとおりにしてみた。だがそれは一ミリたりとも動かなかった。

「動かない……こんなことって」

藤堂から目をそらさずに加賀は言った。

「今流行の形状記憶合金さ。それをサッシの鍵に使ってあるんだ」

「形状記憶合金……」

「科学オンチの若生だって名前ぐらいは知っているだろう。形を記憶している金属さ。最近では、おもちゃにだって使われているんだぜ。藤堂、済まないがライターを貸してもらえないかな」

藤堂は無言のままポケットからライターを出して、それを加賀に渡した。使い捨てライターなどではなく、ずっしりと重い銀色のダンヒルだった。加賀はそれを受け取ると、さきほど藤堂がやったようにサッシの鍵のあたりにその炎をかざした。しばらくしてから加賀が窓に手をかけると、今度は簡単に開いた。若生は「あっ」と小さく声をもらした。

「鍵を見てみろよ」

加賀に言われて若生は窓から顔を入れて中を覗きこんだ。「あっ」という声がさっきよりも大きくなった。

サッシの鍵の、折れ曲がっているはずの金具が真っすぐに伸びているのだ（図15―1、図15―2）。これでは鍵の役を成さない。

「閉めるぜ」

加賀は急いで窓を閉めた。すこし待ってから再び窓に手をかける。だが今度はびくともしなかった。

「金具が元に戻ったんだ」

加賀は若生に説明した。「どんなふうに変形させても、熱を加えれば記憶させた形に戻るのが形状記憶合金の特徴だ。特に二方向性記憶合金といわれるものは、温度の高い時と低い時の両方の形状を記憶させることができる。この窓の鍵に使われている金具はその二方向性合金で作られていて、温度が上がれば伸びて、下がれば曲がるという性質が与えられているんだ。その結果、鍵をかけた状態であっても、ライターひとつで外から窓を開けることも可能になる」

「詳しいな」

感情のこもらない、低い声で藤堂は言った。

「形状記憶合金のことは寺塚君に聞いたんだ。あの研究室には動力がないのに回り続ける二つの

図15−1　定温状態

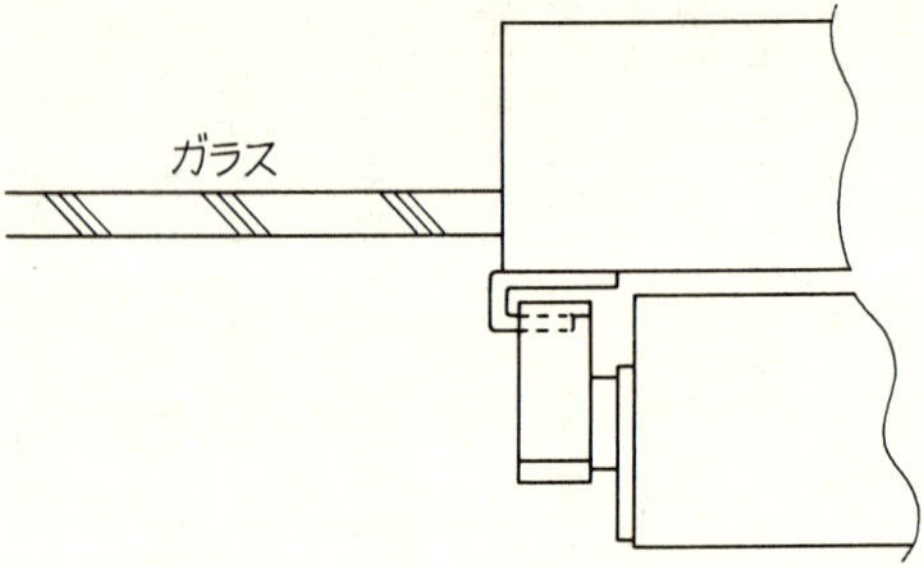

図15−2 加熱状態

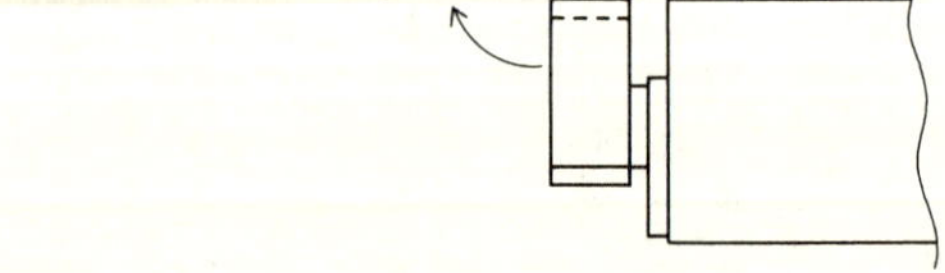

滑車があっただろう。あれが回り続ける理屈は、二つの滑車にかけてあるバネ状のベルトがこの合金でできているかららしいな。そしてベルトは湯の中を通る時には縮み、湯から出た途端伸びる。この力によって滑車は回り続けるというわけだ。彼からこの話を聞いた瞬間、俺はこの鍵にもその手品を使ってあるんじゃないかと考えた。そしてすぐに確認してみたというわけだ」

「でもどうしてこの鍵がそんな金属で出来ているんだ？」

若生がもっともな質問をした。「取り替えたからさ」と加賀は答えた。

「藤堂が自由にこのアパートを出入りできるように、祥子に取り替えさせたんだ。俺が聞いた話では、白鷺荘の住人の中には裏口の鍵をあけて彼氏を招きいれる輩が結構いるらしい。だがこういう方法を取る場合は、未然にしっかりと連絡しておかなければならないので、研究で夜遅くなった藤堂が、気ままに立ち寄るという具合にはいかないんだ。そこで考えだした苦肉の策さ。金属材料研究室の技術をもってすれば、鍵の部品を形状記憶合金で作り、好みの形状を記憶させるぐらいわけのないことだったろう。こうしてあの厳しい管理人の目に触れることなく、藤堂はいつでも好きな時に祥子の部屋に入ることができるようになった。おそらく祥子の部屋の合鍵も藤堂は持っていただろうからな。ただこの手品のことを知っている人間は、祥子と藤堂のほかにもう一人いた。それが波香だ」

曲は『ホワイト・クリスマス』からジョン・レノンとオノ・ヨーコの『ハッピー・クリスマス』に変わっていた。今夜はとにかく、クリスマス・ソングを片っぱしからかけるつもりらしい。

沙都子はピザをかじってはワインに口をつけるという動作を、さっきからずっと機械的に繰り返していた。華江が時折こちらを向いては何か言いたそうにするが、沙都子が彼女の方を見ないので、あきらめたようにうつむいてしまう。これもさっきからずっと同じなのだった。

——藤堂が、

波香を殺したのだと言う時、加賀は少し悲しそうに二、三度瞬きをした。この重大な告白の中で、彼が見せた感情の動きはそれだけだった。

加賀から電話を受けた翌日、沙都子は例の『記憶』という店で彼と会った。そしてこの重大発言を耳にすることになったのだ。

「雪月花のトリックをつきつめていくと、犯人は藤堂以外には考えられなかった。だがそれを断定するにはまだ不明瞭な点が多く、俺もはっきりしたことは言えなかった。だからもう少し待ってくれと頼んだんだ」

「その不明瞭な点がはっきりしたっていうの？」

ある程度はね、と加賀は答えた。

「疑問点の第一はまず動機だが、俺はこういうふうに考えた。つまり祥子を殺したのは藤堂で、波香はそのことに気づいたんじゃないか。そして波香は彼に自首を勧めた」

まさか、と息をのむ沙都子の反応を無視して加賀は続けた。

「祥子が死んだ直後、波香は沙都子と一緒になって、必死で自殺の原因をつきとめようとしていたよな。だから自殺じゃなく他殺だとわかった後も、あの調子で犯人探しに躍起になるものだと俺は思っていたんだ。ところがどうもそんな様子がない。沙都子が駆け回っているのは知っていたが、波香は皆の前に姿さえ見せなくなってしまった。彼女の性格から考えると絶対おかしいと思うんだ。だがもし波香には早々に犯人がわかっていたのだとしたら、そしてそれが我々の仲間なのだとしたら、この彼女の行動も納得できないことはない」

たしかにあの頃の波香の行動はよくわからなかったと沙都子は思いおこしていた。探偵ごっこは趣味ではないかもしれないが、親友が殺されたのだ。いつもの彼女なら率先して調査に乗り出してくれるはずだった。

「でも……どうして彼女にはそんなに早く犯人がわかったのかしら？」

ひとりごとのように呟いた疑問に、「それだ」と加賀は語気を強めた。

「第二の疑問がそれなんだ。そして第三の疑問が、どうやって藤堂はあのアパートに出入りできたかということさ。ここで俺は考えてみた。もしかしたらこの第二と第三の疑問は結びついたものじゃないかってね」

「結びついたって？」

「たとえばこういう仮説はどうだ。あのアパートには、ある特殊な出入り手段があって、それを知っているのが波香と藤堂と、そして祥子だけだとしたら」

……。

殺されたのが祥子なのだから、消去法で犯人は藤堂しかありえないと波香はわかったわけだかった。

このトリックは、元々は恋人同士がいつでも会えるように考案されたものだろうという加賀の推理は説得性があった。そして祥子のことだから、その二人だけの秘密を親友の波香に話したことは充分に考えられる。

だが、と加賀はここで厳しい目線を下に向けた。

「この鍵のトリックを解明したことで、俺は祥子を殺したのは藤堂だということを確信した。だが謎は動機だ。彼がなぜ恋人を殺さねばならなかったのか、それだけは今だにわからない」

「じゃあ……決め手はないわけね」

「ない」

と加賀は言った。「だがここまできた以上、手をこまねいているわけにはいかない。あとの真相は藤堂自身の口から聞くまでだ。そのためには罠を仕掛けるしかない」

「罠？」

そうだ、というように加賀は頷いた。

彼が提案した方法とは、形状記憶合金というものの存在をわざと皆の前にクローズ・アップさせて、その時の藤堂の反応を見ようというものだった。つまり今は誰もそんな金属のことなど頭にないから彼も安心しているが、クローズ・アップされれば誰が密室トリックと結びつけて考えるかわからない。もし藤堂が犯人なら必ずなんらかの反応を示すはずだというのが加賀の読みだった。

「寺塚君という、藤堂と同じ研究室の学生を知っている。形状記憶合金のことは彼から教わったんだ。彼に協力を頼もう」

こうして考えたのがピエロの人形だった。形状記憶合金で作られた人形の不思議な動きに、沙都子たちが驚いてみせるという芝居を演じて藤堂の反応を確かめるつもりだった。

だが実際には、彼は人形を見ただけで顔色を変え、その場を逃げ出してしまった。

沙都子が悲しい真実に確信を得たのはこの瞬間だった。おそらく加賀もそうだったのだろう……。

「そちらのポケットの中の物を出してくれよ」

加賀は藤堂のコートの右側を指さした。「そちらの手に持っているのは、たぶん普通の金属で出来た金具だろう。すりかえる前のやつだ。お前はそれをもう一度取りかえようと、こうしてここに現れたというわけだ」

藤堂はポケットから手を出そうとしなかった。だが彼がその中で何かを強く握りしめているということは、コートの上からでも充分にうかがえた。

「でも、どうやって波香を殺すことができたんだ？」

若生は加賀の肩に手をかけた。「雪月花之式の途中で、波香に毒を飲ませる方法があるのかい？」

加賀は藤堂から目をそらさずに話しはじめた。

「雪月花については考えたさ。それこそ夜も眠らずにな。その結果わかったことは、絶対に単独犯では無理だということだった。しかし複数犯だとしても、そう簡単にいくわけでもなかった。誰と誰が共犯なら実現可能か？　俺の推理はそこから始まったと言える。だが答えは出てこなかった。考えれば考えるほど推理に無理が生じてきて、結局三人以上の人間が共謀しなければ不可能だということになってしまうんだ。推理に根本的な誤りがあることは明白だったが、それが何であるか皆目見当がつかなかった。そんな時に思い出したのが、高校の茶道部の部屋から花月札が盗まれていたという話だった。あの後全員のアリバイが調べられて、全員シロという判定だったが、俺はあの事件が今回の事と無関係のはずがないと思っていたんだ。花月札を盗みだしたのは誰か？　俺はそこから再スタートすることにした。そしてひとつだけ、大きな点を見逃していることに気づいたんだ」

加賀はパリパリに乾いた唇を舌で舐めながら藤堂の様子をうかがった。藤堂はまるで彼の話を聞いていないかのように、何の反応も示さない。駅のホームに立って、最終電車を待っているような調子だ。

加賀は続けた。

「見逃していた点とは……花月札を盗みだしたのは波香ではないかということだった」

藤堂の吐く白い息のリズムが乱れるのを加賀は認めた。闇にまぎれて表情は読めないのだが。

「どういうことなんだ？」

若生の声は震えていた。寒さのせいだけではないだろう。

「花月札を細工することによって雪月花之式の途中に『何か』をやろうとしていたのは、実は波香だったんだ」

「そんな馬鹿な……」

「波香の部屋からは砒素がみつかっている。俺は、彼女がこれを使って『何か』をやろうとしていたのだろうと推理した。ではその『何か』とは何だ？　もしかしたら、誰かにその砒素を飲ませようとしたのじゃないかと俺は考えた」

「砒素を……」

「問題はその相手が誰かということだ。波香が毒物を飲ませようと考えるような相手……そういう恨みを持っている相手……俺の推理はまたしても行き詰まった。だが、ちょっとしたことからその謎は解けた。若生、ここまで話せば、なぜここにお前を連れてきたのかが理解できるだろう？」

若生は話の途中から真意を汲み取ったのか、沈痛な面持ちで牡蠣(かき)のように口を閉ざした。眉の間に深い皺が刻まれているのが、闇の中でもわかる。

「そうさ、波香はあの時の復讐をしようとしたんだ。あの試合の時の」

マスターがサービスに、テーブルの上に蠟燭(ろうそく)を置いてくれた。薄いブルーの、まるでキャンディを捻じったような形の蠟燭だ。受け皿にはミッキー・マウスの絵が描いてあって、ミッキーの人さし指に蠟燭を立てられるようになっている。

空になったままのワイングラスを片手に、沙都子は小さな炎を見つめていた。炎の向こうでは華江がテーブルに両手を置き、その中に顔を埋めていた。蠟燭の蠟が、まるで涙が流れるみたいにひとしずく滑り落ちた。「風前の灯」、そんな言葉がなぜか口をついて出た。何が風前の灯なのだろう？

沙都子の記憶の中で加賀は喋り続ける。

「あの試合の日、波香に薬を飲ませて三島亮子が勝つように仕掛けたのは若生だった」

こんなことを話す時でも加賀の口調は乱れたりしなかった。

「どうして彼がそんなことをしたの？」

「就職のためだ」

「就職？」

「若生は就職問題で悩んでいた。あいつの兄さんがかつて学生運動の闘士だったという過去が、あいつ自身の就職にまで影響を及ぼしていたからだ。しかも華江との結婚を考えると、わけのわからない会社に就職するわけにもいかなかった。一方三島亮子は、地区予選を前に作戦を練っていた。大した強豪は見当たらないが、金井波香だけは要注意と判断しただろう。前に話した、薬物による卑劣な戦法を使うことにした。だがどうやって試合前に波香に薬を飲ませるか？　三島はその役目を引受けそうな人間を徹底的にさがした。彼女の財力からして興信所ぐらいは雇ったかもしれない。その結果、若生に目をつけた。彼はその時、サントウ電機という会社を受けることになっていた。これは最近剣道連盟の懇親会に出て知ったのだが、サントウ電機というのは三島グループの傘下なんだ。三島亮子は若生に接近し、採用の内定と引き換えに、八百長を手伝うことを命じた……」

スポーツ・ドリンクに薬を混ぜて飲ませたのだろうというのが加賀の推理だった。そう言われれば沙都子も思いだすことがある。試合の直前に沙都子が、「スポーツ・ドリンク、飲む？」と訊いた時、波香は「さっき飲んだ」と答えたのだった。彼女はそれを若生から貰ったのか。

「しかし波香は自分が負けたのは薬物によるものだということを知ってしまった。そしてそれを飲ませたのが若生だということも。彼女が憎むべき最大の相手は勿論三島亮子だったろうが、友人を裏切った若生のことも許せなかった。そこで彼女はまず彼に報復することを考えた。雪月花の日の翌日には若生と華江の混合ダブルスの県大会がある。報復として彼女は、若生を軽い砒素中毒に陥らせ、試合を棄権せざるをえないような状況に追込むことをたくらんだ。ではどうやって雪月花の途中で若生に毒を飲ませるか？　苦労して彼女はその方法を考案した。そしてそこにこそ、今回の事件との接点がある」

このあたりの話を聞くようになって、沙都子は頭痛を感じ始めたのを覚えている。仲間なのになぜそんなふうになってしまうのだろうという思いが、彼女の意識を混乱させていた。

「事件が起きた時のことを思い出してくれ。たしか波香が『月』、藤堂が『花』、そして若生が『雪』だったな」

ただもう無言で沙都子は首だけを動かした。

「『月』をひいた波香は茶を飲み、そして倒れた。だから俺たちは、犯人かどうやって彼女に『月』の札をひかせたのかというふうに考えてしまっていた。だがこんなふうに考え直したらどうだろう? つまり札をひくまでは、波香が若生に毒を飲ませるための計画だったとしたら」

「波香の計画?」

「そうだ。札をひくまでの首謀者は波香だったんだ。若生に『雪』をひかせるのが波香の計画だった。『雪』というのは菓子を食べる役目だ。おそらく菓子を食べる時に、砒素が彼の体内に入るような仕掛けを考えたのだろう」

「お菓子の中に砒素が入っていたの?」

落雁の白い色を沙都子は思い浮かべた。しかし加賀はかぶりを振った。

「菓子に毒を仕込むのは困難だろうと思う。いくつかある菓子の中から、若生がどの菓子に手を伸ばすかはわからないし、全部の菓子に仕込めば、他の者が被害を受ける恐れがあるからな」

「じゃあ毒はどこに?」

「札だと思う」

加賀はきっぱりした調子で言った。「札に塗ってあったのじゃないかと俺は思う。札を触った手で菓子を食べることにより、砒素が体内に入ることを期待したのじゃないかな。もっともそんな微量で、どれだけの効果を示すのかは想像がつかないが」

——それで……。

砒素を水に溶かして瓶に入れてあったわけがようやくわかった。その方が塗りやすいからだろう。

「で……波香はどうやって若生君に『雪』の札を引かせたの？」

沙都子がこう訊いた時、加賀はまるでこの質問を待っていたように身を乗り出して、「そこがポイントなんだ」と言った。

「前に言ったことがあるだろう？　波香に必ず『月』の札を引かせるには、折据（おりすえ）の中の札がすべて『月』ならいいって。あれと同じなんだ。若生に必ず『雪』の札を引かせるには、折据の中の札がすべて『雪』であればいい。さてそこで、事件が起きる直前のことを思い出してほしい。沙都子が茶をたてて、他の者は三回目のクジ引きをやろうって時だ。と言っても、先生と華江はその前の回で花月札を引いていて替え札を持っているから、実際に札を引くのは波香と藤堂と若生の三人だけだ。そして折据の中には、『雪』と『月』と『花』の札が入っている」

加賀は持ってきたノートにその時の状況を書いて見せた（図16―1）。

「この状態で三回目のクジ引きが始まった。最初に引くのは波香だ。彼女はここでひとつの細工をした。それは札のすりかえだ。彼女はあらかじめ『雪』の札を二枚隠し持っていて、札を引くふりをして、その二枚と折据の中の三枚とをすりかえたんだ（図16―2）。つまり波香から次の藤堂に折据が渡された時には、中身は『雪』が二枚になっていた。そしてさっきも言ったよう

に、この二枚の札には砒素が塗ってある。藤堂が一枚を引き、残る一枚を若生が引く……」（図16―2）

「藤堂君も若生君も『雪』を引いたわけ……か」

「波香と藤堂はそれぞれ『月』、『花』の札も用意していて、名乗りをあげる時にはその札を出して実際にひいた札は隠したというわけだ（図16―3）。この推理からわかるように、このトリックには絶対に藤堂の協力が必要なんだ。波香を殺した犯人があいつではないかと考えだしたのは、この推理を組みたててからだった。なぜなら藤堂にだけは、この時に必ず波香が『月』の名乗りをあげるということがわかっていたからだ。波香は祥子殺しの犯人が藤堂だということを知っていたが、それを黙っていることを条件に彼に服毒計画を手伝うことを要求し、藤堂はその計画を逆手にとることによって波香を殺すことを思いついたのだと俺は思う」

「毒をどうやって……」

沙都子が言うと、「青酸カリの方だな」と加賀は確認するように彼女の顔をのぞきこんだ。そして、

「茶筅じゃないかな」

「やっぱり……」

とため息をもらしたのは、沙都子自身もそんな気がしたからだった。「あたしの前に茶器に触れたのは藤堂君だったわね。あたしがたてた茶を飲むのは必ず波香だと知っているわけだから、どこかに毒を仕込んでおけばいいのだけれど……そうね、茶筅が一番いいようね」

図16—1　3回目のクジ引きの直前

図16—2　波香、折据の中の札をすりかえる

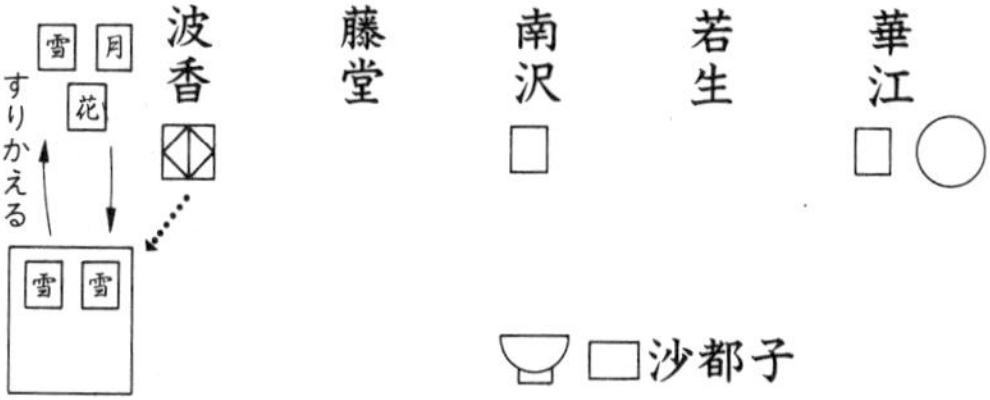

図16—3　引き終わった後、波香と藤堂は『月』、『花』の札を出してくる

「茶をたてた後、茶筅は上を向けて立てて置いておくだろう？　その中にスポイドか何かを使って青酸カリを落としたのだと思う」

「次にあたしがお茶をたてる時に、その中に毒が混ざるというわけね。でも変だわ。それなら多少なりとも茶筅から青酸カリが検出されてもおかしくないはずだわ」

「沙都子の次に茶器に触れたのは誰だ？」

加賀に訊かれて沙都子は状況を思いだした。茶をたてた後、沙都子は仮座に移動する。そして『花』を引いた者が彼女の次に点前座に立ったはずだ。

「藤堂君だわ」

「そういうことだ」

加賀は大きく頷いて見せた。「波香が倒れて皆がそっちの方に気を奪われている隙に、隠し持っていた別の茶筅とすりかえたんだ。この茶筅には、たぶん前もって茶を付着させてあったんだろう。さらに藤堂は最後の仕上げをしたはずだ。つまり皆が病院を呼んだりして走り回っているうちに、彼女の身体を抱きかかえるふりをして、彼女の服のポケットから、すりかえられた花月札を抜き取るという仕上げが」

「波香はポケットのある服を着ていたんだったわね……。でもまだわからないことがあるわ。あの時は参加者が六人だったから札をひくグループが、波香、藤堂君、若生君の組と、あたし、先生、華江の組に分かれたのだけれど、こんなにうまくいくものかしら。もし少しでも違っていたら波香や藤堂君の計画は成り立たなかったはずよ」

すると加賀は我が意を得たりというように、「そこだ」と人さし指を突き出した。

「波香と藤堂の札のトリックは、たぶん最初から始まっていたんだ。俺が想像するところでは、あの時の札の流れは殆ど二人に筋書きされたものだったんじゃないかな。沙都子、あの時のことをもう一度振り返ってみてくれ」

沙都子は目を閉じて思いだした。もう何度も思い返していることだから、記憶もはっきりしている。

最初に折据が回された時は、『花』だけが名乗りを上げる。それが藤堂だった。

「まずそれがトリックの手始めだ。藤堂が初花になったのも計画通りだったんだ」

加賀は言った。「前にたしか沙都子はこう教えてくれたよな、折据を準備したのは波香だって。おそらくその時に最初の仕掛けが施されていたのだろうと思う」

折据の準備は波香……たしかにそうだった。

「最初の仕掛けはたぶんこうだったんじゃないかな。折据の中には雪・月・花と番号札の一・二・三が入っているはずのところが、あらかじめ花の札は藤堂が、そして番号札の一枚、たとえば三の札あたりを波香が持っていて、実際折据の中には四枚の札しか入っていなかった」（図17—1）

「そうすると……どうなるの？」

「折据は波香から回された。彼女は一枚取ったふりをして、あらかじめ確保しておいた三の札を手に持つ。そして沙都子に回す。この時点で折据の中には、五枚入っているはずのところが四枚しか札が入っていない。だが、手さぐりで札を引くだけの沙都子には、おそらく枚数の違いなど気づかないだろうな」

「たぶん……ね。枚数は揃っているはずだという先入観があるものね」

「沙都子から折据を受けた藤堂も波香と同じ動作をする。つまり札を引いたふりをして、花の札を懐から出してくるわけだ。このあと折据は通常どおり回されて、初花の名乗りは藤堂が上げることになる」

「名乗りの後、札は折据の中に戻されていくわね」

「このへんの手順は小細工できないと思う。折据も札も他人の手の中にあるわけだからな。ただ折据が波香の手に渡った時、彼女は次の仕掛けをしたはずだ」

「次の仕掛けって？」

「大したことじゃない。彼女が持っている三の札を折据の中に入れるふりをして、じつは入れないだけのことだ。そして次に札を引く時、またしても彼女は引くふりをして三の札を手に持つ。すなわち彼女は、一回目も二回目も札を引かずに、最初に抜いておいた三の札を持ったままだったというわけだ」

「なぜそんなことをするの？」

「さっきも言った、グループ分けのためさ。この時点で六人は三人ずつふたつの組にわけられる。つまりこの時に雪月花の札を引いた者三人と番号札をひいた者三人は最後まで離れないわけだ。ところで三枚ある番号札のうち一枚は、藤堂が点前座に出る前に、『花』の札と引き換えに

図17—1　1回目のクジ引きのトリック

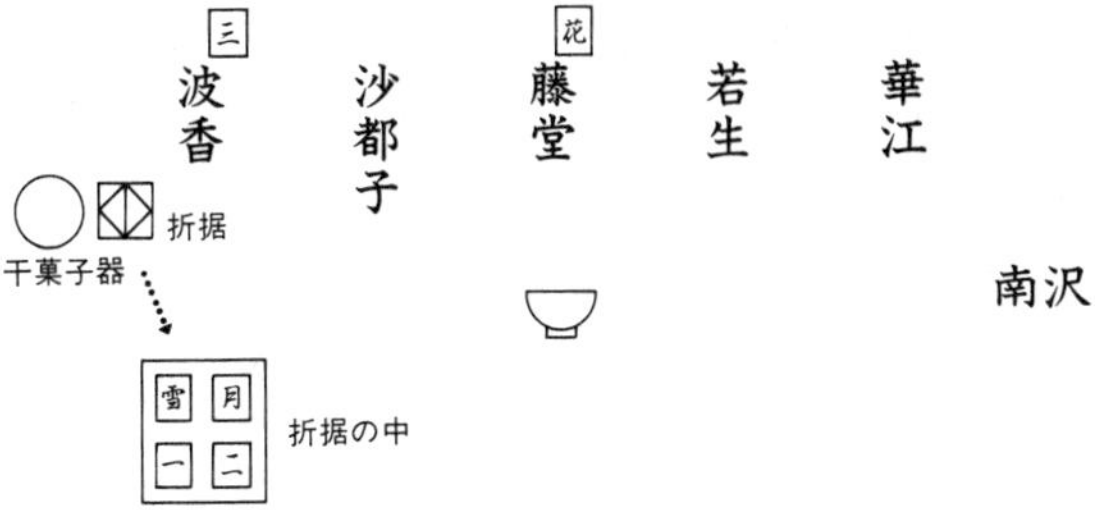

図17—2　2回目のクジ引きのトリック

持っている。便宜上これを二の札としておく。波香が藤堂と同じグループになるには、彼女もかならず番号札をひく必要があった。そこであらかじめ番号札、ここでは三の札を確保しておく必要があったわけだ（図17―2）。そしてさらに残るもう一枚の番号札を、目ざすべき相手に引かせねばならない」

またしても頭痛がしてきた。目頭を押さえる沙都子に加賀は、「少し休むか？」と訊いたが彼女は首をふった。「続けて」

「ただこの時折据の中には、雪・月・花の三枚と一の番号札の計四枚が入っている。折据は沙都子、先生、若生、華江の順に回っていくわけなのだけれど、若生が番号札を引く確率は四分の一だ。ここで想像するのだが、波香の狙いからすると華江が番号札を引いてもいいという考えだったのじゃないか。若生か華江のどちらかが砒素中毒を起こせば、翌日の試合には出られなくなるという目的を達することになるのだから。そうなると確率は二分の一になる。そしてこのトリックの中で、ここだけが確率への賭けだったのだと俺は思う。もしここで沙都子か先生のどちらかが番号札をひいたら、計画は中止されていただろう」

悲劇の起こる確率は五〇パーセントだったのだ。それにしてもなんという恐るべき計画。ここまでの話を聞かされて、沙都子はあらためて波香の執念を認識した。今年の大会に青春を賭けていた彼女の、卑劣な手段によってその夢を壊されたことに対する怒りと悲しみは、自分たちの想像をはるかに越えたものだったのかもしれない。

だがこの驚異の計画も、最後の最後でさらに意外な結末へと導かれた。毒を飲まされるのは若生ではなく自分だとは、さすがの波香も最後まで予想しなかっただろう。

「以上が雪月花のトリックだ」

何か大きな仕事を終えたように、加賀はふうーっと長いため息を吐いた。と同時に、まるで精気を果たしたように彼の肩が小さく見えた。

幾重にも涙を流しながら燃え続ける蠟燭の炎の中に、沙都子は加賀の背中を見ていた。すべての謎を解き明かした後の彼の顔は、剣道の試合で負けた時の表情そのままだった。

彼は何に敗北を感じたのだろう？


いつの間にかボタン雪に変わっていた。三人の若者は、自分たちの歩いてきた跡を残そうとしているかのように一歩一歩踏みしめていた。クリスマスの夜を楽しんでいる学生が、大きな声を出して通り過ぎていく。三人は並んでT大通りに向かって歩いた。そして駅の前まで来た時、誰が言い出すわけでもないのに、彼らの足は止まった。

「これからどうするつもりだ？」

加賀が藤堂に訊いた。

「さあ、どうするかな」

と藤堂は答えた。「とにかくお前たちの前には現れないようにするよ」

「卒業まで、まだ三ヵ月あるぜ」

「三ヵ月しかない」

「そうだな」

卒業の意味を加賀は考えた。わからなかった。

「先生の所には行かないか？」

藤堂は驚いた顔で加賀を見た。そして次にはかすかな笑みを浮かべていた。哀れな笑いだと加賀は思った。

「行かないほうが良くないか？」

「どうかな……」

「それも、これから考えることにするよ」

それがいいと答える代わりに、加賀は薄く目を閉じて首を縦にふった。

「なぜ祥子を殺したのかを俺は聞きたいのだが」

「俺も知らない」

藤堂は歩きだした。T大通りを上がっていく。クリスマス真っ盛りで、道の両側に並ぶ店はどこも陽気そうに灯りがついているのだが、彼の行く手はやけに暗く先を見通すことさえできなかった。

加賀は藤堂の背中から若生の方に視線を移した。

「若生はこれからどうする？」

「僕かい……」

と若生は雪だらけになった両腕を組んだ。

「とりあえず僕も考えることにするよ。その前に迎えにいかなきゃならない女がいる」

「華江か……二人でよく考えることだな」

「結論は出ないかもしれないけど」

「そんなもの、出す必要ないさ」

じゃ、と手を上げて若生は歩きだした。藤堂が消えていった道だ。途中、若生は立ち止まった。

「沙都子に何か伝えとかなくていいのかい？」

加賀は少し考えた。そして言った。「よろしくって言っておいてくれ」

「それでいいのか？」

「だめなのか？」

若生はもう一度手を上げた。そしてもう振り返らなかった。

加賀は二人の通った道を見ていた。降り続ける雪は、二人の足跡を急速に消していくようだった。

5

酔っぱらいがフラフラと歩いていた。車の脇を通り過ぎたあと、何か忘れものでもしたみたいに振り返って、ドアの横まで戻ってきた。だぶだぶのコートを着て、頭には毛糸のスキー帽をかぶっていた。ガラスをトントンと叩くのでパワー・ウインドウを下げてやると、「どっちが勝ちそうかな？」

と、その酔っぱらいは訊いた。車の中に酒臭い息が入りこんできた。

「どっちって？」

「『紅白』だよ。紅組かな、やっぱ」

「悪いね、聞いてないんだ」

なんだ、という顔を酔っぱらいはした。そして一、二歩足を運んだが、またひっかえしてきて、

「何してるんだい？」

と車内を覗きこんできた。

「手紙を書いているんだ」

と彼は答えた。彼は左手に便箋を、右手に黒のボールペンを持っていた。

「女にか？」

「そうだよ」

すると酔っぱらいは、うれしそうに黄色い歯をむいた。

「ラブレタアってやつだな。俺はまた、紙ヒコーキでも作ってるのかと思ったぜ」

「どうして？」

「どうしてってよ」

酔っぱらいは頼りない足取りで車から離れながら言った。「こんな夜に酒を飲むこと以外にすることと言えば、それぐらいしかないじゃねえか」

「女を抱いてる男もいるさ」

酔っぱらいはヒャッヒャッと高い声で笑った。「お互いそんな女がいねえから、酒を飲んだり手紙を書いたりしてるんじゃねえか」

そうしてその酔っぱらいは、「じゃあな」と言って去っていった。

車はポストの横に止まっていた。

ハンドルは氷みたいに冷えきっていた。

彼はパワー・ウインドウを閉めたあと、ルームライトの下で便箋の中を読み直した。自分でもうんざりするくらい、細かい文字がその中には並んでいた。

『この手紙が届くころには新しい年が明けているだろうか？　もしそうなっていたら、新年おめでとう。

先日の加賀の推理、見事だった。まさかあの難解なトリックを見破られるとは思わなかったのだが、砒酸鉛を波香の部屋で見つけられてしまったのが命取りとなった。

あの推理で殆ど完璧なのだが、心情的に補足しておきたい部分があるし、はっきりさせねばならないと思う点も多いので、このようにペンを取ることにした。正月気分の時に申し訳ないが、少しの間だけつきあってくれ。

最重要点から述べる。

祥子は俺が殺したのではない。

驚いたようだな。加賀の推理の柱の一部が崩れたわけだ。

祥子は俺が殺したのではない。もちろん俺以外の誰かが殺したのでもない。

祥子は自殺だった。

詳細に説明することにしよう。

あの夜、俺は彼女の部屋を訪ねることになっていた。実は彼女はある病気にかかっていた疑いがあり、あの日は病院に行って診察を受けてくる予定だったのだ。そして俺が彼女を訪ねた主な目的は、その診断結果を聞くということだった。

俺が彼女の身体の異常に気づいたのは、彼女の不審な態度からだった。ある時期を境に、身体に指一本触らせなくなったのだ。俺は執拗に、そして半ば強引に追及した。やがて観念した彼女は、泣きながら全てを打ち明けてくれた。ショッキングな内容だった。

俺はしばらく口がきけなかったが、やがて喋ったことは、「済んだことはしかたがない」ということと、「早く病院に行った方がいい」ということだった。祥子は驚いて俺の顔を見た。彼女が犯した過ちを、俺が許すとは思っていなかったのかもしれない。彼女は先刻とは別の涙を流して俺に詫び、そして恋人の寛大な心に感謝した。

だが彼女は気づいていなかった。いや、俺自身も気づいていなかったのだ。俺は決して彼女を許してなどいなかったということに。

話を進めよう。

訪問前に確認の電話をした。それが午後十時だ。だが祥子は電話に出なかった。アパートには帰っているはずだが呼んでも返事がない、というのが無愛想な管理人の話だった。

この時点では俺は別に何の疑問も抱いていなかった。予定通りそのあとすぐにアパートに行き、窓から侵入した。侵入したところは物置で、常時鍵がかかっているのだが、物置の内側からは簡単に開けられるタイプのやつだ。俺は物置を出てすぐに二階に上がった。そして祥子の部屋を軽くノックする。

俺の心に不吉な予感がしたのはこの時だった。今までこんなことは一度もなかったからだ。俺は迷わず合鍵で部屋に入った。合鍵は形状記憶合金の仕掛けをした時から預かっていたのだった。

祥子が倒れているのを見つけた時の俺の衝撃を理解してもらえるだろうか？　愛する女の自殺を目のあたりにしたのだ。だが俺は声を出さなかった。そんなことをしたら身の破滅だと、咄嗟に判断したからだ。

その時の彼女の状態を説明しておこう。

彼女が手首をカミソリで切って、その手を洗面器に入れて出血多量死をはかったという状況には変わりはない。問題は俺が発見した時の模様だ。

手が洗面器から外れていたのだ。

おそらく何かの拍子に外れたのだろう。彼女の手は洗面器の横に落ちていた。そしてそのために出血が押さえられたからか、彼女にはまだかすかな息があったのだ。

激しい動揺の中で、俺は彼女が自殺をはかった理由を考えた。混乱しながら俺が導き出した結論は、これが診断結果の報告なのだということだった。つまり結果は凶と出たのだ。そして祥子はそれを苦に死を選んだのだ——と。

俺は祥子の身体を見た。この時すぐに何らかの処置をすれば、彼女は助かったと思う。だが刻一刻と死に近づいている彼女の肉体を観察しながら考えたことは、これが最良の道だったかもしれないという実に非情な感想だった。ただ単に、俺にとって都合が良かったに過ぎないのだが……。

俺は彼女の腕を再び洗面器の中に戻した。固まりかけた傷口を開きながら。そして(これが命取りになったのだが)床にこぼれた血を自分のハンカチで拭き取った。

俺はもう異常だった。その後とりあえず現場を脱出することを考えた。誰かに見つかったりしたら、大変な混乱を招くことは必至だった。

俺は自分の指紋がついていないかどうかをまず確かめた。幸い祥子の部屋のドアのノブには毛糸のカバーが付いているので、そこから指紋が検出されるはずはなかった。それに室内の他の部分に直接触れた覚えもなかった。

あとは脱出するだけ、そう思った時だった。廊下の方から祥子を呼ぶ声がしたのだ。

心臓が止まりそうになった。部屋に入ると同時に祥子の身体に駆け寄ったので、入り口に鍵をかけるのを忘れていたのだ。だがそれをかけに行っている余裕はとてもなかった。俺は咄嗟の判断で部屋の電気を消し（持っていたハンカチで、蛍光灯のスイッチを挟んでから引っ張ったのだ。あわててはいたが、指紋を絶対に残してはいけないという意識は頭から離れなかった）、台所の陰に身を潜めた。祥子の身体は無論そのままだ。

誰かがドアを開けた。寿命が縮まった瞬間だ。その誰かはしばらく祥子の名を呼んだが、やがて去っていった。今から考えると数秒のことだが、あの時は何分にも感じられたのだった。

少し待ってから俺は脱出することにした。その時考えたことは、出来る限り俺が来た時の状態に戻しておこうということだった。俺は電気をつけた。そして思いきって部屋を出た。俺にとって幸いだったことは、ドアが半自動ロックで、鍵がなくても施錠できたこと、そして隣人がテレビの音を大きくしていたということだった。そして俺にとって不運だったことは、脱出直後に波香が帰ってきて、祥子の部屋のドアを叩いたらしいということだ。わずかな時間を挟んで祥子の部屋を訪ねた二人の証人の言葉が食い違ったために、第三者の侵入を暗示させる結果になったことは知ってのとおりだ。

俺は来た時の経路をそのままたどって、つまり物置に入って内側から鍵をかけ、窓から脱出した。そしてあとは無我夢中で夜の街を走った。大学までの道は遠かった。

翌日祥子の死体が発見された。自殺で処理されそうだという話を聞いて俺は安心した。この時もまだ俺は狂ったままだったのだ。

他殺の可能性があると沙都子から聞かされてからは、俺は毎日生きた心地がしなかった。いっそ本当のことを喋ってしまおうかとも考えた。だがやはりそれは出来なかった。

それだけに波香から呼び出された時は驚いた。

加賀が推理したとおり、彼女は形状記憶合金の鍵のことを知っていたから、すぐに犯人は俺だと分かったのだ。俺は彼女にすべてを告白した。彼女は俺に警察に行くように勧めた。だが俺は行けなかった。自分の将来を破壊するようなことは、どうしてもできなかったのだ。波香は警察に喋る気はないが、仲間には話すと言った。俺は止めてくれるように頼んだ。そんなことをすれば誰かが警察に喋るに違いないと思ったからだ。波香はそんなことはないと言ったが、俺は信用できなかった。そして仲間というものがいかに信用できないかを説明するために、例の女子個人戦で波香が三島亮子に負けたからくりについて喋ったのだった。

そうだ、俺は波香が負けた理由を知っていたのだ。スポーツ・ドリンクに何かの薬を混ぜるところを、たまたま目撃していたから。

波香は自分が薬を飲まされたのだということは知っていたようだ。だがその犯人の名前を聞いて、さすがに驚いたようだった。

波香の態度が急変したのはその時からだった。

彼女は再び俺を呼び出し、祥子とのことを誰にも話さない代わりに、自分の計画に協力しろと言った。加賀が推理した、若生か華江のどちらかに砒素を飲ませ、彼らが試合に出場できないようにするというものだった。

彼女の計画を聞いた時、俺自身がチャンスだと思ったことを俺は否定しない。祥子とのことを波香に知られた時から、殺意があったことを認めよう。特に波香の計画は、うまく利用すれば完全犯罪にできることに俺は気づいていた。

加賀が言ったように、計画が成功するかどうかは五〇パーセントの確率だった。波香は、その確率に賭けるが、もしだめならしかたがないと思ってあきらめると言っていた。俺もその確率に賭けてみて、だめな場合は他の方法を考えようと思っていたのだが、確率に賭ける執念はおそらく波香よりも俺の方が強かっただろう。

トリックの内容については加賀の推理通りなので省略する。

ただトリックに使った花月札や茶筅の処理方法についての説明がなかったので補足しておこう。

加賀のことだから感付いているかもしれないが、これらの小道具は南沢邸の風呂釜の中に隠しておいたのだ。これは警察が来た時に必ず所持品検査をされるだろうと予想していたからで、これは見事に図にあたった。

数日して俺はそれらを回収する目的で先生宅に電話し、訪問してもいいかと訊いてみた。だが先生は、それならば他の者も集めようとおっしゃって、全員が集合することになってしまった。しかたがない、皆の目が気にはなるが、なんとかうまく証拠品を回収しようと俺はでかけた。

ところが思いもかけぬ幸運に恵まれた。風呂を沸かす仕事が俺に回ってきたのだ。俺は証拠品を回収するだけでなく、その場で灰にしてしまうことまでできたのだ。

もっともこの手紙を書いている俺は、この時のことを考え直している。あれはおそらく先生の配慮だったのだろう。先生は何かのきっかけで風呂釜の中の証拠品を見つけ、犯人が俺だということを知ったのだ。俺が電話したことで、その確信はさらに深まったことだろう。俺の訪問の目的が証拠品の回収だと悟った先生は、俺ひとりに訪問させるのは危険だと考えた。刑事の目はいたるところに光っているし、訪問の目的を詰問されたり、家を出たところで所持品検査をされたりしたら大変だからだ。そこで全員を集合させるという手を思いついたのだろう。風呂係を命じて証拠品の処理をさせるなどというのは、先生でなければ思いつかないことだ。

先生がなぜ俺を庇ってくれたのかは、俺にはわからない。たぶん理由なんかないんだろう。高校時代に俺の答案を添削してくれたように、俺の計画の不備を補ってくれたのじゃないだろうか。そういう先生だった、昔から。

さて最後になったが、ここで断っておかねばならないことがある。実際に彼女が、その「ある種の病気」に侵されていたかどうかということだ。

答えはノーだ。

警察からの情報で知っているかもしれないが、祥子の身体には何の異常もなかった。さらに注目すべきことは、彼女が病院に行ったという事実も、どうやらないらしいということだ。

俺は頭を抱えた。では一体、何故祥子は自殺をはかったのだ？　医者の診察を受けるまでもなく、自分の身体の異常を病気だと思いこんでしまったのだろうか？

そこまで考えた時俺の脳裏に蘇ってきたことは、あの日の朝、俺が祥子に言った台詞だった。

俺は彼女にこう言ったのだ。

「もし悪い結果が出た場合には、俺と君との間に肉体関係はなかったことにしてもらえないだろうか。それから、出来れば卒業するまで会わないようにしたいのだが」と。

命令ではなく、俺は懇願した。息子の成功を望む両親や、完璧主義の松原教授の顔が目の前にちらつき、彼女の気持ちを考える余裕さえなくしていたのだった。

だがこの台詞は彼女にとって残酷であったかもしれない。ただでさえ不安で苦しんでいる時に、唯一人の頼るべき恋人から見捨てられたようなものなのだから。

いや、彼女の告白を聞いた時点で俺が別れ話を出していたなら、彼女のショックはまだ少なかったかもしれない。俺がなまじ、一旦は彼女を許したような行動をとっていただけに、この直前の裏切りは、天国から地獄に落とされたような絶望感を彼女に与えたことだろうと俺は想像する。

そういう意味で、やはり祥子を殺したのは俺なのかもしれない。

ところでそこまで彼女を苦しめた病気と、それにまつわる彼女の告白だが』

文面はそこまでで停止していた。どうしても続きを書く決心がつかなかったのだ。彼は身を乗り出して空を見あげた。たしかにこんな夜は、紙ヒコーキでも飛ばしたほうが有意義なのかもしれない――。

彼は思い悩んだ挙げ句、便箋をびりびりとひき裂いた。そして車を降りて、近くにあったごみ箱に捨てた。

車の中には封筒だけが残った。宛先を書き、切手も貼ってある。

――さてどうするかな。

彼は車の中で悪戯っぽく笑った。

藤堂正彦が父親の車を運転して真冬の海に飛びこんだのは、その年が終わろうとする直前、すなわち十二月三十一日の午後十一時三十分頃だった。日に何本かフェリーボートが発着する程度の小さな港で、人家はやや離れている。時間帯が時間帯であるから発着所には誰も残っていなかったし、灯りも消されていた。ひとつ間違えれば全く気づかれないという状況だった。車が落ちるところを目撃し、警察に通報したのは、たまたま通りかかった屋台のラーメン屋だ。警察の質問に対しラーメン屋は、

「ここまで来たらね、向こうからすごいスピードで走ってくる車があるんですよ。八十キロぐらい出てたんじゃないかなあ。このへんは暴走族ってのは少ないから変だなあと思って見てますとね、真っすぐ海に向かっていくんですよ。ありゃあ、あぶねえなあと思った途端ザブンですよ」

と証言した。

引き上げには翌一月一日の昼近くまでかかった。元旦早々クレーン車を動員しての捜索となったが、すんなり終わったほうだと捜索隊員たちは安堵の表情を浮かべた。

上がったのは白のクラウンだった。免許証から藤堂正彦とわかり、さらに所持品の中から学生証も出てきた。乗っていたのは彼一人で、遺書の類は発見されなかった。

午後には家族が駆け付けてきた。

6

あふれるようにして改札口を出ると、駅前に行列が出来ているのが見えた。正月早々かりだされた制服警官が、口に笛をくわえたまま群衆の整理をしている。群衆はまるで飼いならされた羊のように、ゆっくりと一定方向に歩いていく。外国人には、彼らの行く先は見当もつかないことだろう。

「これだから嫌なのよ、初詣は」

沙都子はうんざりした顔で行列を見た。「服を汚されそうだし」

彼女は黒い毛皮のコートを着ていた。着物は苦手だと、いつも言っていた。

「まあいいじゃないか、俺は初めてなんだ」

そう言うと加賀は行列の後ろのほうに並んだ。沙都子は彼の後に続きながら、ため息をひとつついたようだ。

鳥居をくぐるまでに二十分近くを要し、さらにそこから賽銭箱まで十分かかった。その間に沙都子は二回足を踏まれ、三回人の足を踏んだ。正確な数を把握できたのは、踏まれるたびに「痛いっ」とわめき、踏むたびに「ごめんなさい」と謝るからだった。踏んだ三回のうちの一回は加賀の足だった。

賽銭箱に二人合わせて五百五円を放りこみ柏手を打ったあと、おみくじを引こうということになった。加賀は吉、沙都子は大吉だった。

「もう一度引いたらどうだ」

「いやよ、ケチがつくじゃない」

「案外信心深いんだな。賽銭は五百円もはずむし」

「あの程度で、はずんだなんて言わないのよ」

沙都子は大吉と印刷された紙切れを、大切そうに財布の中にしまった。

「今年は沙都子にとっちゃ飛躍の年のはずだからな、出足好調ってわけだ。良かったことも悪かったことも、済んだことは全部忘れてしまうことだ」

「忘れたい……わね」

「歯切れが悪いな」

すると沙都子は加賀の顔を上目遣いに見て、

「ねえ、少しの間だけ済んじゃったことに付き合ってくれない？」

と訊いた。「しかも思いだしたくない話題だけど」

「正月早々、血腥(ちなまぐさ)いことを思いうかべるわけか」

と加賀は眉をひそめた。「だが断るわけにはいかないだろうな」

「ごめんなさい、ちょっとだけ」

沙都子の頰は、ほんの少し紅潮していた。

二人が入ったのは、駅前商店街で唯一軒だけ開いていたフルーツ・パーラーだった。こんな時でなければ入らないような寝惚けた店だが、参拝の帰り客が殺到し、加賀たちが席に着くにも十分以上入り口で待たされた。しかもコーヒー一杯に、通常の倍ちかい価格がつけてあった。

コーヒー・ソーサーを二つ置けばいっぱいになるような狭いテーブルに、二人は向かいあって座った。


無愛想なウエイトレスが去ってから、沙都子は話しはじめた。

「藤堂君は祥子を殺した動機を話さなかったでしょう？　加賀君がいいんだって言うからあたしも彼から問いつめたりはしていないのだけど、あたしなりにいろいろと考えてみたの」

加賀はインスタントをちょっと濃くしたという感じのコーヒーをひとくち啜った後、気のないような頷きかたをした。

「でね、やっぱりこれしかないなあという結論に達したわけよ」

「これ？」

「そう、これ」

そう言って彼女がバッグから出してきたのは、赤い表紙の日記帳だった。加賀にも見覚えがあった。祥子のものだ。

「最初、祥子は自殺だと考えられたでしょ？　あの頃は波香と一緒にその動機をつきとめようとしていたんだけど、実は、これがその本命じゃないかなあっていうのはあったのよ」

「ほう……」

ここで初めて加賀は興味を示したようだ。沙都子は日記帳を彼に見せながら、例の祥子が参加した講座旅行のこと、そこで起こった見知らぬ男たちとのアバンチュールについて話した。

「祥子はこのことで随分自分を責めてたみたいだわ。八月に日記の空白部りがあるのは、このせいらしいわ」

「骨董的純情娘だな。誰かとは大違いだ」

「でもこの時は、南沢先生のところへ相談に行ってふっきれたようなの。口記が再開されているでしょ?」

「先生、何と言ってアドバイスしたんだろう?」

「藤堂君には黙っていればわからないって」

加賀はコーヒーを喉に詰まらせたようだ。

「さすがは沙都子や波香の師匠だ」

「だから彼女のこの悩みは、この時点で一旦は解決したことになるのよね。それであたしも、このセンはないかなあなんて諦めていたんだけど、波香は固執していたわ。今頃になって、その時関係した男が現れたんじゃないかだとか、藤堂君に知られたんじゃないかだとかね。だけど、ちょうどこの頃に他殺説が台頭してきて、これ以上の追及はされなくなったわけ」

「動機よりも密室の謎のほうに触手が動いたようだからな」

「そういうわけじゃないけど、間髪をおかずに波香が殺されたりしたものだから、何が何だかわかんなくなっちゃったのよね。でも犯人が藤堂君だったということになって、落ち着いてゆっくり考えてみたら、祥子の自殺の動機として推理したことが無視できないってことに気がついたのよ」

「なるほどね」

加賀は赤い表紙の日記帳を丁寧に読み始めた。まなざしも真剣なものに変わっている。

「それで……何か発見したのかい？」

自信があるわけじゃないんだけど、と沙都子は前置きした。

「たとえば祥子の夏の出来事を藤堂君が知ったり、その時の男が現れたりしても、藤堂君が祥子を殺す動機にはならないと思うのよね。もっと低能で嫉妬深い男なら衝動的にってことも考えられるけど、藤堂君はそんなタイプじゃないし」

「同感だ」

と加賀は低い声で答えた。「そういうところが少しあってもいいぐらいだ」

「でしょう？　そういう問題なら、ふたりが別れれば済むことだものね。ということは結局、別れただけでは済まない問題がふたりの間に生じたってことよね」

沙都子は加賀の顔を覗いた。この意味がわかるかしらと問いかけるような目だ。彼は両肘をテーブルの上につき、掌を顔の前で組んだ。

「たとえば祥子が、その男の子供を腹に持っていたとしたら……。ただ単に別れただけでは、世間は藤堂の子供だと思うだろう。超エリートコースを目指すあいつにとっては、致命的な汚点になる」

「いいセンだわ」

沙都子は軽く脚を組みながら加賀を見下ろした。「でももし彼女が妊娠していたとしたら、警察がそれに目をつけないはずがないと思うの」

「実際には妊娠はしていなかったかもしれない。想像妊娠ってこともあるし、何かの理由で……」

「生理が延びていただけかもしれない。そしてそれを祥子は妊娠とはやとちりした」

途中で加賀が言いにくそうにしたので沙都子が後を続けた。「あたしもその可能性は考えたのよ。そこでね、その日記帳をもう一度よく読み直してみたの。というのは、彼女は結構自分の体調のことなんかもこまめに書いているから、何か妊娠を暗示するような言葉が出てこないかと思ったわけ」

「それで、どうだった？」

「死ぬ一週間前に生理がきたと書いてあったわ。だから妊娠説はチョン。だけどそのかわり、すごく気になることが出てきたの」

そして沙都子は加賀の手から日記を取ると、慣れた手つきでページをめくった。彼女が開いたのは、祥子が日記をつけた最後のページだった。

「ここ、ちょっと読んでみて」

沙都子は加賀のほうに向けて日記帳を渡した。彼女が指さしたところには、このように書いてあった。

『疲れる日が続く。レポートはたまってるし、波香のいびきはうるさいし、とても眠れそうにない。おまけに湿疹が出てかゆいわで面白くなーい』

加賀が読み終えたのを確認すると、沙都子は手を伸ばして前のページをめくった。

「それから、ここところよ。読んでみて」

加賀はそこにも目を走らせた。そしてようやく沙都子の言わんとしていることがわかってきた。「おい、もしかしたら……」と彼は顔を上げた。

「そうなの。祥子はこの時期、正体不明の湿疹で悩んでいるのよ。日記にはおもしろおかしく書いてあるけれど、結構深刻だったんじゃないかな。いつか華江も言っていたのよね。身体に吹出物ができて悩んでいたって。あたし、これがすべての原因じゃないかと思うの」

加賀の顔はいつの間にか沈痛なものに変わっていた。

「祥子は何か……あの手の病気にかかっていたって言うのか。夏に知らない男から感染して……」

「警察が何も言わなかったのだから、事実は違うのよ。ただの湿疹だったのよ。でも祥子はそう思いこんだんじゃないかしら。彼女に病院に行く勇気があるとも思えないし」

「彼女はそれを藤堂に打ち明けたとする。藤堂にしてみれば恋人がそんな病気にかかったならば、自分の身体も怪しくなる。いやもし彼の身体には異常はなくとも、回りの視線は当然変わってくる。エリートコースどころではなくなる……」

「単なるあたしの推理よ」

沙都子はまるで加賀を慰めるように言った。それに対して彼はこう答えた。

「だけどそれなら……藤堂に殺される前に祥子が自殺するような気がするな」

しばらく考えてから沙都子は、「そうかもね」と呟いた。

「自殺するつもりだったけど、その前に殺されたのかもしれないわね」

二人はしばらく黙っていた。冷めた、薄いコーヒーを随分長い間ながめていた。やがて加賀が言った。

「確かめるかい、藤堂に？」

だが沙都子は洋画の女優がやるみたいに肩をちょっとすくめた。「だってどうでもいいことじゃない」

7

一月四日、加賀恭一郎は藤堂正彦の葬儀に出席した。他の仲間は誰も来なかったが、加賀はこうなってしまった責任の一端が自分にもあるような気がして、焼香をあげることにしたのだった。

——それに、友達だしな。

加賀は額縁の中の藤堂に話しかけた。もしも彼にそれが可能なら、何と言って答えただろう？

「わけがわからないんですよ」

藤堂の母親はこう言って泣いた。加賀は答えた。「ええ、僕にもわけがわかりません」

佐山刑事に声をかけられたのは、加賀が焼香を終えて出てきた時だった。久しぶりな、本当に久しぶりな気がした。

「ひとりかい？」

刑事は回りを見た。いつものグレーの背広に、ベージュのトレンチを着ていた。どこかで見たようなスタイルだった。

「いつでも一人ですよ」

加賀は口元を緩めてみた。どういう反応を示すだろう？　だが佐山は、「そうだったかな」と軽く流しただけだった。

「なぜ彼はクラウンに乗って冬の海に飛び込んだのだと思う？」

「さあね」

加賀は気の入らない返事をした。「カローラじゃ軽過ぎると思ったんじゃないですか」

「なぜ冬の海だったのかな？」

わからない、という代わりに両手を広げて見せた。佐山は言った。

「春まで待っていたら、俺が飛びこませなかったからさ」

加賀は刑事の顔を見た。彼の顔はじっと藤堂家の奥に向けられている。

「じゃあ、佐山さんが遅かったってことだ」

「そうさ」

刑事は鋭い目を空に移した。「遅すぎた」

葬儀は昼には終わった。加賀は真っすぐ帰宅した。

家に帰ってみると父はもういなかった。相変わらず走り書きのメモが置いてある。

『親戚に挨拶しに行ってくる。泊まってくるかもしれぬ』

バカな親父だ、癖になってやがる――。

卓袱台の上にはメモのほかに、遅着きの年賀状も置いてあった。殆どが父宛だが、中に御愛想程度に加賀宛のものが混じっている。いずれにせよ、年々減ってきていることに彼は気づいていた。

年賀状に目を通していた加賀の手が止まった。一通だけ封書が混じっていたからだ。宛名は加賀恭一郎になっている。そして差し出し人の名を見た時、「あっ」と思わず声を出していた。

差し出し人は藤堂正彦となっていたのだ。

加賀ははやる気持を押さえながら封を切った。もしかしたらこれは、藤堂の遺書かもしれない。

だが――。

中身はからっぽだった。

加賀は封筒を見つめなおした。もしかしたらどこかに何かが書いてあるかもしれないと考えたからだ。しかしそんなものはどこにもなかった。念のために内側も見たが、何も書かれていなかった。

加賀はそれを卓袱台の上において、しばらく眺めていた。藤堂は一体なぜ空の封筒を送ってきたのだろう？

やがて彼はそれを手にとると、ゆっくりと鼻を近づけてみた。

潮の香りがしたような気がした。

8

ビール三本と食パンとハムを入れればいっぱいになる冷蔵庫、あちこち錆の出たスチール机、九インチの中古テレビ、壊れたカラーボックス、破れたファンシーケース、暖まるのにえらく時間のかかる電気ストーブ、そして段ボール二箱──若生の引っ越し荷物はこれだけだった。四年間使った布団は、昨日紙屑と一緒に捨ててしまった。

荷物は、軽トラ一台で充分運べる量だった。若生は実家の近くの米屋からトラックを借りて来ると、午前中に積み上げを終わってしまった。あとは部屋の掃除と、大家への挨拶だけだ。

絨毯をはがしたあとの、何もない畳の上に寝転んで、若生は初めてここに来た時のことを思い出していた。あまりの狭さにびっくりしたのが半分、自分の城だという満足感が半分だった。

入った時は、今よりももっと荷物が少なかった。机、布団、着替えが少々──たしかこんなものだっただろう。軽トラどころか、藤堂の父親の乗用車で全部運べた。

まるでちょっと旅行をする程度の引っ越しだったが、あの時は随分大勢手伝いに来てくれた。加賀、沙都子、藤堂、祥子、波香、そして華江。女性軍は四人で、雑巾片手に片っ端から拭き掃除をしてくれたのだ。男は役に立たない。腕を組んで、やたら指図するだけだ。それがまた的はずれの指図なのだ。

だが今日は誰も来なかった。

当たり前なのだ。今日引っ越すことは誰にも教えていないのだから。それにあの時のメンバーは、自分以外には三人しか残っていない。祥子も波香も、自分の下宿の後始末さえできずにこの世を去ったし、藤堂はここに入る時に荷物を運んだクラウンに自分を乗せて海に飛びこんだ。

つまり卒業とはこういうことなのだと若生は思った。

入り口に人の気配を感じて若生は首を曲げた。叱られた子供が親の機嫌をうかがうような顔をして華江は立っていた。

「今日、引っ越しだったの」

「うん」

と若生は身を起こしながら答えた。「こっそり出ていくつもりだったんだ」

「どうして?」

「そうしたかったからさ。そういう時って、あるだろ?」

「そうね……」

華江は入り口の柱に右手をかけて、じっとうつむいていた。若生はたまらず目をそらせた。そして努めて明るく言う。

「兄貴の知り合いのさ、印刷会社で雇ってもらうことになったんだ。一応テニス同好会みたいなのもあってさ、まあテニスさえできれば僕は満足だしね」

「そう……」

華江の語尾が揺れた。と思う間もなく涙がひとしずく、頬を伝って床に落ちた。「……ごめんなさい」

「いいんだよ」

若生はあわてて彼女の方に向き直った。「サントウ電機をキャンセルしたのは僕の勝手なんだから。君が気にする必要はない」

「でも……」

「元々あんな大手企業に受かるはずがなかったんだ。採用って聞いて、本人が驚いたぐらいさ。だから君に種明かしをされた時に、なあんだやっぱりなーっていう気持ちだったよ。気にしてないんだ、ほんと」

「加賀君は波香に薬を飲ませたのは若生君だと思ってるわ。あたしそれだけでもはっきりさせなきゃ……」

「それもいいんだ」

若生はだだをこねる子供をあやすように、優しい口調で言った。「君だって僕のためにしてくれたことじゃないか。それに波香が死んだ時、君はあんなに苦しんだ」

三島亮子に命じられて試合前に波香に薬を飲ませた、という話を華江から聞いたのは、雪月花事件の直後だった。波香は自殺したものと思いこんでいた華江は、その動機が例の試合で負けたからではなかったかと心配し、若生に相談してきたのだった。そんなことで波香が死ぬとは思えなかったが、若生は皆に公表することを考えた。このことが事件となんらかの係わりを持っているかもしれないと思ったからだ。だが華江はそれだけはやめて欲しいと頼んだ。そんなことをすれば若生の就職がフイになるおそれがある。

しかし結局は加賀によってすべてが暴露されてしまった。薬を入れたのが若生か華江かという違いはあるにせよ、本質的な問題ではない。

「あたしがあんなことしなければ……」

華江は両手で顔を覆った。その手の間からすすり泣く声が聞こえた。「波香も藤堂君も死ななくて済んだかもしれない」

「それは誰にもわからないさ」

若生はポケットからハンカチを出して華江の手に持たせた。「それに考える必要もない。華江はとにかく今回のことはすべて忘れてしまうことだ」

「忘れられないわ」

「忘れられるさ。事件のことも、僕のことも」

しゃっくりするような声と同時に華江のすすり泣きが止まった。ハンカチ越しに若生を見た目は、悲しいくらいに充血していた。

「忘れてしまうさ、僕のことも」

華江の細い肩を抱いて若生は繰り返した。

「だめよ、だめだわ」

「大丈夫なんだよ」

静かに彼は彼女を抱きしめた。「慣れてしまえばなんでもない」

9

学長の挨拶。眠いだけ。

一応ジーンと心に残ったのは小学校の卒業式だけだったなと、沙都子はあくびを咬み殺しながら思いだしていた。蛍の光なんかを歌ったりして。仰げば尊しはどうだったかなとちょっと記憶が不鮮明になった。

中学、高校は卒業式どころじゃなかった。受験勉強から解放されて、これでまた何年間かは遊べるんだという見通しがたった頃である。男子の目を意識している女子だけが泣いていたようだ。

――それにしても、

と沙都子は式場内を見て吐息をついた。全学生の三分の一も出席していない。強制ではないし、式に出なくとも卒業証明書は郵送してくれるのだから無理もないが。

沙都子が式に出ようと思ったのは、学生時代に何らかのけじめをつけておきたかったという気持ちからだった。特に感慨にふけっていたわけでもないのだが、家を出る時父の広次は、「いよいよだな」と思い入ったように声をかけてきた。父のほうから声をかけてきたのは久しぶりだった。もしかしたら今日こそ話しかけるにふさわしい日だと考えたのかもしれない。もしそうだとしたら、父親とはいつでもどこかズレてるものだなと思いつつ、「うん」と殊勝に頷いて見せた。

「四月からは社会人だな」

「そうね」

「佳江から聞いたが、やはり東京に行くつもりのようだな」

「ええ」

「私は反対だ。その気持ちは今も変わっていない」

「知ってるわ」

「うむ。わかっていて行くわけだ。沙都子は私を説得しようとは思わないのか？」

「やめたのよ」

「どうして？」

「理由がないから」

「私を説得する理由がないというのか？」

「寂しい？」

「寂しいね。寂しいから東京に行かせたくなかったんだ。親のエゴは承知だ」

「開き直ったわね」

「東京になんか行くな」

「いやよ」

そうして沙都子は家を出てきたのだった。沙都子は今、広次が反対し続けてくれたことに対して、一種の感謝のようなものを感じている。彼の反対により、自分の意志を再確認するチャンスが何度も与えられたからだった。こうして卒業式に出ている今も、自分の気持ちに迷いがないことを、しっかりとした感触として受けとめることができる。

学生部で卒業証明書を受け取ったあと、沙都子は久しぶりに『首を振るピエロ』に行ってみる気になった。一ヵ月ぐらい顔を出していないはずだった。

首を傾けたピエロの看板は、今日もどこかかなしげに沙都子を迎えていた。腰を曲げなければ入れない喫茶店、もしかしたらもう入ることもないかもしれない。

「卒業おめでとう」

沙都子の顔を見たマスターが、条件反射のようなタイミングで声をかけてきた。彼は今日何人の客にこの言葉を放つつもりだろう？

「誰がおめでたいって？」

カウンターの一番隅に座っていた男が顔を上げた。どういう心境の変化からか、ちっとも似合わない髭を伸ばしはじめている。

「髭も似合わないけど」

と沙都子は加賀の隣にすべりこむように腰を乗せた。「スーツも似合ってないわね」

「家出するそうだな」

「よく知ってるわね」

「地獄耳さ」

そう言って加賀は慣れない手つきでスーツの内ポケットから茶色の封筒を取り出した。沙都子もさっき貰ったばかりの卒業証明書だ。

「四年間の収穫だ。俺の知らないうちに勝手に作られていた」

「あたしのと取り替える？」

加賀は吹き出した。

「取り替えても誰も気づかなかったりしてな。封筒だけでもいいんだ」

そしてそれを元の内ポケットにしまいこんだあと、加賀はビールを頼んだ。

「昼間っから飲む気？」

「祝杯だ」

まず沙都子のグラスに注ぎ、残りを自分のほうに注いだ。フライド・ポテトをマスターがサービスしてくれた。

「訊いていい？」

と沙都子は訊いた。いいよと答えるかわりに、加賀はフライド・ポテトを口に入れる手を止めて彼女を見た。

「今でも、あたしと結婚したいと思ってる？」

彼はポテトを口に放りこんだ。「思ってるよ」

「そう……ありがとう」

「残念だな」

「残念だわ」

ごちそうさま、と加賀はマスターを呼んだ。代金をカウンターに置いて、彼は椅子から降りた。カウンターの上では、例のピエロが皆から忘れられたまま愛想笑いを浮かべている。サイホンの熱に刺激され、ピエロはほんの少し首を振った。


参考文献／『七事式』（上）千　宗室著　淡交社

解説

権田萬治

女子高校で起こった密室殺人に端を発する連続殺人事件を扱った学園ミステリーの秀作『放課後』（昭和六十年）で江戸川乱歩賞を受賞、二十七歳の若さで推理文壇にデビューした東野圭吾は、若い世代の群像を清新な感覚で描く個性的な本格派の新鋭である。

『卒業』（同六十一年）は、この作家の受賞第一作であり、氏のなぞ解きの本格派としての実力を見事に発揮した青春ミステリーである。

国立T大の女子学生が入居している『白鷺荘』で、大学茶道部の四年生の牧村祥子が二階の自室で死んでいるのが発見された。

発見者は、同じ茶道部の相原沙都子と祥子の隣室にいる金井波香。沙都子は、前夜体の調子が悪いといって途中で帰った祥子のことを気遣って白鷺荘にやって来た。そして、祥子の部屋のドアの隙間から光がもれているのを不審に思い、管理室の鍵を借りてドアを開けたのだった。

祥子は左手首を切り、その腕を洗面器に突っ込んで出血多量で死んでいた。

自殺か？　それとも他殺か？　警察の捜査が進展しない内に、さらに恩師の南沢雅子の誕生日を祝うための茶会で行われた『雪月花之式』で、今度は突然、金井波香が倒れて死に、毒物死と判明する事件が起こった。

一体、一連の事件の動機は何か？　そして他殺とすれば、犯人はだれか？　剣道部の四年生加賀恭一郎は、愛する沙都子と共にこの一連のなぞ解きに挑戦する。

『卒業』の魅力は、まず第一に、優れた学園ミステリーであり、青春推理小説であるという点にある。

高校生の殺人事件を扱った学園ミステリーとしては、ジェームズ・ヒルトンの『学校の殺人』やイヴァン・T・ロスの『女子高校生への鎮魂曲』などがあり、日本にも松本清張の『高校殺人事件』をはじめ、多岐川恭の『濡れた心』、小峰元の『アルキメデスは手を汚さない』や『ソクラテス最期の弁明』などの一連の作品や、栗本薫の『ぼくらの時代』など多彩な試みがなされている。

乱歩賞を受賞した東野圭吾の『放課後』もその系列に連なる秀作だが、『卒業』では、さらに大学生の個性的群像が実に新鮮な感覚で生き生きと描き出されている。

こういう若い学生たちの肖像を年上の作家が描こうとすると、ともすれば、作中人物が老人の若造り、といった感じになりかねない。ところが、東野圭吾の場合には、作者自身が若い世代に属するだけに、高校生や大学生の肖像はまことにリアルで不自然なところがない。

女子学生探偵コンビが暗号解読と密室トリックに挑戦する『白馬山荘殺人事件』（昭和六十一年）、学生街で起こった密室状況の殺人を扱った『学生街の殺人』（同六十二年）、ダイイング・メッセージを使った高校野球ミステリーの『魔球』（同六十三年）など東野圭吾の描く登場人物はいずれも、学生や若いサラリーマンやＯＬなどで、ほとんどの作品が若々しい青春推理小説的な要素を濃厚に漂わせている。

作者の東野圭吾は、昭和三十三年二月四日大阪に生まれ、大阪府立大学電気工学科を卒業後、日本電装に入社、『放課後』で乱歩賞を受賞した時は、まだ同社の社員だった。

作者の言葉によれば、高校生の時、初めて読んだ推理小説が小峰元の『アルキメデスは手を汚さない』で、以来ミステリーが病みつきになったという。氏が青春ミステリー的な作品を好んで書いているのは、きっと、こういうミステリー〝初体験〟によるところが大きいのだろうと思う。

さて、『卒業』は、『放課後』が高校生を描いているのに対し、就職を前にこれから社会人になる男女大学生の群像を描いている。この作品で特に注目されるのは、剣道部、茶道部といった、これまでほとんど学園ミステリーでは取り上げなかった部活動を題材にして、それを巧みに推理小説的な舞台装置に生かしている点である。

学生剣道選手権大会で連続二年優勝した加賀恭一郎、そして女子決勝で三島亮子になぜか敗れた金井波香など、この作品では、剣道の試合場面が効果的に所々にちりばめられ、それが一種のスポーツ・ミステリー的な味わいをもかもし出している。

海外ではテニスをからめたラッセル・ブランドンの『ウインブルドン』、野球を舞台にしたロバート・パーカーの『失投』、バスケット・ボール界を抉ったリチャード・ローゼンの『ディフェンスをすり抜けろ』など多彩なスポーツ・ミステリーの試みがなされており、特に競馬ミステリーは英国のディック・フランシスをはじめ多くの作家が行っている。

日本でも、競馬ミステリーは数多くある。また、野球ミステリーは佐野洋、伴野朗、新宮正春など多くの作家が書いており、東野圭吾も『魔球』という秀作を発表しているのはご存じのとおりだが、学生剣道界を扱ったミステリーというのは、他に余り例がないように思う。

『卒業』は、このように青春推理小説であり、またスポーツ・ミステリーの要素を併せ持っているが、氏の他の作品と同じように本格的ななぞ解き小説の面白さをも兼ね備えている。

東野圭吾は密室ないし密室的な状況設定が好きらしく、『放課後』、『白馬山荘殺人事件』、『学生街の殺人』、『香子の夢』（昭和六十三年）などで扱っているが、この『卒業』でも、管理人の目が光り、その監視を逃れるか、中の住人の協力が得られない限り外部からの出入りが不可能な女子学生のアパートの密室的状況を取り入れ、そこに意表を突くトリックを仕掛けている。

ポーの『モルグ街の殺人』（一八四一年）以来、ガストン・ルルーの『黄色い部屋の謎』（一九〇七年）をはじめ、〝密室の王様〟といわれるディクスン・カーの多彩な試みを経て、現代では独創的な密室トリックは開発され尽くした感があるが、『卒業』で、作者は物理的な密室トリックに新しい工夫を凝らして、読者をあっといわせる。

また、茶道部のメンバーが先生の家に集まって行う、『雪月花之式』の茶会が、毒物混入のトリックとして巧みに生かされている点も見逃せない。

このトリックは、カード奇術のバリエーションともいえるが、最も日本的な伝統芸術である茶道を舞台装置に見事に生かしたもので、なかなか面白い。

このように、青春推理小説的な要素と本格推理としてのなぞ解きの面白さを見事に融合して見せたところに『卒業』の最大の魅力があるといっていいだろう。

もう一つ注目されるのは、この作品が、犯人当てよりもまず、動機の探究を軸にストーリーを展開させている点である。

ミステリーは、犯人はだれか? Who done it? という言葉から、英語でフーダニットwhodunitといわれることもあるが、現代ミステリーは、犯人はだれか? から、どんな手段でというhowdunitへ、さらにどんな動機でというwhydunitへと重点が移りつつあるといわれる。

つまり、松本清張のいう動機の重視である。『卒業』では、祥子と波香の二人が相次いで死ぬが、この二人とも自殺か他殺か最初はまったくわからない。そしてその動機の探究が、やがて事件の解決に結び付いて行くのである。

その意味で、オーソドックスななぞ解き小説でありながら、動機を重視した現代的な内容になっている。

動機の重視ということは取りも直さず、人間を描くということにも通じるわけで、東野圭吾のミステリーは、なぞ解きに徹しながらしかも、登場人物がそれぞれ血と肉を持った人間として見事に描き出されている点に一つの特徴がある。

この作品でいえば、探偵コンビを成す青年剣士の加賀恭一郎と相原沙都子の二人の肖像は実に爽やかでいいと思う。

東野圭吾は、例えば『魔球』の天才投手須田武志のように家が貧しく、それだけに必死に生きようとする男に親しみを感じているようだ。『卒業』の母親が蒸発し、警察官の父親と暮らす加賀恭一郎にも、須田武志と一脈通じる所があるような気がする。

『白馬山荘殺人事件』に登場するピチピチ女子大学生の原菜穂子と沢村真琴という微かにレスビアン的雰囲気を漂わせた個性的な探偵コンビも楽しいが、『卒業』の加賀恭一郎と相原沙都子コンビもすばらしい、そしてさりげない、しかし題名にふさわしいラスト・シーンも見事なものだ。

『卒業』はこんなふうに東野圭吾の魅力を満載した清新な本格推理の青春ミステリーなのである。

（評論家）

この作品は昭和61年5月に小社より刊行されたものです。

|著者|東野圭吾　1958年、大阪府生まれ。大阪府立大学電気工学科卒業後、生産技術エンジニアとして会社勤めの傍ら、ミステリーを執筆。1985年『放課後』(講談社文庫)で第31回江戸川乱歩賞を受賞、専業作家に。1999年『秘密』(文春文庫)で第52回日本推理作家協会賞、2006年『容疑者Xの献身』(文春文庫)で第134回直木賞、第6回本格ミステリ大賞を受賞。近著に『祈りの幕が下りる時』『麒麟の翼』(ともに講談社)、『虚像の道化師』『禁断の魔術』(ともに文藝春秋)、『夢幻花』(PHP研究所)などがある。

卒業(そつぎょう)

東野圭吾(ひがしのけいご)

1989年5月15日第1刷発行
2013年12月25日第95刷発行

発行者——鈴木　哲

発行所——株式会社　講談社

東京都文京区音羽2-12-21　〒112-8001

電話　出版部　(03)　5395-3510
　　　販売部　(03)　5395-5817
　　　業務部　(03)　5395-3615

Printed in Japan

講談社文庫

定価はカバーに表示してあります

デザイン——菊地信義

製版——株式会社廣済堂

印刷——株式会社廣済堂

製本——株式会社大進堂

ISBN4-06-184440-7

講談社文庫刊行の辞

二十一世紀の到来を目睫に望みながら、われわれはいま、人類史上かつて例を見ない巨大な転換期をむかえようとしている。

世界も、日本も、激動の予兆に対する期待とおののきを内に蔵して、未知の時代に歩み入ろうとしている。このときにあたり、創業の人野間清治の「ナショナル・エデュケイター」への志を現代に甦らせようと意図して、われわれはここに古今の文芸作品はいうまでもなく、ひろく人文・社会・自然の諸科学から東西の名著を網羅する、新しい綜合文庫の発刊を決意した。

激動の転換期はまた断絶の時代である。われわれは戦後二十五年間の出版文化のありかたへの深い反省をこめて、この断絶の時代にあえて人間的な持続を求めようとする。いたずらに浮薄な商業主義のあだ花を追い求めることなく、長期にわたって良書に生命をあたえようとつとめるところにしか、今後の出版文化の真の繁栄はあり得ないと信じるからである。

同時にわれわれはこの綜合文庫の刊行を通じて、人文・社会・自然の諸科学が、結局人間の学にほかならないことを立証しようと願っている。かつて知識とは、「汝自身を知る」ことにつきていた。現代社会の瑣末な情報の氾濫のなかから、力強い知識の源泉を掘り起し、技術文明のただなかに、生きた人間の姿を復活させること。それこそわれわれの切なる希求である。

われわれは権威に盲従せず、俗流に媚びることなく、渾然一体となって日本の「草の根」をかたちづくる若く新しい世代の人々に、心をこめてこの新しい綜合文庫をおくり届けたい。それは知識の泉であるとともに感受性のふるさとであり、もっとも有機的に組織され、社会に開かれた万人のための大学をめざしている。大方の支援と協力を衷心より切望してやまない。

一九七一年七月

野間省一

濱　嘉之　鬼手〈世田谷駐在刑事・小林健〉
濱　嘉之　電子の標的〈警視庁特別捜査官・藤江康央〉
濱　嘉之　列島融解
濱　嘉之　オメガ　警察庁諜報課
橋本　紡　彩乃ちゃんのお告げ
馳　星周　やつらを高く吊せ
早見　俊　双子同心捕物競い
早見　俊　右近の鯔背銀杏〈双子同心捕物競い(二)〉
早見　俊　同心の鑑〈双子同心捕物競い(三)〉
早見　俊　上方与力江戸暦
畠中　恵　アイスクリン強し
畠中　恵　若様組まいる
はるな愛　素晴らしき、この人生
葉室　麟　風渡る
葉室　麟　風の軍師〈黒田官兵衛〉
長谷川　卓　獄神〈上・白銀渡り〉〈下・湖底の黄金〉
長谷川　卓　嶽神伝　無坂(上)(下)
HABU　誰の上にも青空はある
幡　大介　猫間地獄のわらべ歌

原田マハ　夏を喪くす
羽田圭介　「ワタクシハ」
原田ひ香　アイビー・ハウス
花房観音　女坂
平岩弓枝　花嫁の日
平岩弓枝　結婚の四季
平岩弓枝　わたしは椿姫
平岩弓枝　花祭
平岩弓枝　青の伝説
平岩弓枝　青の回帰(上)(下)
平岩弓枝　青の背信
平岩弓枝　五人女捕物くらべ(上)(下)
平岩弓枝　はやぶさ新八御用帳(一)〈大奥の恋人〉
平岩弓枝　はやぶさ新八御用帳(二)〈江戸の海賊〉
平岩弓枝　はやぶさ新八御用帳(三)〈又右衛門の女房〉
平岩弓枝　はやぶさ新八御用帳(四)〈鬼勘の娘〉
平岩弓枝　はやぶさ新八御用帳(五)〈御守殿おたき〉
平岩弓枝　はやぶさ新八御用帳(六)〈春月の雛〉
平岩弓枝　はやぶさ新八御用帳(七)〈寒椿の寺〉

平岩弓枝　はやぶさ新八御用帳(八)〈春怨 根津権現〉
平岩弓枝　はやぶさ新八御用帳(九)〈王子稲荷の女〉
平岩弓枝　はやぶさ新八御用帳(十)〈幽霊屋敷の女〉
平岩弓枝　はやぶさ新八御用旅(一)〈東海道五十三次〉
平岩弓枝　はやぶさ新八御用旅(二)〈中仙道六十九次〉
平岩弓枝　はやぶさ新八御用旅(三)〈日光例幣使道の殺人〉
平岩弓枝　はやぶさ新八御用旅(四)〈北前船の事件〉
平岩弓枝　新装版　おんなみち(上)(中)(下)
平岩弓枝　極楽とんぼの飛んだ道〈私の半生、私の小説〉
平岩弓枝　ものは言いよう
平岩弓枝　老いること暮らすこと
平岩弓枝　なかなかいい生き方
平岡正明　志ん生的、文楽的
東野圭吾　放課後
東野圭吾　卒業〈雪月花殺人ゲーム〉
東野圭吾　学生街の殺人
東野圭吾　魔球
東野圭吾　十字屋敷のピエロ
東野圭吾　眠りの森

講談社文庫　目録

- 藤沢周平　新装版 風雪の檻〈獄医立花登手控え(二)〉
- 藤沢周平　新装版 愛憎の檻〈獄医立花登手控え(三)〉
- 藤沢周平　新装版 人間の檻〈獄医立花登手控え(四)〉
- 藤沢周平　新装版 闇の歯車
- 藤沢周平　新装版 市塵(上)(下)
- 藤沢周平　新装版 決闘の辻
- 藤沢周平　新装版 雪明かり
- 古井由吉　野川
- 福永令三　クレヨン王国の十二か月
- 船戸与一　山猫の夏
- 船戸与一　神話の果て
- 船戸与一　伝説なき地
- 船戸与一　血と夢
- 船戸与一　蝶舞う館
- 船戸与一　夜来香(イエライシャン)海峡
- 深谷忠記　黙秘
- 藤田宜永　樹下の想い
- 藤田宜永　艶(つや)めき
- 藤田宜永　異端の夏
- 藤田宜永　流砂
- 藤田宜永　子宮の記憶〈ここにあなたがいる〉
- 藤田宜永　乱調
- 藤田宜永　壁画修復師
- 藤田宜永　前夜のものがたり
- 藤田宜永　戦力外通告
- 藤田宜永　いつかは恋を
- 藤田宜永　喜の行列 悲の行列(上)(下)
- 藤田宜永　老猿
- 藤川桂介　シギラの月
- 藤水名子　赤壁の宴
- 藤水名子　紅嵐記(上)(中)(下)
- 藤原伊織　テロリストのパラソル
- 藤原伊織　ひまわりの祝祭
- 藤原伊織　雪が降る
- 藤原伊織　蚊トンボ白鬚の冒険(上)(下)
- 藤原伊織　遊戯
- 藤田紘一郎　笑うカイチュウ
- 藤田紘一郎　体にいい寄生虫〈ダイエットから花粉症まで〉
- 藤田紘一郎　踊る腹のムシ〈グルメブームの落とし穴〉
- 藤田紘一郎　ウッふん
- 藤田紘一郎　イヌからネコから伝染(うつ)るんです。
- 藤田紘一郎　医療大崩壊
- 藤本ひとみ　聖ヨゼフの惨劇
- 藤本ひとみ　新・三銃士 少年編・青年編〈ダルタニャンとミラディ〉
- 藤本ひとみ　シャネル
- 藤本ひとみ　皇妃エリザベート
- 藤野千夜　少年と少女のポルカ
- 藤野千夜　夏の約束
- 藤野千夜　彼女の部屋
- 藤沢周　紫の領分
- 藤木美奈子　ストーカー・夏美
- 藤木美奈子　傷つけ合う家族〈ドメスティック・バイオレンスを乗り越えて〉
- 福井晴敏　Twelve Y.O.(トゥエルブ ワイ・オー)
- 福井晴敏　亡国のイージス(上)(下)
- 福井晴敏　川の深さは
- 福井晴敏　終戦のローレライ I〜IV
- 福井晴敏　6ステイン

講談社文庫　目録

本格ミステリ作家クラブ編　大きな棺の小さな鍵〈本格短編ベスト・セレクション〉
本格ミステリ作家クラブ編　珍しい物語のつくり方〈本格短編ベスト・セレクション〉
本格ミステリ作家クラブ編　法廷ジャックの心理学〈本格短編ベスト・セレクション〉
本格ミステリ作家クラブ編　見えない殺人カード〈本格短編ベスト・セレクション〉
本格ミステリ作家クラブ編　空飛ぶモルグ街の研究〈本格短編ベスト・セレクション〉
星野智幸　毒身
星野智幸　われら猫の子
本田靖春　我、拗ね者として生涯を閉ず(上)(下)
本田透　電波男
本城英明　警察庁広域特捜官 梶山俊介〈広島・尾道「刑事(デカ)殺し」〉
堀田純司　スゴい雑誌〈「業界誌」の底知れない魅力〉
本多孝好　チェーン・ポイズン
穂村弘　整形前夜
堀川アサコ　幻想郵便局
堀川アサコ　幻想映画館
松本清張　草の陰刻
松本清張　黄色い風土
松本清張　黒い樹海
松本清張　連環

松本清張　花氷
松本清張　遠くからの声
松本清張　ガラスの城
松本清張　殺人行おくのほそ道(上)(下)
松本清張　塗られた本
松本清張　熱い絹(上)(下)
松本清張　邪馬台国 清張通史①
松本清張　空白の世紀 清張通史②
松本清張　カミと青銅の迷路 清張通史③
松本清張　天皇と豪族 清張通史④
松本清張　壬申の乱 清張通史⑤
松本清張　古代の終焉 清張通史⑥
松本清張　新装版大奥婦女記
松本清張　新装版増上寺刃傷
松本清張　新装版 彩色江戸切絵図
松本清張　新装版 紅刷り江戸噂
松本清張他　日本史七つの謎
松谷みよ子　ちいさいモモちゃん
松谷みよ子　モモちゃんとアカネちゃん

松谷みよ子　アカネちゃんの涙の海
眉村卓　ねらわれた学園
眉村卓　なぞの転校生
丸谷才一　恋と女の日本文学
丸谷才一　闊歩する漱石
丸谷才一　輝く日の宮
丸谷才一　人間的なアルファベット
麻耶雄嵩　翼ある闇〈メルカトル鮎最後の事件〉
麻耶雄嵩　夏と冬の奏鳴曲(ソナタ)
麻耶雄嵩　木製の王子
松浪和夫　摘出
松浪和夫　非常線
松浪和夫　核の柩
松浪和夫　警官魂〈激震篇〉〈反撃篇〉
松井今朝子　仲蔵狂乱
松井今朝子　奴(やっこ)の小万(こまん)と呼ばれた女
松井今朝子　似(に)せ者(もん)
松井今朝子　そろそろ旅に
松井今朝子　星と輝き花と咲き

講談社文庫　目録

町田　康　へらへらぼっちゃん
町田　康　つるつるの壺
町田　康　耳そぎ饅頭
町田　康　権現の踊り子
町田　康　浄土
町田　康　猫にかまけて
町田　康　真実真正日記
町田　康　宿屋めぐり
町田　康　猫のあしあと
舞城王太郎　煙か土か食い物〈Smoke, Soil or Sacrifices〉
舞城王太郎　世界は密室でできている。〈THE WORLD IS MADE OUT OF CLOSED ROOMS〉
舞城王太郎　熊の場所
舞城王太郎　九十九十九
舞城王太郎　山ん中の獅見朋成雄
舞城王太郎　好き好き大好き超愛してる。
舞城王太郎　NECK
舞城王太郎　SPEEDBOY!
舞城王太郎　獣の樹
松尾由美　ピピネラ

松久淳　田中渉・絵　四月ばーか
松浦寿輝　花腐し
松浦寿輝　あやめ　鰈　ひかがみ
真山　仁　虚像の砦
真山　仁　レッドゾーン(上)(下)
真山　仁　新装版　ハゲタカ(上)(下)
真山　仁　新装版　ハゲタカII(上)(下)
毎日新聞科学環境部　理系白書
毎日新聞科学環境部　「理系」という生き方〈この国を静かに支える人たち〉〈理系白書2〉
毎日新聞科学環境部　迫るアジア　どうする日本の研究者〈理系白書3〉
前川麻子　すきもの
町田　忍　昭和なつかし図鑑
松井雪子　チル☆
牧　秀彦　裂帛〈五坪道場一手指南〉
牧　秀彦　凜々〈五坪道場一手指南〉
牧　秀彦　雄飛〈五坪道場一手指南〉
牧　秀彦　清冽〈五坪道場一手指南〉
牧　秀彦　美剣〈五坪道場一手指南〉
牧　秀彦　無我〈五坪道場一手指南〉

真梨幸子　孤虫症
真梨幸子　深く深く、砂に埋めて
真梨幸子　女ともだち
真梨幸子　クロク、ヌレ!
まきの・えり　ラブファイト(上)(下)〈聖母少女〉
牧野　修　黒娘　アウトサイダー・フィメール
毎日新聞夕刊編集部　女はトイレで何をしているのか?〈現代ニッポン人の生態学〉
前田司郎　愛でもない青春でもない旅立たない
間庭典子　走れば人生見えてくる
松本裕士　兄弟〈追憶のhide〉
枡野浩一　結婚失格
円居　挽　丸太町ルヴォワール
円居　挽　烏丸ルヴォワール
松宮　宏　秘剣こいわらい
松宮　宏　くすぶり亦蔵〈秘剣こいわらい〉
丸山天寿　琅邪の鬼
三好　徹　政・財　腐蝕の100年
三好　徹　政・財　腐蝕の100年　大正編
三浦哲郎　曠野の妻

三浦綾子　ひつじが丘
三浦綾子　岩に立つ
三浦綾子　青い棘(とげ)
三浦綾子　イエス・キリストの生涯
三浦綾子　あのポプラの上が空
三浦綾子　小さな一歩から
三浦綾子　増補決定版 言葉の花束〈愛といのちの792章〉
三浦綾子　愛することと信ずること
三浦光世
三浦綾子　愛に遠くあれど〈夫と妻の対話〉
三浦明博　死水(しすい)
三浦明博　サーカス市場
三浦明博　感染広告
宮尾登美子　東福門院和子(まさこ)の涙
宮尾登美子　新装版天璋院篤姫(上)(下)
宮尾登美子　新装版 一絃の琴
皆川博子　冬の旅人(上)(下)
宮崎康平　新装版 まぼろしの邪馬台国 第1部・第2部
宮本輝　朝の歓び(上)(下)
宮本輝　ひとたびはポプラに臥す1〜6

宮本輝　骸骨ビルの庭(上)(下)
宮本輝　新装版二十歳(はたち)の火影(ほかげ)
宮本輝　新装版命の器
宮本輝　新装版避暑地の猫
宮本輝　新装版 ここに地終わり 海始まる(上)(下)
宮本輝　新装版 花の降る午後(上)(下)
宮本輝　新装版 オレンジの壺(上)(下)
宮本輝　にぎやかな天地(上)(下)
峰隆一郎　寝台特急「さくら」死者の罠
宮城谷昌光　俠骨記
宮城谷昌光　夏姫春秋(上)(下)
宮城谷昌光　花の歳月
宮城谷昌光　重耳(ちょうじ)(全三冊)
宮城谷昌光　春秋の色
宮城谷昌光　介子推(かいしすい)
宮城谷昌光　孟嘗君 全五冊
宮城谷昌光　春秋の名君
宮城谷昌光　子産(上)(下)
宮城谷昌光他　異色中国短篇傑作大全

宮城谷昌光　湖底の城一〈呉越春秋〉
宮城谷昌光　湖底の城二〈呉越春秋〉
水木しげる　コミック昭和史1〈関東大震災〜満州事変〉
水木しげる　コミック昭和史2〈満州事変〜日中全面戦争〉
水木しげる　コミック昭和史3〈日中全面戦争〜太平洋戦争開始〉
水木しげる　コミック昭和史4〈太平洋戦争前半〉
水木しげる　コミック昭和史5〈太平洋戦争後半〉
水木しげる　コミック昭和史6〈終戦から朝鮮戦争〉
水木しげる　コミック昭和史7〈講和から復興〉
水木しげる　コミック昭和史8〈高度成長以降〉
水木しげる　総員玉砕せよ！
水木しげる　敗走記
水木しげる　白い旗
水木しげる　姑娘(クーニャン)
宮脇俊三　古代史紀行
宮脇俊三　平安鎌倉史紀行
宮脇俊三　室町戦国史紀行
宮脇俊三　徳川家康歴史紀行5000キロ
宮部みゆき　ステップファザー・ステップ

宮部みゆき　震える岩〈霊験お初捕物控〉
宮部みゆき　天狗風〈霊験お初捕物控(二)〉
宮部みゆき　ICO—霧の城—(上)(下)
宮部みゆき　ぼんくら(上)(下)
宮部みゆき　新装版 日暮らし(上)(下)
宮部みゆき　おまえさん(上)(下)
宮部みゆき　小暮写眞館(上)(下)
宮子あずさ　看護婦が見つめた人間が死ぬということ
宮子あずさ　看護婦が見つめた人間が病むということ
宮子あずさ　ナースコール
宮本昌孝　夕立太平記
宮本昌孝　影十手活殺帖
宮本昌孝　おねだり女房〈影十手活殺帖〉
皆川ゆか　機動戦士ガンダム外伝〈THE BLUE DESTINY〉
皆川ゆか　新機動戦記ガンダムW(ウイング)外伝 ～右手に鎌を左手に君を～
皆川ゆか　評伝シャア・アズナブル《赤い彗星》の軌跡
三浦明博　滅びのモノクローム
三好春樹　なぜ、男は老いに弱いのか?
見延典子　家を建てるなら

道又力　開封 高橋克彦
三津田信三　忌館〈ホラー作家の棲む家〉
三津田信三　作者不詳〈ミステリ作家の読む本〉(上)(下)
三津田信三　蛇棺葬
三津田信三　百蛇堂〈怪談作家の語る話〉
三津田信三　厭魅の如き憑くもの
三津田信三　凶鳥の如き忌むもの
三津田信三　首無の如き祟るもの
三津田信三　山魔の如き嗤うもの
三津田信三　水魑の如き沈むもの
三津田信三　密室の如き籠るもの
三津田信三　スラッシャー 廃園の殺人
宮下英樹と「センゴク」取材班　センゴク合戦読本
宮下英樹と「センゴク」取材班　センゴク武将列伝
三輪太郎　あなたの正しさと、ぼくのセツナさ
三輪太郎　死という鏡〈この30年の日本文芸を読む〉
汀こるもの　パラダイス・クローズド〈THANATOS〉
汀こるもの　まごころを、君に〈THANATOS〉
汀こるもの　フォークの先、希望の後〈THANATOS〉

宮田珠己　ふしぎ盆栽ホンノンボ
道尾秀介　カラスの親指〈by rule of CROW's thumb〉
村上龍　海の向こうで戦争が始まる
村上龍　アメリカン★ドリーム
村上龍　ポップアートのある部屋
村上龍　走れ！タカハシ
村上龍　愛と幻想のファシズム(上)(下)
村上龍　村上龍全エッセイ〈1976～1981〉
村上龍　村上龍全エッセイ〈1982～1986〉
村上龍　村上龍全エッセイ〈1987～1991〉
村上龍　超電導ナイトクラブ
村上龍　イビサ
村上龍　長崎オランダ村
村上龍　フィジーの小人
村上龍　368Y Par4 第2打
村上龍　音楽の海岸
村上龍　村上龍料理小説集
村上龍　村上龍映画小説集
村上龍　ストレンジ・デイズ

講談社文庫　目録

村上　龍　共生虫
村上　龍　新装版 限りなく透明に近いブルー
村上　龍　新装版 コインロッカー・ベイビーズ
村上　龍　歌うクジラ (上)(下)
村上　龍・坂本龍一　EV.Café──超進化論
向田邦子　眠る盃
向田邦子　夜中の薔薇
村上春樹　風の歌を聴け
村上春樹　1973年のピンボール
村上春樹　羊をめぐる冒険 (上)(下)
村上春樹　カンガルー日和
村上春樹　回転木馬のデッド・ヒート
村上春樹　ノルウェイの森 (上)(下)
村上春樹　ダンス・ダンス・ダンス (上)(下)
村上春樹　遠い太鼓
村上春樹　国境の南、太陽の西
村上春樹　やがて哀しき外国語
村上春樹　アンダーグラウンド
村上春樹　スプートニクの恋人

村上春樹　アフターダーク
村上春樹　佐々木マキ絵　羊男のクリスマス
村上春樹　佐々木マキ絵　ふしぎな図書館
村上春樹　糸井重里　夢で会いましょう
村上春樹・文　安西水丸・絵　ふわふわ
U.K.ル＝グウィン　村上春樹訳　空飛び猫
U.K.ル＝グウィン　村上春樹訳　帰ってきた空飛び猫
U.K.ル＝グウィン　村上春樹訳　素晴らしいアレキサンダーと、空飛び猫たち
U.K.ル＝グウィン　村上春樹訳　空を駆けるジェーン
T.ファリッシュ著　B.ルート絵　村上春樹訳　ポテト・スープが大好きな猫
群ようこ　濃い人々〈いとしの作中人物たち〉
群ようこ　いいわけ劇場
群ようこ　浮世道場
群ようこ　馬琴の嫁
室井佑月　Piss ピス
室井佑月　子作り爆裂伝
室井佑月　ママの神様
室井佑月　丸山あかね　プチ美人の悲劇
村山由佳　すべての雲は銀の… (上)(下)

村山由佳　永遠。
室井　滋　ふぐママ
室井　滋　心ひだひだ
室井　滋　うまうまノート
室井　滋　気になり飯〈うまうまノート②〉
村野　薫　死刑はこうして執行される
睦月影郎　義姉〈武芸者 冴木澄香〉
睦月影郎　有情〈武芸者 冴木澄香〉
睦月影郎　忍萌
睦月影郎　変萌
睦月影郎　卍萌
睦月影郎　甘蜜三昧
睦月影郎　平成好色一代男 独身娘の部屋
睦月影郎　平成好色一代男 清純コンパニオンの好奇心
睦月影郎　平成好色一代男 和装セレブ妻の香り
睦月影郎　新・平成好色一代男 秘伝の書
睦月影郎　新・平成好色一代男 元部下のOL
睦月影郎　新・平成好色一代男 隣人と。女子アナと。
睦月影郎　武家娘〈明暦江戸隠密控〉

講談社文庫　目録

睦月影郎　Gのカンバス
睦月影郎　密通妻
睦月影郎　姫遊(ひめなそび)
睦月影郎　肌褥(はだしとね)
向井万起男　渡る世間は「数字」だらけ
向井万起男　謎の1セント硬貨〈真実は細部に宿る in USA〉
村田沙耶香　授乳
村田沙耶香　マウス
村田沙耶香　星が吸う水
森村誠一　暗黒流砂
森村誠一　殺人の花客
森村誠一　ホームアウェイ
森村誠一　殺人のスポットライト
森村誠一　殺人プロムナード
森村誠一　流星の降る町〈『星の町』改題〉
森村誠一　完全犯罪のエチュード
森村誠一　影の祭り
森村誠一　殺意の接点
森村誠一　レジャーランド殺人事件

森村誠一　殺意の逆流
森村誠一　情熱の断罪
森村誠一　残酷な視界
森村誠一　肉食の食客
森村誠一　死を描く影絵
森村誠一　エネミイ
森村誠一　深海の迷路
森村誠一　マーダー・リング
森村誠一　刺客の花道
森村誠一　殺意の造型
森村誠一　ラストファミリー
森村誠一　夢の原色
森村誠一　ファミリー
森村誠一　虹の刺客(上)(下)〈小説・伊達騒動〉
森村誠一　雪煙
森村誠一　殺人倶楽部
森村誠一　ガラスの密室
森村誠一　作家の条件〈文庫決定版〉
森村誠一　死者の配達人

森村誠一　名誉の条件
森村誠一　真説忠臣蔵
森村誠一　霧笛の余韻
森村誠一　悪道
森村誠一　悪道　西国謀反
森瑤子　夜ごとの揺り籠、舟、あるいは戦場
守誠　3分単〈1日3分・「簡単パズル」で覚える・英単語〉
毛利恒之　月光の夏
毛利恒之　地獄の虹
毛利恒之　虹の絆〈ハワイ日系人 母の記録〉
森まゆみ　抱きしめる、東京〈町とわたし〉
森田靖郎　東京チャイニーズ〈裏歌舞伎町の流氓たち〉
森田靖郎　TOKYO犯罪公司(コンス)
森博嗣　すべてがFになる〈THE PERFECT INSIDER〉
森博嗣　冷たい密室と博士たち〈DOCTORS IN ISOLATED ROOM〉
森博嗣　笑わない数学者〈MATHEMATICAL GOODBYE〉
森博嗣　詩的私的ジャック〈JACK THE POETICAL PRIVATE〉
森博嗣　封印再度〈WHO INSIDE〉
森博嗣　まどろみ消去〈MISSING UNDER THE MISTLETOE〉

2013年12月15日現在